LÜGEN, LIEBE, LANGE BEINE

Karin Lindberg

Verlag:
BookRix GmbH & Co. KG
Sonnenstraße 23
80331 München
Deutschland

Lektorat: Dorothea Kenneweg
Korrektorat: Martina König
Covergestaltung: Casandra Krammer
Copyright © Karin Lindberg 2017

www.karinlindberg.info

ISBN: 978-3-7438-3745-4

www.bookrix.de

Lügen, Liebe, lange Beine

Bisher erschienen

Shanghai Love Affairs

Vertraglich verliebt (1)
High Heels im Schnee (2)
Act of Law – Liebe verpflichtet (3)

Romantische Komödien

Ein Abenteuer in den Highlands
Liebe süßsauer
Lilja und die Liebe
Ein Schokoholic will Meer
Wollsockenwinterknistern
Ein Vorurteil kommt selten allein
Herzklopfen inklusive
Kokosmakronenküsse

Prescott Sisters
Der Maskenball
Die Entführung
Der Meisterdieb
Der Amerikaner
Der Bodyguard

Prolog

Mit klopfendem Herzen schob Susana den Aktenwagen durch die New Yorker Staatsanwaltschaft. Hier und da brannte noch vereinzelt eine Lampe, zu dieser späten Stunde war kaum noch jemand im Büro. Das war gut so, denn sie musste um jeden Preis verhindern, aufzufallen. Tagsüber war das kein Problem, als Praktikantin nahm ohnehin niemand Notiz von ihr – jetzt, mitten in der Nacht, sah das anders aus. Es würde Fragen aufwerfen, wenn jemand sie bei ihrem Vorhaben entdeckte.

Ihre Hände wurden feucht beim Gedanken daran, was alles passieren konnte, wenn sie aufflog. *Nein*, rief sie sich zur Ruhe. *Niemand wird dich sehen, bisher ist immer alles gut gegangen.* Und auch dieses Mal würde sie unentdeckt bleiben. Das war ihr letzter, aber auch lukrativster Auftrag, vielleicht lagen Susanas Nerven deshalb dermaßen blank. Verstohlen blickte sie sich um, ehe sie in den Kopierraum abbog, und atmete erleichtert auf, als sie niemanden erspähen konnte.

Ein zischendes Geräusch ließ sie zusammenzucken, Susana schnellte herum.

Mein Gott, stöhnte sie. Nur eine durchgebrannte Neonröhre. Sie schüttelte den Kopf und atmete tief durch, ehe sie weiterging. Hastig schob sie den Aktenwagen in den kleinen Kopierraum. Hier war die Luft zwar abgestanden und stickig, aber in dem Raum ohne Fenster fühlte sie sich komischerweise sicher. Sie fächelte sich Luft zu und nahm sich einen Augenblick, um ihren rasenden Herzschlag zu beruhigen. *Alles wird gut*, machte sie sich innerlich Mut. Nach diesem Job musste sie sich nie mehr mit den Mafiosi der Stadt herumschlagen. Schuldgefühle, weil sie den Unterweltgrößen half, hatte sie bislang immer verdrängt, denn sie hatte keine Wahl gehabt, es war ums Überleben gegangen. Ihr aktueller Auftraggeber, Antonio Bassanelli, ein schmieriger Kerl in teuren Anzügen, war ihr treuster Kunde. Er würde zwar nicht begeistert sein, dass sie aufhörte, aber ihr auch keine Probleme machen. Sie erinnerte sich noch ganz genau, wie er ihren Laden vor vier Jahren das erste Mal betreten hatte. Susana hatte gleich gewusst, zu welchem Schlag Mensch er gehörte. Er hatte ihr damals eine faire Bezahlung gegen Informationen angeboten und sie hatte zugesagt, obwohl ihr immer klar gewesen war, welchen Gefahren sie sich damit aussetzte. Bislang hatte sie es nie bereut, wenngleich sie doch froh war, wenn in zwei Wochen, mit Prozessbeginn, alles vorbei sein würde. Bis dahin würde sie durchhalten.

Drei der vier Geräte schienen längere Druckaufträge zu haben, was bedeutete, dass sie nur einen Kopierer nutzen konnte. Sie hatte gehofft, so schnell wie möglich fertig zu werden, nun würde sie doch noch Ewigkeiten brauchen, um den gesamten Fall Bassanelli zu duplizieren. Ungünstig, aber nicht zu ändern. Andererseits war die Wahrscheinlichkeit, dass um diese Uhrzeit noch jemand etwas kopieren musste, gering. Dennoch hatte sie sich auch für diesen Fall die passende Ausrede zurechtgelegt. In ihrem Metier war diese Regel die Wichtigste: immer eine Antwort parat haben, egal wie dämlich sie auch klingen mochte. Wenn man es ernsthaft genug rüberbrachte, ließen sich die Leute beinahe alles als Tatsache verkaufen.

1

„Etwas in der Staatsanwaltschaft stinkt gewaltig zum Himmel."
Der Hinweis eines seiner externen Informanten beschäftigte Dave Adams nun schon seit Tagen, bestätigte letztendlich aber auch nur sein eigenes Bauchgefühl. Bis jetzt hatte er aber nichts aufdecken können. Mehrmals hatte er alle Personen überprüft oder kontrollieren lassen, die etwas mit dem Fall des Jahres zu tun hatten. Allesamt sauber und integer. Es gab keine Ungereimtheiten im E-Mail-Verkehr, keine Fehltage, Fehlstunden, merkwürdige Telefonate oder Ähnliches. Nichts, was er als Ansatzpunkt dafür nehmen könnte, dass jemand brisante Informationen an die Mafia weitergegeben hatte.

Er hatte sein Kernteam mit Sorgfalt gewählt, dennoch, diese Hinweise musste er ernst nehmen, vor allem in Kombination mit seinem eigenen Empfinden, das ihn selten trog.

Dave seufzte leise und rieb sich mit der Hand über das Gesicht. Vielleicht sah er auch einfach nur Gespenster. Es war doch nur logisch, dass er sich Sorgen machte, so kurz vor Prozessbeginn, versuchte er sich selbst zu beruhigen. Leider erfolglos.

Antonio Bassanelli war eine der einflussreichsten Unterweltgrößen New Yorks. Ihm endlich etwas handfestes nachweisen zu können, käme einem Wunder gleich. Und er würde dieses Wunder geschehen lassen, das hatte er sich fest vorgenommen. Eigentlich war bei einem Prozess dieser Wichtigkeit der Bezirksstaatsanwalt Nicholas Delavall persönlich im Gerichtssaal zu finden, es bedeutete also einen immensen Vertrauensbeweis in Daves Fähigkeiten, dass er mit dem Fall betraut worden war.

Dave war seinem Chef unglaublich dankbar, dass er es ihm zutraute, den Fall als leitender Staatsanwalt zu betreuen. Dave war als sein Stellvertreter nach Delavall der zweitwichtigste Mann im Haus. Obwohl es Dave nicht vorrangig um Macht ging, war es ein unfassbar gutes Gefühl, das in seinem Alter von dreiunddreißig bereits erreicht zu haben. Ihm ging es darum, die Personen aus dem Verkehr zu ziehen, die der Stadt und den darin lebenden Menschen schadeten, nicht um sein Ego.

Seine Eltern sahen das natürlich ganz anders. Jahrelang hatten sie mit ihm gekämpft, dass er sich in einer eigenen Kanzlei selbstständig machen solle. Das wäre viel lukrativer, als sich für den Staat krumm zu machen. Sie hatten ihm angeboten, ihn in eines der großen Anwaltsbüros einzukaufen, aber Dave war das egal gewesen. Ihm ging es nicht um Geld, sondern darum, ein paar der fiesen Arschlöcher dieser Stadt in den Knast zu bringen, um die Welt ein kleines Stückchen besser zu machen.

„Ich sollte für heute Schluss machen", murmelte er, während er seine Papiere auf dem Tisch zusammenschob und in seine Aktentasche steckte. Dabei fiel sein Blick auf einige Akten, die er noch hatte fertigstellen wollen, aber bis jetzt vor sich hergeschoben hatte. Er war ein Meister der Prokrastination.

Dave atmete geräuschvoll aus, begann aber doch damit, den mittelgroßen Stapel abzuarbeiten. Irgendwann musste er sich ja schließlich darum kümmern. Nach und nach zeichnete er Belege ab, redigierte die vorliegenden Texte, sodass seine Sekretärin die Schriftsätze am nächsten Morgen neu tippen konnte. Einige Papiere wollte er dupliziert mit nach Hause nehmen, um sie sich dort noch einmal genauer vorzunehmen.

Eilig schritt er durch den leeren Flur zum Kopierraum und verharrte einen Moment im Türrahmen. Er war überrascht, dass außer ihm noch jemand hier war. Ein Blick auf seine Armbanduhr verriet ihm, dass es bereits nach zehn war.

Er hatte die Brünette, die am Kopierer stand, schon ein paarmal gesehen, aber bis jetzt waren ihm ihre üppigen Rundungen nie so ins Auge gesprungen wie heute. Sie trug einen schwarzen Bleistiftrock und eine hellblaue Bluse, die ihre schlanke Taille betonte. Der Kontrast zu ihren glänzenden dunkelbraunen Haaren tat sein Übriges, um sein Herz höherschlagen zu lassen. Er starrte sie an, konnte sich keinen Millimeter rühren und fragte sich, wie es sich wohl anfühlen würde, seine Hände auf diesen prallen Hintern zu legen. Sein Schwanz pulsierte bei der Vorstellung.

Verdammt. Das war wohl das deutlichste Zeichen dafür, dass er völlig überspannt war, wenn schon Mitarbeiterinnen sexuelle Gedanken in ihm erregten. Er kannte nicht mal ihren Namen!

Auch wenn es unangebracht war, es gelang ihm einfach nicht, sich von ihrem Anblick loszureißen. Er musste schleunigst hier raus, sonst würde er sich komplett lächerlich machen.

So dringend benötigte er die Kopien auch wieder nicht, versuchte er, seinen Rückzug innerlich zu rechtfertigen. Dem Aktenberg nach zu urteilen, den sie neben sich stehen hatte, konnte es noch eine ganze Weile dauern, bis der Kopierer frei wurde. Die anderen hatten sicher noch etliche Aufträge in der Warteschlange. Die Schriftsätze für die meisten Fälle wurden grundsätzlich am Ende des Tages ausgedruckt, um tagsüber die Geräte für den normalen Ablauf frei zu halten.

Dave lockerte seine Krawatte, er bekam kaum mehr Luft in diesem stickigen Loch, das sich Kopierraum schimpfte. In diesem Moment warf die Brünette einen Blick über ihre Schulter und zuckte zusammen, als sie ihn erblickte.

Natürlich, er hatte sie erschreckt.

„Entschuldigung", brummte er, beobachtete sie dennoch fasziniert. Er hoffte inständig, dass ihr nicht auffiel, dass sich seine Erregung vermutlich bereits durch den Stoff der Anzugshose drückte. Er hielt sich seine Papiere vor den Schritt, um zumindest seine akute Unpässlichkeit vor ihr zu verbergen.

„Ach, ich habe Sie gar nicht kommen gehört", erwiderte sie atemlos. Dabei drehte sie sich langsam und graziös zu ihm. Sie wirkte trotzdem gehetzt, was kein Wunder war, denn er hatte sie tüchtig erschreckt und die Begierde in seinem Blick tat wahrscheinlich ihr Übriges. Ihre braunen Augen schauten ihn unsicher an, als wäre er das Raubtier und sie das Reh. Leider machte ihr Verhalten ihn nur noch mehr an. Das Einzige, woran er noch denken konnte, war, dass die Bluse verdammt straff über ihrem üppigen Busen anlag. So was sollte in einem Büro verboten gehören. Und jetzt öffnete sie auch noch gedankenverloren einen Knopf und fächelte sich Luft zu. Dave musste schlucken, in seiner Hose wurde es immer enger.

„Wollen Sie vielleicht zwischendurch etwas kopieren? Es tut mir leid, dass ich alles blockiere. Es ist schrecklich heiß hier", schlug sie ihm mit melodischer Stimme vor. Sie befeuchtete sich ihre Lippen und sah ihn weiter an, wandte jedoch eine Sekunde später verlegen den Blick ab. Ihre Wangen waren gerötet und ihr Brustkorb hob und senkte sich schnell. Sie spürte das Vibrieren offenbar auch, was ihn zusätzlich verwirrte. Zwischen ihnen lag definitiv etwas in der Luft. Dave konnte nicht verhindern, sich vorzustellen, wie es sich anfühlen würde, Dinge mit ihr zu tun, die absolut verboten waren.

Stopp, rief er sich innerlich zur Räson.

Es war unfassbar, normalerweise sprang Dave nicht so heftig auf optische Reize an. So was hatte er noch nicht erlebt, schon gar nicht im Büro.

Endlich fand er die Sprache wieder, obwohl der Großteil seines Blutes sicher nicht mehr im Gehirn zu finden war. „Das ... wäre ... nett".

Er musste sich verdammt noch mal zusammenreißen, egal wie verführerisch diese Sirene war.

Sie nickte langsam, nahm ihre Unterlagen beiseite und trat einen Schritt vom Drucker weg.

„Dauert auch nicht lange", fügte er barsch hinzu. Eigentlich sollte er – solange er noch halbwegs denken konnte – aus diesem fensterlosen Kabuff verschwinden, bevor er womöglich noch eine Dummheit beging. Stattdessen bewegte er sich wie ein Roboter auf sie zu, während er versuchte, sie dabei so gut wie möglich zu ignorieren.

Leider erfolglos, denn er war sich mit jeder Zelle seines Körpers ihrer Anwesenheit bewusst. Mit fahrigen Bewegungen legte er seine Papiere auf den Einzug und drückte auf die Kopiertaste. Obwohl sie nicht direkt neben ihm stand, nahm er einen Hauch ihres rosigen Parfums wahr. Wie ein Stromschlag durchzuckte es ihn, als ihm die verschiedensten Bilder durch den Kopf jagten.

Jesus! Wie lange hatte er keinen Sex mehr gehabt? Er musste dringend raus und kalt duschen ...

Sie rückte noch etwas weiter von ihm ab und brachte etwas Distanz zwischen sie.

Ja, nimm dich lieber vor mir in Acht, dachte er grimmig.

Ihr hastiger Rückzug wirkte beinahe so, als ob sie sich von ihm bedrängt fühlte.

Kein Wunder, wenn er sie begaffte wie ein Stück Fleisch!

Aber warum, verdammt, bot sie ihm auch so einen verflucht tiefen Einblick in ihr pralles Dekolleté? Hatte sie nicht sogar noch einen zusätzlichen Knopf geöffnet?

Was auch immer, es war ganz und gar nicht seine Art, Frauen bei der Arbeit sexuell zu belästigen, egal wie hübsch und kurvig sie waren.

Im Gegenteil. Man sagte ihm eher nach, dass er eiskalt und arrogant war. Das wusste er, denn er hatte zwei gesunde Ohren und war nicht auf den Kopf gefallen. Einige der Sekretärinnen hatten ihm zu Beginn seiner Laufbahn in der Staatsanwaltschaft eindeutig zweideutige Angebote gemacht, die er allesamt ignoriert hatte. Er trennte Berufliches und Privates grundsätzlich. Da er jedoch die meiste Zeit im Büro verbrachte, blieb für sein Privatleben wenig Zeit. Ein One-Night-Stand hier und da, mehr war bei ihm nicht drin und mehr wollte er auch nicht. Der letzte ordentliche Fick lag leider schon eine ganze Weile zurück. Zu lange, wie er jetzt bemerkte.

Wahrscheinlich war das der Grund dafür, dass er so stark auf ihren runden Hintern und die prallen Brüste reagierte.

Der Drucker verstummte. Endlich hatte er seine zehn Seiten kopiert. Ohne ein weiteres Wort schnappte er sich Originale und Kopien und hastete aus dem stickigen Raum zurück in sein Büro. Dort blieb er konsterniert vor dem Fenster stehen und versuchte schwer atmend, seine Gedanken zu kontrollieren. *„Verdammt, Dave Adams, du hast ein ernsthaftes Problem, wenn du dich im Büro nicht mehr im Griff hast!"*, fluchte er leise, während er an etwas anderes als die Kurven dieser Frau denken wollte. Er wusste nicht mal ihren Namen! Noch nie hatte sein Schwanz für ihn das Denken übernommen ... bis jetzt. Mit ihm stimmte definitiv etwas nicht.

Das war knapp gewesen. Susana beeilte sich, mit den Akten fertig zu werden. Nun war sie so weit gekommen, da würde sie den Auftrag auch abschließen und nicht einfach abhauen, nur weil sie einmal in eine brenzlige Situation geraten war.

Dave Adams würde sie sicherlich nicht noch einmal im Kopierraum begegnen, machte sie sich selbst Mut. Normalerweise schickte er seine Sekretärin, die zu der Stunde aber wahrscheinlich längst im Feierabend war. Als sie ihn eben im Türrahmen entdeckt hatte, war ihr das Herz in die Hose gerutscht. Sie hatte sich gerade noch beherrschen können, nicht vor Schreck aufzuschreien. Leider hatte sie sich wie eine Anfängerin aufgeführt und sich überhaupt nicht im Griff gehabt. Wenn er nicht bemerkt hatte, dass mit ihr was nicht stimmte, dann war der stellvertretende Bezirksstaatsanwalt blind oder dämlich. Beides schloss sie aus.

Sie verzog das Gesicht zu einer Grimasse. Die einzige Möglichkeit, irgendwie unbeschadet aus der Situation zu kommen, hatte sie darin gesehen, ihre Reize gezielt einzusetzen, obwohl sie wusste, dass Dave Adams so was wie ein asexuelles wandelndes Gesetzbuch war.

Sie hatte zwar noch nie direkt etwas mit ihm zu tun gehabt, aber sein Ruf eilte ihm voraus. Die Damen des Büros ließen sich so gut wie täglich in der Kaffeeküche darüber aus, wie heiß er war, und sie musste zugeben – sie übertrieben kein bisschen. Dave Adams war groß, über eins fünfundachtzig, und äußerst maskulin. Er hatte breite Schultern und schmale Hüften, die durch seine maßgeschneiderten Anzüge perfekt betont wurden. Sein markantes Gesicht war beinahe makellos, lediglich seine Nase war nicht ganz gerade. Aber genau das verlieh seinem Aussehen etwas sehr Männliches und Einzigartiges. Er hatte sie so intensiv gemustert, dass ihr Puls weit über die gesunde Grenze in die Höhe geschnellt war. Als zwischen seinen ausdrucksstarken braunen Augen auch noch zwei steile Falten aufgetaucht waren, hatte sie endgültig die Nerven verloren und sich ihm – ohne es verbal auszudrücken – angeboten. Immerhin, es schien irgendwie gewirkt zu haben, nur vielleicht nicht ganz so, wie sie es geplant hatte.

Himmel, es war so peinlich. Hoffentlich musste sie ihn nie wiedersehen. Allein der Gedanke war albern, natürlich würden sie sich in den kommenden zwei Wochen in der Staatsanwaltschaft irgendwann über den Weg laufen. Sie konnte ihm hier auf der Etage schlecht aus dem Weg gehen, sie würde es jedoch versuchen.

Bei der Erinnerung daran, dass sie auch noch die Dreistigkeit besessen hatte, einen Knopf ihrer ohnehin schon viel zu engen Bluse aufzumachen, brannte ihr Gesicht noch heißer. Es war die stumpfsinnige Bemühung gewesen, die Aufmerksamkeit von den Akten auf sich selbst zu lenken. Was das anging, war sie erfolgreich gewesen. Dave Adams war quasi vor ihrer Aufdringlichkeit geflüchtet.

Wie unangenehm. Eigentlich sollte sie sich freuen, dass es funktioniert hatte, aber ihr sonst wenig ausgeprägtes Ego fühlte sich von seiner offensichtlichen Ablehnung verletzt.

Egal, rief sie sich zur Ordnung. Sie war nun mit ihrer Arbeit fertig und konnte endlich nach Hause gehen. Für heute hatte sie definitiv genug Nervenkitzel gehabt.

Susana schob sich eine braune Haarsträhne aus der erhitzten Stirn. Zum Glück war das alles bald Geschichte.

Sie zählte die Tage bis zur Prozesseröffnung. So lange musste sie noch durch- und vor allem die Nerven behalten.

Susana zuckte zusammen, als etwas hinter ihr knackte. Sie drehte sich um und atmete erleichtert aus, als sie nichts Außergewöhnliches entdecken konnte.

„Porca miseria!", stieß sie in der Muttersprache ihrer Eltern aus und straffte sich, bevor sie die Akten ordentlich auf das Wägelchen lud und sich beeilte, sie an Ort und Stelle zurückzubringen.

Susana schlug drei Kreuze, als sie das Gebäude fünfzehn Minuten später verließ und sich auf den Weg zur Subway machte.

2

„Enttäuschen Sie mich nicht, Adams. Ich halte große Stücke auf Sie."

Nicholas Delavall klopfte Dave mit seiner fleischigen Hand auf die Schulter und setzte sich dann schwerfällig. Der dunkle Ledersessel knarzte unter seinem Gewicht. Für Dave bedeutete diese Geste, dass die Unterredung damit beendet war. Delavall drehte sich in seinem Stuhl und blickte durch die verglaste Front auf Manhattans Midtown.

„Natürlich, Sir", erwiderte Dave knapp und verließ das großzügige Eckbüro. Sein Chef hatte Daves Bedenken zum Fall Bassanelli mit einer abfälligen Handbewegung abgetan und ihm gesagt, dass er sich nicht lächerlich machen solle. Die Mafia hätte weitreichende Verbindungen, aber ganz sicher nicht bis hinauf in die Staatsanwaltschaft. Seine Argumente, dass er von seinem Informanten gehört habe, dass ein Maulwurf in ihren Reihen eingeschleust worden sei, hatte er mit einem schallenden Lachen abgewürgt und ihn kurz darauf quasi aus seinem Büro geworfen. Er solle sich mal nicht ins Hemd machen und sich entspannen.

Dave war nicht wütend, dass sein Chef ihn nicht ernst nahm, aber besorgt. Sein Gefühl hatte ihn bisher noch nie getrogen, aber er hatte einfach keinen Ansatzpunkt, um seine Bedenken zu untermauern. Dass Delavall seine Einschätzungen nicht teilte, war nicht gerade hilfreich für weitere Maßnahmen, die ihm einen Tipp zu einer Leckage geben konnten.

Gedankenverloren ging er über den Flur zurück in Richtung seines Büros. Er wollte alle Sachverhalte und Unterlagen noch einmal sorgfältig durchgehen, um sicher zu sein, dass er nichts übersehen hatte. Irgendwo musste es einen Hinweis geben, der ihm bisher entgangen war.

Viel zu spät bemerkte Dave, dass er nicht allein auf dem Gang war. Und dann passierte es auch schon. Er prallte mit einer Frau zusammen, die einen Stapel brauner Kartonhefter in den Armen balancierte. Seine Unfallgegnerin stieß einen spitzen Schrei aus und im selben Moment segelten Hunderte Papiere durch die Luft, bis der Großteil der Akten mit einem lauten Knall auf dem glatten Boden der Staatsanwaltschaft aufschlug.

„Merda!", hörte er eine melodische Stimme unterdrückt fluchen. Sofort begann die Frau damit, die verstreuten Zettel hektisch zusammenzusammeln.

Dave fiel erst jetzt auf, dass es sich um die Brünette handelte, die er gestern Abend beim Kopierer getroffen hatte. *Sie* hatte ihm gerade noch gefehlt. Er stand wie angewurzelt da, bis er realisierte, dass er schuld an der Misere war.

„Verzeihung", brummte er und ging in die Hocke, um ihr zu helfen.

Sie schaute zu ihm auf und was dann geschah, konnte er bestenfalls als Einbildung abtun. Es war, als läge ein Band zwischen ihnen, das es ihm nicht ermöglichte, wegzusehen. Dabei schienen sich kleine elektrisch aufgeladene Teilchen hin und her zu bewegen, die ihn bis ins Mark erschütterten.

Endlich gelang es Dave, seinen Blick von ihr loszureißen, aber nur, um an ihrem einladenden Dekolleté hängen zu bleiben. Unter der weißen Bluse blitzte ein cremefarbener Spitzen-BH hervor, der den Ansatz ihrer Brüste äußerst vorteilhaft betonte. Obwohl all das nur wenige Sekunden dauerte, war danach nichts mehr wie zuvor.

„Gehen Sie nur", sagte sie schroff. „Ich mache das schon."

Schon wieder! Er hatte sie schon wieder angegafft wie ein notgeiler Perversling.

Dave glotzte sie fassungslos an. „Wie? Nein. Es ist absolut mein Fehler. Ich habe nicht aufgepasst."

„Ach was." Ihre Stimme klang mit einem Mal unterkühlt und ein Ruck ging durch ihren Körper. Sie straffte ihren Rücken und funkelte ihn an. „Das ist ganz sicher nicht Ihre Aufgabe, Mr. Adams."

Aha. Sie wusste also, wer er war. Etwas, das er nicht über sie behaupten konnte.

Dave begann entgegen ihrer Aufforderung, ihr beim Beseitigen des Desasters zu helfen. Noch ehe er richtig loslegen konnte, riss sie ihm jedoch die ersten Blätter aus der Hand.

„Haben Sie mich nicht gehört? Sie haben sicher Wichtigeres zu tun. Das hier ist nicht Ihre Aufgabe!" Ihre Stimme klang schrill. Ihr musste die Sache wirklich unangenehm sein.

„Aber ich bitte Sie, äh, Miss …?", begann er und griff erneut nach umliegenden Papieren.

„Pierce. Ich bin die Praktikantin. Hören Sie, es tut mir schrecklich leid, dass ich Sie umgerannt habe. Bitte tun Sie mir den Gefallen und gehen Sie. Wenn mein Boss mitbekommt, dass ich hier alle Unterlagen verteilt habe, bin ich gefeuert. Dass ich Ihnen auch noch Umstände bereite, ist nicht gerade hilfreich …"

Er hatte Mühe, sich auf das, was sie sagte, zu konzentrieren. Er sah zwar, dass sich ihre sinnlichen Lippen bewegten, aber was sie ihm mitteilte, drang nicht bis zu ihm vor. Dave hielt in seiner Bewegung inne, als er realisierte, dass er im Begriff war, zu sabbern. Er musste sich endlich wieder professionell benehmen.

Sie war eine Praktikantin und er würde den Teufel tun und sie belästigen, egal wie scharf er sie fand.

Sie wollte keinen Ärger mit ihrem Boss, hatte sie gesagt. Wer war eigentlich ihr Boss?

Ach ja, der fette Logan Burkle hatte die Praktikantinnen unter sich. Er konnte verstehen, dass sie kein Theater mit ihm haben wollte. Wenn der Kerl schlechte Laune hatte, verspeiste er unschuldige Mädchen zum Frühstück.

„Na schön. Miss Pierce", lenkte Dave schließlich ein. „Wie Sie wünschen. Es ... tut mir leid." Dann stand er auf und stürzte davon, ohne sich noch einmal umzudrehen.

Zurück in seinem Büro, versuchte Dave, einen klaren Kopf zu bekommen, was alles andere als einfach war. Zum einen schwirrte immer noch das Bild von Miss Pierce in seinem Kopf herum, und dann war da noch der Fall, der weitaus wichtiger war als seine sexuellen Bedürfnisse.

Er hatte keinerlei Beweise für seine Vermutungen bezüglich der Informationslücke finden können. Was ihn gleichzeitig stutzig machte und beunruhigte, war zudem die Tatsache, dass es in den letzten Tagen um Antonio Bassanelli verdammt ruhig geworden war. Üblicherweise gab es so kurz vor wichtigen Prozessen immer wieder störende Ereignisse im Umfeld, die vom eigentlichen Thema ablenken sollten. Ein Untergrundkampf hier und da, das brennende Auto eines Staatsdieners oder ungeklärte Einbrüche und Verwüstungen bei Menschen, die am Verfahren beteiligt waren. Nicht aber in diesem Fall.

Bassanelli musste sich enorm sicher sein, dass er die besseren Karten hatte, wenn er nicht mal die üblichen Ablenkungsmanöver durchzog. Und das gab Dave schwer zu denken.

Was seinen Verstand zusätzlich trübte, hatte glänzende braune Haare und zwei verdammt wohlgeformte Argumente ... Immer wieder schweiften seine Gedanken in ihre Richtung. Faszinierend. Es war so faszinierend wie ärgerlich. Seit Ewigkeiten hatte ihn keine Frau mehr auf diese Weise interessiert. Vielleicht noch nie.

Dave hatte immer geglaubt, dass er gegen sexuelle Reize im Büro immun wäre – bis er sie getroffen hatte. Er war sich nicht sicher, ob er einer Annäherung ihrerseits widerstehen könnte, wenn sie jemals eine wagen sollte.

Danach sah es allerdings ganz und gar nicht aus. Ihre schroffe Abfuhr sagte ihm klar und deutlich, dass sie kein Interesse hatte, obwohl er diese spezielle Anziehung zwischen ihnen gespürt hatte. Vielleicht war es doch einseitig. Ganz sicher sogar.

Es war nahezu absurd, in welche Richtung sich seine Gedanken bewegten. Er musste sich das alles eingebildet haben: die flirrende Luft, die zu langen Blicke, ihr Atem, der zu schnell ging, wenn sie ihn so lange mit ihren hübschen Augen fixierte ...

Nein, da war sicher nichts dran und sie hatte wahrscheinlich wirklich nur Angst gehabt, dass Burkle sie feuern würde, weil sie die Papiere durcheinandergebracht hatte. Sein kleiner Freund sah das alles leider ganz anders, denn in seiner Hose war schon wieder mehr Leben, als ihm lieb war. Dave hatte sich immer eingebildet, und bisher hatte er es auch so gelebt, dass er der korrekte Typ wäre. Dass man Arbeit und Privatleben trennen konnte. Er hatte sich oft halb totgelacht über die Kerle, die ihre Sekretärinnen flachlegten und sich dann wunderten, dass sie Probleme im Büro bekamen.

Und dann lief ihm eine Miss Pierce über den Weg und er hatte sexuelle Fantasien über ein feuriges Intermezzo, in dem sein Schreibtisch die Hauptrolle spielte – mit ihr darauf. Sein Interesse galt allein ihrem verführerischen Körper. Er kannte nicht mal ihren Vornamen und wenn er ganz ehrlich war, interessierte es ihn auch nicht, wie sie hieß. Er stellte sich vielmehr vor, wie sie leise *seinen* Namen schrie ...

Dave lachte humorlos und schlug sich gegen die Stirn. Er musste einen Dachschaden haben. Absolut.

Jetzt war definitiv nicht die richtige Zeit für eine Büroaffäre. Aber wenn der Prozess vorbei war, würde er für sexuelle Zerstreuung sorgen. Allerdings nicht mit Miss Pierce! Jedenfalls nicht, solange sie hier arbeitete. So viel war sicher.

Dave rieb sich über das glatt rasierte Kinn und versuchte damit, die sexuellen Gedanken aus seinem Kopf zu vertreiben. Er musste sich noch für ein paar Tage am Riemen reißen und die undichte Stelle in der Staatsanwaltschaft finden, sonst würde ihn am Eröffnungstag des Prozesses eine unliebsame Überraschung erwarten. Die Angst, sich im Gerichtssaal lächerlich zu machen, brachte ihn so weit auf den Boden der Tatsachen zurück, dass er sich endlich wieder auf die Schriftsätze auf seinem Tisch konzentrieren konnte.

Er war wieder bei der Sache. Akribisch arbeitete er sich von Akte zu Akte, von Absatz zu Absatz durch. Er saß die ganze Nacht am Schreibtisch, bis er eins und eins zusammenzählen konnte. Das erklärte vielleicht auch seine verrückte Reaktion gestern. Er musste gespürt haben, dass etwas nicht gepasst hatte, und es mit sexueller Anziehung verwechselt haben. Er war beinahe erleichtert darüber, dass er nicht komplett durchgeknallt war.

Dave stieß einen leisen Pfiff aus. Noch war es nur eine Vermutung, aber wenn sich diese verdichtete, würde er sich Gedanken machen, wie er diese Informationen gezielt einsetzen würde.

Zeit für eine Stunde Schlaf, sagte er sich, als er gegen sechs Uhr morgens das Büro verließ und in sein Apartment an der Upper Eastside fuhr.

Erschöpft warf er die Schlüssel in eine Chromschale auf der Anrichte im Flur seiner Wohnung. Obwohl er hundemüde war, schwirrte ihm so viel durch den Kopf, dass er, anstatt direkt ins Bett zu gehen, erst in die Küche schlurfte und sich ein Rührei briet. Essen würde ihm helfen, sich zu entspannen.

Erst als er die Eier in die Pfanne schlug, fiel ihm auf, dass er nicht einmal ein Abendessen zu sich genommen hatte. Das war allerdings zweitrangig. Viel wichtiger war, dass er womöglich den Schlüssel zur undichten Stelle gefunden hatte. Ob er recht hatte, würde er bald herausfinden. Er freute sich ein bisschen darauf, diese Befragung durchzuführen.

Zufrieden rührte er erschöpft, gleichzeitig seltsam energiegeladen in der gelblichen Masse vor sich.

An Schlaf war leider auch nach dem Frühstück nicht zu denken, er war viel zu aufgedreht. Aber zumindest eine heiße Dusche und ein frisches Hemd waren nötig, bevor er sich wieder auf den Weg ins Büro machte. Er ließ sich absichtlich mehr Zeit als sonst, denn es würde ein langer Tag werden.

Susana goss sich Kaffee in ihren Thermobecher, dabei unterdrückte sie ein Gähnen. Sie hatte letzte Nacht kaum ein Auge zugetan und stand nun erschöpft in der kleinen Pantryküche ihres Blumenladens und genoss den vertrauten Geruch, den die verschiedenen Blüten im ganzen Laden verströmten. Sie nutzte die kleine Ecke hinter dem Verkaufsraum sonst, um Blumensträuße zu binden, da sie hier eine vernünftige Arbeitsfläche hatte, wo sie Schere und Materialien ablegen konnte, die sie zum Binden benötigte.

„Hey, guten Morgen", grüßte sie ihre Nachbarin, als diese den kleinen Raum betrat. Tracey war momentan ihre größte Hilfe. Ohne sie hätte sie den Laden längst dichtmachen müssen. „Möchtest du auch einen Kaffee?"

„Nein danke, mein Magen, du weißt ja."

Sie war nicht mehr die Jüngste und obwohl sie längst das Rentenalter überschritten hatte, konnte sie jeden zusätzlichen Penny gut gebrauchen. Susana war durchaus klar, dass sie es nicht vorrangig wegen der Aufbesserung ihrer mageren Rente, sondern vielmehr aus Nächstenliebe – und Langeweile – tat. Trotzdem, Susana nahm sich vor, ihr am Ende einen Extrabonus zukommen zu lassen. Sie war gleich viel besser gelaunt und lächelte.

„Okay, aber heute machst du dann etwas früher zu, ja?"

„Was sollen die Kunden denken?"

„Die werden es verschmerzen. Ich bin dir so dankbar, dass du für mich einspringst, während ich die, äh, Fortbildung mache."

Es tat ihr so leid, dass sie Tracey anlügen musste, aber die alte Dame würde sicher einen Herzinfarkt erleiden, wenn sie wüsste, dass sie für die Mafiagrößen der Stadt als Informantin unterwegs war.

Wie der Herr, so's Gescherr, dachte Susana sarkastisch, ohne dass ihr je jemand hundertprozentig bestätigt hätte, dass ihr Vater tatsächlich krumme Dinger mit der Mafia gedreht hatte. Egal was es gewesen war, eines Tages war er einfach verschwunden gewesen. Entweder war er abgehauen oder mit zwei Zementblöcken im Hudson River versenkt worden. Beide Versionen waren so grauenhaft, dass sie noch nie ausführlich mit Sofia, ihrer kleinen Schwester, darüber geredet hatte. Das Thema wurde totgeschwiegen.

Ungefähr so hatten sie es auch mit der Krankheit ihrer Mutter gehandhabt. Sie hatte sich vor als auch nach dem Verschwinden ihres Mannes nicht wirklich für ihre Kinder interessiert. Sie hatte ein Leben zwischen Depressionen, Drogen und Alkohol geführt, sodass Susana schon sehr früh Verantwortung für sich und Sofia hatte übernehmen müssen. Vor drei Jahren war die Mutter an Leberversagen gestorben. Das jämmerliche Ende eines verkorksten Daseins.

Die Schwestern waren schon immer füreinander da gewesen, sie hatten ja niemand anderen gehabt, der sich um sie gekümmert hätte, und das hatte sich bis heute nicht geändert. Die Großeltern waren in Italien geblieben. Dort lebte mittlerweile nur noch eine *Nonna,* zu der sie nur zu Weihnachten und zum Geburtstag Kontakt hatten. Susana vermutete, dass ihr Vater schon in der Heimat nicht ganz gesetzeskonform gelebt hatte und seine eigene Mutter deshalb nach dem Abschied die Verbindung absichtlich hatte abreißen lassen.

So waren die zwei Mädchen mehr oder weniger allein für sich verantwortlich gewesen. Schon als Teenager hatte Susana im Blumenladen gejobbt und da die ehemalige Eigentümerin keine Erben gehabt hatte, hatte sie ihr den Laden schließlich vermacht und Susanas Nebenjob war damit zu ihrem eigenen Geschäft geworden. Susana hatte nach ihrem ersten Mafia-Auftrag im zarten Alter von fünfzehn Jahren ihre Ohren einfach noch ein wenig mehr gespitzt und war immer öfter konsultiert worden. Ihre Tätigkeit als Informantin hatte sich zu dem Zeitpunkt schon herumgesprochen und nach und nach war der Laden zum inoffiziellen Treffpunkt geworden. Es gab ihr einen zusätzlichen Bonus, dass sie bereit gewesen war, die Informationen direkt von der Quelle zu beschaffen. Susana hatte schon immer gut rechnen können und mit dieser ersten echten Aufgabe als Maulwurf hatte sie mehr verdient als mit all ihren kleinen Gefälligkeiten zuvor.

So war schließlich eins zum anderen gekommen, sodass sie mittlerweile eine Art inoffizielle Informationsagentur führte. Der Preis wurde vorher verhandelt, bei neuen Kunden ließ sie sich im Voraus bezahlen. Meist waren es jedoch dieselben Gesellen, mit denen sie Geschäfte machte, und für die arbeitete sie auf Erfolgsbasis. Nach diesem Prinzip bekam sie am Ende mehr, da ihre Erfolgsquote bei nahezu hundert Prozent lag. Ein weiterer Grund, warum ihr kleines Extra-Business so gut lief. Erfolg braucht keine zusätzliche Werbung. Der Blumenladen war die beste Tarnung für ein Gespräch ohne unliebsame Zuhörer. Nach den meist kurzen und knappen Anweisungen bekamen die Kunden einen hübsch gebundenen Strauß, sodass nie auch nur ein Bulle auf die Idee gekommen wäre, dass hier im Laden noch ganz andere Dinge über die Theke gingen als Rosen oder Hyazinthen.

Sie war heilfroh, dass ihre kleine Schwester davon bisher nichts mitbekommen hatte. Ihre zeitweise Abwesenheit hatte sie immer mit Fortbildungen oder Kursen für dies oder jenes erklären können. Nicht jeder Job verlangte zudem ihre permanente Anwesenheit, so wie der aktuelle in der Staatsanwaltschaft. Susana war jeden Abend nach Hause gekommen, und mittlerweile lebte Sofia in Boston, wo sie an der Boston University studierte, und bekam sowieso nicht mehr viel mit. Und nach diesem Job war ohnehin Schluss damit – sie freute sich auf die Zeit, denn ihre Arbeit im Laden fehlte ihr gerade sehr. Die Ruhe, der Umgang mit den Kunden und das Gefühl, die Blumen in ihren Händen zu halten und daraus etwas ganz Besonderes zu machen. Die unglaubliche Farbvielfalt und verschiedenen Düfte, die jede Blüte unverwechselbar machten, waren ihre Welt. Stattdessen hatte sie es mit muffigen Akten, trockener Büroluft und Menschen in Anzügen zu tun. Nicht ihre Welt, es war alles viel zu steril und unpersönlich. Menschliche Schicksale wurden zu Fällen gemacht, in einer Kanzlei war kein Platz für Emotionen oder Mitgefühl. Sie hasste es und sehnte den Tag herbei, an dem sie endlich Schluss damit machen konnte.

„Susana?", hörte sie Tracey fragen.

„Was? Entschuldige bitte, ich habe gar nicht zugehört."

„Ja." Tracey lachte. „Das habe ich gemerkt. Schon gut, es war nicht wichtig."

„Doch, sag schon."

„Es ging um die Lieferung der Duftrosen. Weißt du zufällig, ob es bei Samstag bleibt?"

„Einen Moment." Susana gab das Passwort in den uralten PC des Ladens ein und checkte die E-Mails. Ein Wunder, dass das vorsintflutliche Ding noch lief. „Ja, Samstag um neun. Aber dann werde ich hier sein. Mach dir mal keinen Kopf. Irgendwann musst du dich mal ausruhen. Oh, ich liebe Duftrosen …"

„Du arbeitest zu viel. Diese Fortbildung muss ja wirklich anspruchsvoll sein. Du bist ganz blass um die Nasenspitze. Wird Zeit, dass du mal einen Spaziergang an der frischen Luft unternimmst und nicht immer nur arbeitest. Oder buche gleich einen Wochenendtrip raus aus dem Mief hier."

„Haha. Urlaub? Ist momentan nicht drin. Und was ist mit dir? Deinen Enkeln?"

„Ach, ich vermisse sie. Aber Chicago ist weit weg." Sie atmete tief durch. „Geh doch mal in den Central Park, Tauben füttern, Eis essen. Irgendwas, um den Kopf mal frei zu bekommen."

„Ja, das ist eine gute Idee. Gleich am Sonntag werde ich das in Angriff nehmen, ich war ewig nicht mehr dort. Willst du deine Familie nicht bald mal besuchen? In den Ferien vielleicht, dann hast du ganz viel von deinen Enkeln?"

Tracey verdrehte die Augen, lächelte aber milde. „Du bist echt gut darin, von dir abzulenken, Susana. Aber ja, ich werde sie bald besuchen."

Susana umarmte die alte Dame und atmete den dezenten Lavendelduft ihrer größten und verlässlichsten Hilfe ein. Ein beruhigender Geruch, der sie für einen Moment vergessen ließ, welchem Stress sie derzeit ausgesetzt war.

„Ach Tracey", seufzte sie, als sie sich langsam von ihr löste. „Ich bin wirklich ein bisschen urlaubsreif, aber am Sonntag ruhe ich mich aus. Versprochen!"

„Natürlich, Kleine. Um den Laden musst du dir keine Sorgen machen, den habe ich im Griff."

„Das weiß ich doch, und ich glaube, du kannst dir gar nicht vorstellen, wie dankbar ich dir dafür bin."

„Ach, so ein Unsinn. Ich bin froh, dass ich auf meine alten Tage nicht ständig allein in meiner Wohnung hänge, und wie du weißt, liebe ich Blumenduft und die Arbeit mit Menschen. Sonst würde ich eingehen. Nein, es tut mir gut, hier zu sein."

Susana sah ihn Traceys faltiges Gesicht, nickte lächelnd und schnappte sich dann ihren Thermobecher. „Gut, okay. Es freut mich, dass du das so siehst. Vielen Dank noch mal, du rettest mich. Das weißt du ja! Also dann, ich muss los. Habe schon viel zu lange getrödelt! Ciao!"

„Schönen Tag", rief Tracey ihr noch hinterher.

Susana begann, so schnell es ihr mit dem Kaffee möglich war, zu traben, um die Neun-Uhr-Bahn noch zu erreichen.

Tracey blickte Susana nachdenklich hinterher. Als die Tür hinter ihr ins Schloss fiel, bereitete sie sich einen Tee zu. Dabei stürzte ihr die lose Schranktür, wie immer, beinahe entgegen. Hier musste unbedingt mal ein Handwerker ran.

Während sie darauf wartete, dass das Wasser kochte, schaute sie sich im Laden um. Der alte Linoleumboden war so durchgetreten, dass an einigen Stellen der blanke Beton hervorlugte. Die Blumenkübel hätten bereits vor zehn Jahren erneuert werden müssen und über die Wände wollte sie gar nicht erst nachdenken.

Einst waren sie weiß gewesen, mittlerweile konnte man die Farbe bestenfalls als Gelb bezeichnen. Ein schmutziges, schmierig wirkendes Gelb, das neue Kunden das erste Mal oft so abschreckte, dass sie den Laden direkt wieder verließen, ohne etwas zu kaufen. Susanas Blumenoase war genau das Gegenteil von dem, was der Name versprach. Der Laden glich vielmehr einem Schlachtfeld nach Kriegsende. Hier kaufte nur, wer die Qualität der Ware zu schätzen wusste oder einen ganz speziellen Grund für den Besuch hatte.

Natürlich war Tracey nicht entgangen, dass Susana gelegentlich „Sonderaufträge" ausführte. Wie jetzt zum Beispiel. Sie konnte sogar verstehen, weshalb sie die Mata Hari für die schmierigen Mafiosi mimte, denn Susana und Sofia hatten es als Kinder nicht leicht gehabt. Susana war tough und klug, sie kam sicher klar. Das bedeutete aber nicht, dass Tracey sich keine Sorgen um sie machte. Bisher war alles gut gegangen und sie wusste auch, dass das Mädchen nicht gerade Mordaufträge ausführte, sondern immer nur als Schnüfflerin unterwegs war. Dennoch, gutheißen konnte sie es nicht und sehr bald würde sie mit der jungen Dame mal ein Wörtchen darüber reden müssen. Was, wenn sie einmal aufflog? Mit ihren „Geschäftspartnern" war nicht zu spaßen. Die Kerle würden sie sicher nicht aus dem Knast raushauen. Im Gegenteil, wenn sie einen Schuldigen gefunden hatten, würden sie keinen Finger rühren, um die Aufmerksamkeit am Ende auf sich zu lenken.

Nein. Tracey schüttelte den Kopf. Das musste aufhören.

Das Piepen des Wasserkochers erschreckte sie, sie schrie spitz auf. „Guter Gott, meine Nerven!", brabbelte sie, während sie den Tee aufgoss.

Wenn sie schon nur der Gedanke an die Mafia so schockte, dass sie sich beinahe in die Hosen machte, wie musste es Susana dann erst gehen?

„Muss am italienischen Blut liegen, die haben keine Angst vor gar nichts, diese Frauen!", schimpfte sie leise, aber ein Lächeln schlich sich in ihr Gesicht.

Ja, Susana würde schon wissen, wie sie zu reagieren hatte, wenn mal was nicht nach Plan lief. Das Mädchen war dank früher Schule mit allen Wassern gewaschen und nicht auf den Kopf gefallen.

3

Ständig befürchtete Susana, dass sie Dave Adams über den Weg laufen könnte, und das wollte sie um jeden Preis vermeiden.

Regel Nummer zwei: immer einen kühlen Kopf bewahren. Das hatte sie gestern gerade noch so hinbekommen. Der Zusammenstoß hätte sie den Kopf kosten können, denn die Akten waren hochbrisant gewesen und zufälligerweise aus Dave Adams' Vorzimmer „ausgeliehen" gewesen.

Glücklicherweise hatte er nur Augen für ihren Busen und nicht für die Zettel gehabt. Sie hatte schnell reagiert und ihn schroff aufgefordert, zu verschwinden.

Dennoch, sie wollte ihr Glück unter keinen Umständen noch einmal aufs Spiel setzen und tat alles dafür, ihm so bald nicht noch einmal zu begegnen. Ansonsten bekam er sie womöglich doch noch auf seinen Radar, und nach allem, was sie über ihn wusste, würde er ihr dann auf die Schliche kommen und sie in Teufels Küche bringen – oder schlimmer, in den Knast.

Sie hoffte daher inständig, dass er in ihr bisher nichts weiter als eine vollbusige Praktikantin mit High Heels sah – und so sollte es auch bleiben.

Gegen Abend begann sie endlich, sich ein wenig zu entspannen. Es wurde ruhiger in den umliegenden Büros und die Schreibtische der anderen Praktikanten waren längst geräumt. Auch sie wollte heute nicht mehr allzu lange bleiben. Soweit sie wusste, waren keine Neuigkeiten zum Fall Antonio Bassanelli zu verzeichnen.

Das Klingeln ihres Tischtelefons erschreckte sie so sehr, dass sie beinahe vom Stuhl fiel. Ihr wilder Herzschlag pochte bis zum Hals, als sie die Hand zum Hörer führte. Es war äußerst ungewöhnlich, dass jemand sie anrief. Üblicherweise schrie ihr Vorgesetzter ihr Anweisungen zu, aber sein Büro lag längst ihm Dunkeln. Der machte nur Überstunden, wenn es unbedingt sein musste.

Ein Blick auf das Display genügte, und ihr Herz setzte einen weiteren Schlag aus. *Dave Adams* blinkte in regelmäßigem Abstand darauf auf und es schien, als würde das Klingeln mit jedem Mal schriller.

Natürlich waren es nur ihre Nerven, die verrücktspielten.

„Hallo?", beantwortete sie den Anruf atemlos, ganz so, als wäre sie eben über den Flur gehastet.

„Ah, Sie sind noch da. Schön, Miss Pierce. Ich würde mich gern mit Ihnen ... unterhalten. Könnten Sie bitte kurz in mein Büro kommen?" Dunkel und samtig drangen seine Worte an ihr Ohr. Seine Stimme war angenehm und alle feinen Härchen auf ihrem Körper stellten sich auf.

Eines war klar: Sie war auf seinem Radar gelandet. Die Frage war nur ... welcher Art sein Interesse an ihr war. Susana hatte Mühe, ruhig zu bleiben, in ihrem Kopf überschlugen sich die Gedanken.

Was wollte er von ihr – und was wusste er?

„Äh, wie? Jetzt gleich?", stammelte sie und heißkalte Schauer liefen über ihren Rücken auf und ab.

„Ja, wenn es Ihnen recht ist? Gern sofort."

Sein bestimmter Tonfall duldete keinen Widerspruch, obwohl er weder unhöflich noch schroff gewesen war. Aber Dave Adams wusste, was er wollte, und so wie er es sagte, war klar, dass dieser Mann absolut kompromisslos handelte. Oder Dinge klärte, ehe sie zum Problem für ihn wurden. Sie erschauderte.

Susana schluckte kurz und räusperte sich, bevor sie weitersprach: „Natürlich. Bin gleich da."

Er legte ohne ein weiteres Wort auf.

Ihr Empfinden mit einem Wort zu beschreiben, war nicht schwer: Horror.

Ihre Hände waren eiskalt und ihr Herz hämmerte hart und unnachgiebig gegen ihren Brustkorb, als sie sich auf den Weg zu seinem Büro machte.

Die umliegenden Räume lagen im Dunkeln, auf der Etage war es längst still geworden.

Kurz überlegte sie, ob sie einfach flüchten sollte. Aber dafür war es zu spät, und wie sollte sie das nachher erklären? Nein, sie würde ruhig und souverän auftreten. Adams hatte sicher nur eine ganz simple Frage an sie. Leider klang das alles nicht überzeugend in ihrem Kopf.

Nein, machte sie sich selbst Mut, er konnte nichts wissen. Sie hoffte, dass er vielleicht wirklich „nur" anderweitiges Interesse an ihr hatte als berufliches. Der Gedanke löste ein seltsames Kribbeln bei ihr aus.

Wie weit würde sie gehen, um ihre Haut zu retten?, überlegte sie, während sie die obersten zwei Knöpfe ihrer Bluse öffnete, bevor sie eintrat. Vielleicht war das ihre einzige Möglichkeit.

Es gab ihre eine vollkommen unerklärliche Genugtuung, dass ein Mann wie Adams sich von ihr angezogen fühlen könnte, und sie hoffte – natürlich nur, weil sie nicht auffliegen wollte –, dass sie recht behielt und er sie aus diesem Grund zu sich gerufen hatte.

Leise klopfte sie an die offen stehende Tür und spähte in sein Büro. Er war gerade in einige Papiere vertieft und sah auf, als er ihr Klopfen hörte.

„Ah, da sind Sie ja. Kommen Sie herein ... Miss Pierce."

Sein Blick ruhte auf ihr und verfolgte jede ihrer Bewegungen mit unverhohlenem Interesse.

„Seien Sie so gut und schließen die Tür hinter sich. Das, was wir zu ... besprechen haben, sollte unter vier Augen geschehen."

Sie schluckte hart.

O mein Gott. Was hatte er vor?

„Kommen Sie ruhig näher, ich beiße nicht", hörte sie ihn sagen, aber sein Gesichtsausdruck strafte diesen Satz lügen.

Sie fühlte sich ausgeliefert und schutzlos. Adams' Miene war undurchsichtig und er wirkte angespannt. Susana schielte auf die Papiere vor ihm, während sie näher kam. Das, was sie sah, ließ ihr das Blut in den Adern gefrieren. Es waren genau die Akten, die sie gestern kopiert hatte. War es möglich, dass er doch wusste …?

Sie musste sich schnell etwas überlegen, noch hatte sie keine Ahnung, ob er das eine oder das andere von ihr wollte. Sie erinnerte sich an Regel Nummer eins: immer eine Antwort parat haben.

„Mr. Adams", begann sie, aber sein Gesichtsausdruck brachte sie sofort wieder zum Schweigen.

Er studierte ihre Bewegungen wie ein Wolf, kurz bevor er zum Angriff überging. Noch nie in ihrem Leben hatte sie sich so ausgeliefert und verwundbar gefühlt. Die Anspannung im Raum war greifbar, niemand sagte ein Wort. Er musste zumindest eine vage Ahnung haben, dass etwas mit ihr nicht stimmte.

Einen Ausweg hatte sie noch. Sie würde alles auf diese Karte setzen, und hoffte, dass sie nicht danebenlag. Um unbeschadet aus der Sache rauszukommen, gab es nur noch eine einzige winzige Chance, und die war … ihre Reize weiter an ihm zu testen.

Mit langsamen, anmutigen Schritten umrundete sie seinen Schreibtisch und ließ ihn dabei nicht aus den Augen. Seine Gesichtszüge waren versteinert, er zuckte nicht einmal mit der Wimper.

Ihre Lippen waren leicht geöffnet, das Atmen fiel ihr schwer. Das Blut rauschte durch ihre Adern, nicht nur, weil ihr Schicksal auf dem Spiel stand. Dave Adams' Nähe stellte etwas mit ihr an, versetzte sie in einen Zustand der Erregung, den sie sich selbst nicht erklären konnte. Susana nahm all ihren Mut zusammen und hoffte, dass sie das Richtige tat.

Im Grunde genommen waren Männer ausnahmslos simpel gestrickt, versuchte sie, sich Mut zuzureden. Eine Abfuhr wäre nicht schlimmer, als von ihm entlarvt zu werden.

Es sah jedoch nicht so aus, als wollte er sie zurückweisen. In seinen Augen lag ein lüsterner Glanz, der ihr im richtigen Moment die nötige Selbstsicherheit verlieh. Das musste sie sich zum Vorteil machen. Und sie würde lügen, wenn sie ihn nicht zumindest ein kleines bisschen attraktiv finden würde. Die Macht, die er ausstrahlte, war, neben seiner Attraktivität, verdammt sexy.

Dave Adams' Augen weiteten sich, als er realisierte, was sie vorhatte. Susana schob seinen dunklen Ledersessel ein Stück zurück, setzte sich auf die Platte seines Schreibtischs und zog ihn an seiner Krawatte zu sich. Dass sie mit ihrem Hintern auf besagten brisanten Papieren Platz genommen hatte, kümmerte sie in diesem Moment nicht.

„Mr. Adams. Wie kann ich Ihnen behilflich sein?" Ihre Stimme klang verführerisch, wie sie zufrieden feststellte.

Immerhin, wenigstens das war ihr gelungen. Nun lag es an ihm.

Mit wachsender Spannung wartete sie auf seine Reaktion.

Ihr Magen zog sich nervös zusammen. Sein Brustkorb hob und senkte sich schnell, seine Pupillen weiteten sich.

Gott sei Dank. Sie hatte also nicht falschgelegen mit ihrer Hoffnung, dass er mehr auf ihre Titten als auf die Akten geglotzt hatte. Dass diese Papiere gerade auf seinem Tisch lagen, war wahrscheinlich nur ein dummer Zufall. Erleichterung durchströmte sie, gleichzeitig machte sich ein Prickeln auf ihrer Haut breit, als er seine Hände auf ihre Oberschenkel legte und sie dabei nicht aus den Augen ließ.

„Na schön", knurrte er. „Wenn die Lage so ist …"

Mit einer ruckartigen Bewegung stemmte er sich aus dem Ledersessel und stand plötzlich so dicht vor ihr, dass sie sein herbes Aftershave riechen konnte. Zusammen mit dem Hauch von Testosteron eine aufputschende Mischung, die mittelschwere Hitzeschauer durch ihren Körper jagte.

Viel Zeit zum Denken blieb ihr allerdings nicht, denn Dave Adams fackelte nicht lange. Sie erschauderte, als er seine Hand in ihren Nacken legte. Mit der anderen strich er über ihre halterlosen Nylonstrümpfe und kam zur selben Zeit langsam mit seinem Gesicht näher. Ihr war klar, dass sie, wenn nicht jetzt, sehr viel später nicht mehr an der Reißleine ziehen konnte. Aber sie war wie gelähmt und damit beschäftigt, die Sinneseindrücke zu verarbeiten, die seine Hände auf ihr auslösten.

Es befriedigte sie, zu spüren, wie begehrenswert er sie fand. Der Beweis seiner Erregung drückte gegen ihre Beine und raubte ihr das letzte bisschen Verstand.

Längst war es keine Rettungsaktion mehr, ihr Körper sehnte sich danach, dass er sie berührte. Sie wollte ihn küssen und anfassen. Das Pochen in ihrer Mitte ließ sich ebenso wenig ignorieren wie alles andere.

„Gut, Miss Pierce, dann sind wir uns einig?" Sein heißer Atem strich verheißungsvoll über ihre Lippen, während er auf ihre Antwort wartete.

Susana schluckte schwer, als sie die Lust in seinen Augen sah. Sie konnte nicht sprechen, nickte einfach nur. Endlich senkte er seinen Mund auf ihren und liebkoste sie langsam und behutsam.

So viel Zärtlichkeit hatte sie in dieser Situation nicht erwartet. Sie hatte eher damit gerechnet, dass er sie hart und fordernd küssen würde. Sie wusste nicht, was überraschender für sie war: dass sie ihr eigenes Seufzen an seinem Mund hörte oder dass sich das süße Ziehen in ihrer Mitte zu einem heißen Brennen verstärkte, als sich seine Zunge in ihren Mund schob.

Dieser Staatsanwalt verstand etwas davon, das musste man ihm lassen. Und dann war es auch endgültig vorbei damit, weitere Überlegungen über die Art seiner Küsse anzustellen. Susana klammerte sich an seinen breiten Rücken, strich mit ihren Händen über sein Hemd und ertastete die harten Muskeln unter dem dünnen Stoff, während sie sich immer tiefer im Strudel der Leidenschaft verlor. Dave Adams' Zunge stellte Dinge mit ihr an, die es ihr unmöglich machten, an etwas anderes zu denken als daran, wie sehr sie es genoss, von ihm berührt zu werden.

Sie hatte keine Ahnung, ob es Minuten oder Stunden waren, die sie in dieser Position mit ihm eng umschlungen knutschte. Längst war vergessen, dass sie hier war, um ihre Haut zu retten. Ihr Körper hatte das Denken für sie übernommen. Sie wollte mehr von ihm und seine Reaktion sagte ihr, dass es ihm ebenso erging. Vorbei war es mit der Verspieltheit, als er ihren Rock nach oben schob und über ihre Oberschenkelinnenseiten strich. Susanas Haut brannte an den Stellen, an denen er sie berührte.

„Hm", brummte er, „halterlose Strümpfe ... sehr sexy."

Seine Stimme klang heiser und entflammte sie noch mehr. Mittlerweile war ihr alles egal, nicht mal der Gedanke, dass jemand – und sei es nur vom Reinigungsservice – stören könnte, schreckte sie davor ab, mit Dave Adams all das zu tun, was sich nicht gehörte.

Mit zittrigen Händen fingerte sie am Gürtel seiner Hose, öffnete ihn sowie Knopf und Reißverschluss. Am Ende lag seine Hose wie ein Rettungsring um seine Beine. Seine Finger streichelten über ihre feuchte Vulva und schickten heiße Wellen der Erregung durch ihren Unterleib. Seine andere Hand massierte ihre Brüste, ihre Bluse war mittlerweile bis zum Bauchnabel geöffnet – wann genau hatte er das getan?

Sie war berauscht, atmete stoßweise und sehnte sich nach mehr. Seine Zunge strich über ihren Hals.

„Du riechst so gut", flüsterte er und versengte ihre Haut mit seinen Lippen. Küssend und knabbernd brachte er sie immer weiter um den Verstand, während er mit seinen Händen Dinge anstellte, die sie Sternchen sehen ließen.

Ungeduldig reckte sie ihm ihre Hüften entgegen, als es ihr nicht schnell genug ging.

Er lachte heiser: „Nicht so hastig, Miss Pierce."

Sie stieß einen Seufzer der Frustration aus, aber im nächsten Moment sog sie scharf die Luft ein, als er endlich ihren Slip nach unten riss und ihn achtlos auf den Boden fallen ließ.

Die Schreibtischplatte fühlte sich kühl und hart unter ihrem blanken Hintern an. Erschreckenderweise gefiel es ihr, so vor ihm zu sitzen, mit gespreizten Schenkeln und hochgeschobenem Rock. Ihre Hände zogen ihn dichter zu sich heran. Sein harter Schwanz ragte imposant und mit feucht glänzender Spitze in die Höhe. Er war groß, sehr groß. Sie umfasste ihn und begann, ihn sanft zu massieren.

Dave legte seinen Kopf in den Nacken und stöhnte heiser. „Verdammt, ist das gut!", knurrte er. Nach kurzer Zeit griff er nach ihrer Hand und legte sie zurück auf die Tischplatte. „Genug!" Er atmete schwer.

Sie genoss es, ihn zu beobachten. Sein Hemd stand offen und ermöglichte ihr den Blick auf seine breite Brust und die harten Bauchmuskeln. Er trat einen Schritt näher an sie heran, blickte ihr tief in die Augen und umfasste seine Erektion. Seine Pupillen waren geweitet, er war höchst erregt. Seine Miene verriet, wie mühsam beherrscht er war.

Kleine Schweißperlen standen auf seiner Stirn und sie wusste, auch ihre Wangen mussten gerötet sein.

„Willst du das?", fragte er mit belegter Stimme und drängte sich gegen ihre Nässe.

Susana spreizte die Beine noch ein Stückchen weiter für ihn. „Ja", hauchte sie und zog ihn dichter zu sich heran. Mit nur einer Bewegung glitt er in sie und entlockte ihr ein überraschtes Stöhnen. Für einen Moment bewegte er sich nicht, um ihr Zeit zu geben, sich an seine Größe zu gewöhnen.

Sie umklammerte seinen Rücken und hielt sich an ihm fest, als er endlich damit begann, in sie zu stoßen. Susana legte ein Bein um seine Hüften, um ihn noch tiefer in sich aufzunehmen. Die Empfindungen, die er in ihr auslöste, überstiegen alles, was sie bisher erlebt hatte. Lust, Begierde und ein unbändiges Verlangen, das sich mit jeder seiner Bewegungen steigerte. Susana schloss die Augen.

„Shit, das ist so unglaublich", stöhnte Dave an ihrem Ohr, als er sein Becken immer härter und unnachgiebiger kreisen ließ.

Getrieben von ihrer eigenen Lust, verlangte Susana nach mehr. Sie reckte sich ihm ungeduldig entgegen und stieß Laute aus, die sie noch nie von sich gehört hatte. Der Drang nach Erlösung wurde beinahe übermenschlich.

Unaufhaltsam baute sich der Druck in ihr auf. Das Brennen in ihrer Mitte wurde immer unerträglicher.

„Bitte", flehte sie und wusste dabei nicht einmal selbst, worum sie bat. Dave keuchte angestrengt, seine Lust trieb sie in ungeahnte Höhen. Susana ließ ihren Kopf in den Nacken fallen und ihre Hände krallten sich immer härter an ihm fest. Sie konnte nicht mehr.

Vor ihren Augen tanzten Millionen kleiner Sternchen, als die Heftigkeit ihrer Sinneseindrücke sie überrollte. Sie schrie leise unzusammenhängende Worte. Immer näher kam sie der Erlösung. Immer unerträglicher wurde die Spannung. Der Rhythmus seiner Hüften war gleichmäßig und kraftvoll. Das Klatschen, das durch das Aufeinandertreffen ihrer nackten Haut erzeugt wurde, war das Einzige, was man außer ihrem keuchenden Atem im Raum hören konnte.

Sie spürte den Höhepunkt zuerst in ihren Fußzehen. Immer weiter krabbelte das Muskelzucken an ihrem Körper nach oben, bis es schließlich das Zentrum ihrer Lust erreichte und sie wild und unkontrolliert aufschreien ließ.

Susana vergaß, wo sie war, vergaß, warum sie auf diesem Schreibtisch saß, und am Ende verlor sie sich selbst in der Wucht des Rauschs. Die Gewalt des Orgasmus warf sie buchstäblich um. Sie nahm nur am Rande wahr, wie auch Dave sich versteifte. Sein Schwanz pulsierte und er küsste sie hart, während er sich in ihr verströmte. Nur seine starken Arme schützten sie davor, wie eine Marionette in sich zusammenzufallen, als die Wellen der Lust langsam abebbten und sie erschöpft und kraftlos zurückließen.

„Grundgütiger Gott!", japste sie mit geschlossenen Augen, hing halb auf ihm und war gleichzeitig absolut unfähig, sich zu bewegen.

Dave schien es ähnlich zu ergehen, schließlich ließ er sich in den Ledersessel zurücksinken und zog sie mit sich. Er setzte sich mit ihr auf seinem Schoß, immer noch intim miteinander verbunden.

Es dauerte eine ganze Weile, bis sie beide so weit zu Atem gekommen waren.

Susanas Welt stand Kopf. Noch konnte sie nichts von dem, was eben geschehen war, in Worte fassen.

Irgendwann war sie wieder zurück im Hier und Jetzt und ihr wurde peinlichst bewusst, dass sie auf dem stellvertretenden Bezirksstaatsanwalt saß. Sein halb harter Penis befand sich nach wie vor in ihrer Vagina. Der Geruch von Sex hing in der Luft.

Was war in sie gefahren?

Sie hatte sich komplett vergessen. Sie war sich sicher, dass sie sich niemals wieder so gehen lassen würde. Sie schaute ihn nicht an, viel zu unangenehm war die Situation. Mein Gott, wie hemmungslos sie sich von ihm hatte vögeln lassen. Das Schlimme dabei – sie hatte es genossen. Mehr als das. Es war der beste Sex ihres Lebens gewesen. Roh, unverfälscht und überwältigend.

Aber jetzt war sie wieder klar im Kopf und schämte sich, dass sie sich so – vor einem Fremden – hatte gehen lassen. Auch die Begründung, dass sie es getan hatte, um ihre Haut zu retten, täuschte nicht über die Realität hinweg: Sie war kopflos und erregt gewesen – und hatte jede Sekunde davon genossen.

Damit hatte sie ihre eigenen Regeln gebrochen. Sie hätte zwingend in jeder Situation einen kühlen Kopf bewahren müssen, aber sie hatte komplett versagt.

Die Nachbeben des Orgasmus zuckten immer noch durch ihren Körper. Sie versuchte, das pochende Gefühl zu ignorieren. Noch einmal würde sie nicht denselben Fehler begehen.

Mit einer ungelenken Bewegung stieg sie von seinem Schoß, zupfte sich den Rock zurecht und begann, ihre Bluse zuzuknöpfen. Sie drehte ihm dabei den Rücken zu, dennoch war ihr allzu deutlich bewusst, dass er sie beobachtete.

Obwohl sie eben mit ihm intim gewesen war, fühlte sie sich jetzt verletzlich und ausgeliefert.

Sie hatte keine Erfahrungswerte, wusste nicht, wie man sich nach einer solchen Eskapade verhielt. Dave Adams schien allerdings kein Problem damit zu haben. Seelenruhig und sichtlich unbeeindruckt zog er zunächst Boxershorts, dann Anzughose nach oben, schloss den Gürtel und stand einige Sekunden später vollständig bekleidet vor ihr. Das Schweigen lastete auf ihr. Sie musste weg. Schnellstens. Aber wie verabschiedete man sich *danach*?

Verdammter Mist. Dave hatte sich von seinem Schwanz leiten lassen, dabei hatte er nur mit ihr spielen wollen. Das war gründlich in die Hose gegangen.

Ab einem gewissen Punkt hatte es kein Zurück mehr gegeben und ihre fiebrige Erwiderung seiner Berührungen hatte ihn vollständig um den Verstand gebracht. Seine Selbstbeherrschung war komplett dahin gewesen, als sie seine Beine für ihn gespreizt und ihn an der Krawatte gepackt hatte.

So leidenschaftlich, wie sie auf ihn reagiert hatte, glaubte er nicht, dass sie ihre Lust nur vorgetäuscht hatte. Für ihn war es jedenfalls verflucht real gewesen, wie sie sich an ihm festgekrallt und aufgeschrien hatte. Ihm wurde heiß bei der Erinnerung. Dave war sich sicher, dass er die Spuren ihrer Nägel auf seinem Rücken finden würde, wenn er im Spiegel danach suchen würde. Aber er selbst hatte sich auch kein Stück besser im Griff gehabt. Er hatte sie genommen, als gäbe es kein Morgen. Vielleicht gab es das auch nicht.

Jedenfalls nicht für sie hier in diesem Büro.

Der Gedanke ernüchterte ihn auf der Stelle. Endlich war er wieder im Vollbesitz seiner geistigen Kräfte und konnte das beenden, was er angefangen hatte, bevor ... Obwohl es ihm unangenehm war, dass er sich nicht beherrscht hatte, würde er es sie nicht wissen lassen.

Sie allerdings würde jetzt dafür geradestehen, was sie hier tat. Sie verriet mit ihren Handlungen nicht nur die Staatsanwaltschaft, sie verriet ein ganzes Land.

Trotzdem hatte er fast ein wenig Mitleid mit ihr, die Situation war ihr sichtlich unangenehm. Vermutlich hatte sie den Besuch in seinem Büro nicht so geplant. Gleichzeitig weckte sie in ihm das Bedürfnis, sie zu beschützen. Wie ein verletztes Reh schaute sie ihn mit unsicherem Blick an.

Alles nur gespielt, versuchte er, sich selbst zu überzeugen. Wer mit der Mafia verkehrte, musste eiskalt und berechnend sein. Das war sicher auch der einzige Grund, warum sie ihn in ihr Höschen gelassen hatte. Er erinnerte sich wieder an seinen ursprünglichen Plan.

„Susana", begann er und musterte sie dabei genau. „Oder ist das gar nicht dein richtiger Name?"

Ihr fiel sicher auf, dass er einfach ins vertraute „Du" übergangen war, aber nach dem, was eben stattgefunden hatte, fand er es albern, sie noch länger förmlich mit Miss Pierce anzusprechen.

„Wie bitte?", flüsterte sie tonlos.

„Du weißt, wovon ich spreche. Du bist aufgeflogen. Also, sag mir, wie du wirklich heißt, denn wir beide werden in den kommenden Tagen sehr viel Zeit miteinander verbringen."

Er bemerkte, wie sie tief ein- und ausatmete und sichtlich mit sich rang. „Ich habe keine Ahnung, wovon Sie sprechen, Mr. Adams."

Er unterbrach sie unwirsch. „Ach bitte, sparen wir uns den Mist. Nenn mich Dave. Ich bin eben in dir gekommen, da wäre es doch albern, wenn du mich weiter mit meinem Nachnamen ansprichst."

Sie schnappte nach Luft wie ein Fisch auf dem Trockenen, aber Dave fuhr mit beherrschter, kühler Stimme fort. Er war froh, dass er die Lage und sich wieder unter Kontrolle hatte. Es hatte lange genug gedauert.

„Ich habe eins und eins zusammengezählt, ein wenig nachgeforscht, und dann ist es mir wie Schuppen von den Augen gefallen. Du hast dich hier als Maulwurf für Bassanelli eingeschleust."

Sie sog scharf die Luft ein. „Wie bitte? Das ist doch lächerlich. Wer ist das überhaupt?"

Dave lachte trocken. „Bitte, damit spielst du dich selbst ins Aus. Die letzten beiden Tage hast du damit zugebracht, noch einmal den kompletten Fall zu duplizieren. Spiel jetzt nicht die Unschuldige."

Etwas in ihren Augen blitzte auf. „Seien *Sie* nicht albern, Mr. Adams ... Und nachweisen können Sie mir schon lange nichts."

Dave imponierte es, wie sie ihm die Stirn bot. Andererseits ahnte er, dass die kommenden zwei Wochen ziemlich nervenaufreibend für ihn werden dürften.

Kurzerhand schnappte er sie am Ärmel und zog sie mit sich. Das Aufräumen der Akten konnte er sich sparen, da er die undichte Stelle in der Staatsanwaltschaft nun endlich aufgespürt hatte. Lediglich ihren Slip hob er vom Boden und steckte ihn sich in die Hosentasche, bevor sie das Büro verließen und er seine Tür hinter ihnen schloss.

Susana stolperte hinter ihm her und protestierte lautstark. „Hey, was haben Sie vor? Lassen Sie mich los."

Dave blieb stehen und kam ihr dabei so nahe, dass er ihren heißen Atem an seinem Gesicht spüren konnte. „Wir holen jetzt deine Sachen aus dem Kabuff, in dem du deine Intrigen geschmiedet hast, und dann wirst du vierzehn Tage lang mein Gast sein."

Panik flackerte in ihren Augen auf. „Was? Das können Sie nicht machen! Das ist illegal!"

Er lachte humorlos. „Wirklich? Und das, was du gemacht hast?"

„Sie sind ja komplett verrückt!", entgegnete sie und tippte sich mit dem Finger an die Stirn. Lediglich ihr schriller Tonfall verriet, dass er sie eingeschüchtert hatte.

„Du wirst jetzt tun, was ich dir sage. Und zu Hause werden wir uns erst mal ausgiebig unterhalten."

„Zu Hause?", echote sie, ließ sich aber von ihm hinter sich herziehen.

„Welcher ist dein Schreibtisch?" Er sah sich im Raum um. „Na los!"

Sie zeigte auf einen kleinen Tisch in der Ecke.

„Siehst du, es geht doch. Jetzt setzt du dich da hin und schreibst deine Kündigung."

„Das werde ich nicht tun."

„O doch, das wirst du. Danach wird dich hier auch niemand vermissen. Vierzig Prozent der Praktikanten schmeißen innerhalb der ersten vier Wochen das Handtuch, wusstest du das? Wie lange bist du hier?" Er beobachtete ihre Reaktion genau.

„Aha, dachte ich es mir doch. Passt noch perfekt in das Zeitfenster."

Sie schnaubte wütend, kam seiner Aufforderung aber nach und griff sich Papier und Kugelschreiber. „Was soll ich schreiben?" Sie funkelte ihn an.

„Sehr geehrte Damen und Herren, hiermit kündige ich meine Praktikantenstelle fristlos und mit sofortiger Wirkung. Mit freundlichen Grüßen, Miss Pierce. Du darfst auch gern deinen echten Namen benutzen."

Sie warf ihm einen vernichtenden Blick zu und fing an, zu schreiben. Er sah, wie sie den Kugelschreiber auf dem Blatt führte, ihre Handschrift war elegant und strahlte Dynamik und Geradlinigkeit aus. Eigentlich passte die ganze Susana Pierce überhaupt nicht in sein Weltbild einer Kriminellen.

„Fertig", sagte sie und schaute mit großen Augen zu ihm auf.

Nein, er würde garantiert nicht noch einmal auf ihren „Ich bin so unschuldig"-Blick hereinfallen.

Dave schnappte sich ihre Handtasche und Jacke. „Dann können wir ja gehen." Gemeinsam marschierte er mit ihr zum Aufzug. „Und mach keine Szene, ich kann auch anders!", drohte er mit eisiger Stimme, während er sie am Oberarm festhielt.

Sie schien tatsächlich Angst vor ihm zu bekommen, denn sie protestierte nicht, sondern nickte nur.

„Du kannst das nicht machen, Dave. Das ist illegal!", versuchte Susana es auf der Fahrt noch einmal, aber er blieb hart.

„Ach ja? Hör zu, ich biete dir einen einmaligen Deal an. Du kommst mit mir, erzählst mir ein paar Takte, und nach dem Prozess bist du frei."

Sie schüttelte energisch den Kopf. „Auf keinen Fall. Warum sollte ich das tun? Du kannst mich nicht gegen meinen Willen festhalten. Das ist ... Entführung!"

„Ha! Erzähl du mir noch mal, was in deinen Augen alles illegal ist! Die andere Alternative ist, dass ich dich in den Knast bringe. Ich glaube, orange würde dir gut stehen!"

Sie sog scharf die Luft ein. „Das kannst du nicht machen!"

Dave verlor allmählich die Geduld mit ihr. „O doch. Das kann ich und werde ich. Also, du hast die Wahl."

„Mein Auftraggeber wird mich vermissen und dann nach mir suchen lassen. Er würde mich finden. Überall. Und er würde daraus den Schluss ziehen, dass ich ihn hintergehe. Was denkst du, wie das für mich ausgehen wird?"

Dave warf ihr einen genervten Blick zu. Er wollte nicht, dass die Mafia sie kaltmachte. „Da werden wir schon eine Lösung finden." Wie die aussehen sollte, wusste er noch nicht. „So einfach lasse ich dich jedenfalls nicht laufen, da wäre ich ja schön blöd. Dafür ist der Fall viel zu wichtig."

„Vielleicht gehe ich ja doch lieber ins Gefängnis", meinte sie dann.

Dave seufzte genervt. „Heute nicht mehr, Herzchen. Wir werden uns zunächst unterhalten. Morgen kannst du dann gern in den Knast gehen."

Susana schwieg für eine Weile, schließlich nickte sie zaghaft. „Na schön. Sieht nicht so aus, als ob ich eine Wahl hätte. Aber glaub nicht, dass das, was eben im Büro passiert ist, noch einmal stattfindet."

Er sah sie von der Seite an und zum ersten Mal seit Tagen bogen sich seine Mundwinkel nach oben. „Das, Herzchen, werden wir sehen. Ich werde dich zu nichts zwingen. Soweit ich weiß, hast du vorhin sogar den ersten Schritt gemacht ..."

Sie schnaubte und schüttelte den Kopf. „Hattest du von Anfang an geplant, mich erst zu ficken und dann zu entführen?", zischte sie schließlich.

Dave atmete hörbar aus. Ihm wurde langsam, aber sicher klar, dass die Idee, sie mitzunehmen, vielleicht ein großer

Fehler gewesen war. Diese Frau schien ihm ein besonders komplexes und damit anstrengendes Wesen zu sein.

Nichts, was ihm sonderlich lag. Er wusste schon, warum er sich nie mit Frauen auf etwas anderes als einen One-Night-Stand einließ. Sein Interesse, sich nach dem Sex zu unterhalten, ging gegen null.

Aber bei ihr musste er eine Ausnahme machen, er hatte sie nicht nur aus reinem Vergnügen gevögelt – das redete er sich zumindest ein.

„Pass mal auf, Susana, oder wie auch immer du heißt. Erstens habe ich dich zu nichts gezwungen, und wenn ich mich recht entsinne, dann bist du ziemlich heftig auf deine Kosten *gekommen*."

Er lachte kurz über seinen Witz, auch wenn ihm klar war, dass er wie ein Arschloch klang. Er wollte, dass sie wusste, mit wem sie es zu tun hatte.

Diese Person hatte versucht, ihn zu sabotieren, und damit üblen Kriminellen geholfen. Sollte sie doch denken, was sie wollte. Ihr verächtliches Stöhnen sprach jedenfalls Bände und er musste ein noch breiteres Grinsen unterdrücken.

„Außerdem schlafe ich mit keiner Frau zweimal."

Sie sah ihn an, rollte dann mit den Augen und machte das typische Zeichen, wenn man sich übergeben musste.

4

Dave Adams lebte in einer relativ kleinen, aber exquisiten Wohnung in der Nähe des Times Square an der Upper Eastside. Er schloss die Haustür hinter ihnen ab und behielt den Schlüssel bei sich. Dumm war er ganz augenscheinlich nicht, aber das war ihr schon vorher klar gewesen. Mit einem durchschnittlichen IQ hätte er es nie zum stellvertretenden Bezirksstaatsanwalt gebracht.

„Fühl dich wie zu Hause", kommentierte er ihren Blick mit ausdrucksloser Miene.

Das Handy hatte er ihr bereits in der Tiefgarage der Staatsanwaltschaft abgenommen. Da ein Protest absolut sinnlos gewesen wäre, hatte sie es mit stoischer Ruhe hingenommen und dafür einen zweifelnden Augenaufschlag von ihm geerntet.

Sollte der Lackaffe doch denken, was er wollte. Ihre persönliche Identifikationsnummer würde sie ihm nicht verraten. Natürlich würde das Arschloch keine Beweismittel vernichten, diese Typen hielten sich doch immer mehrere Möglichkeiten offen. Aber von ihr würde er nichts mehr herausbekommen, egal ob er ihr Telefon hatte oder nicht.

Susana hatte derzeit mangels Kontaktmöglichkeit allerdings ein dringendes Problem: Wie sollte sie Tracey und Sofia darüber informieren, dass es ihr a) gut ging und sie b) für ein paar Tage nicht erreichbar sein würde?

Sie glaubte nicht, dass Dave Adams ihr etwas antun würde, sondern vertraute ihm, dass er sie tatsächlich nach Prozessbeginn laufen ließ. Natürlich war ihr Gefühl keine Garantie, aber zumindest ein Anhaltspunkt. Und auf ihren Bauch konnte sie eigentlich vertrauen. Beim Gedanken daran, dass sie vor weniger als einer Stunde noch mit ihm intim gewesen war, stieg Hitze in ihr auf.

Im Nachhinein betrachtet, war es ihr mehr als peinlich, dass sie mit ihm geschlafen hatte – und auch noch Spaß dabei gehabt hatte. Sie musste verrückt gewesen sein.

Leider verriet das Pochen zwischen ihren Beinen, dass sogar die Erinnerung an den Sex mit ihm sie erneut feucht werden ließ.

„Was ist, willst du hier Wurzeln schlagen?", hörte sie seine sonore Stimme, in der ein gereizter Unterton mitschwang, hinter sich.

Susana schüttelte sich leicht, um wieder Herr ihrer Sinne zu werden. „Nein, natürlich nicht. Bekomme ich eine Wohnungsführung?", fragte sie sarkastisch und verzog ihr Gesicht.

Dave zuckte gleichgültig mit den Schultern, schlüpfte aus Schuhen und Jackett und ging auf Strümpfen voran. Susana hatte nach wie vor ihren leichten Mantel und Pumps an, was angesichts der Tatsache, dass sie tagelang hier gefangen sein würde, absolut albern war. Trotzdem zog sie nichts davon aus, woraufhin sie einen Blick mit hochgezogenen Augenbrauen erntete – den sie bewusst ignorierte.

„So, hier haben wir das Arbeitszimmer", unterbrach er nach einer Weile die Stille und Susana trat nach ihm in einen relativ kleinen, aber hellen Raum. An einer langen Wand stand ein riesiges Regal, das von oben bis unten mit Büchern vollgestopft war. Einige sahen teuer und alt aus, andere wiederum bunt und unterhaltend.

Da liest wohl jemand gern, stellte sie fest und ging das Regal von links nach rechts ab, um einige Titel zu überfliegen, vor allem aber um sich einen Überblick über die Einrichtung des Zimmers zu verschaffen.

Ihr fiel auf, dass von Molière über Dan Brown bis Puschkin alles dabei war. Ein ganzer Teil des Regals war, wie zu erwarten, Fachbüchern zum Thema Juristerei gewidmet.

Natürlich, ein Mann wie er verbrachte sogar seinen Feierabend hauptsächlich mit seinem Beruf. Wer sollte es auch mit ihm aushalten, dachte sie genervt. Er musste wohl oder übel in seiner Freizeit arbeiten, weil er keine Freunde hatte …

Dann fiel ihr Augenmerk auf ein Werk, das sie nie bei ihm vermutet hätte. „Bram Stoker?", wunderte sie sich. Sie hob eine Augenbraue. „Ernsthaft? Dracula?"

Susana zog das Buch aus dem Regal und las vor: „John Harkers Tagebuch. Bistritz, 3. Mai. München ab dem 1. Mai, acht Uhr fünfunddreißig abends. Wien am frühen Morgen des nächsten Tages; sollte eigentlich um sechs Uhr sechsundvierzig ankommen …"

Dave riss ihr das Buch aus der Hand. „Schön, du kannst lesen. Aber das wusste ich vorher schon. Du wirst hier die nächsten Tage ausgiebig Zeit haben, dich kreuz und quer durch meine Bibliothek zu schmökern. Jetzt habe ich Hunger und bin erschöpft. Willst du den Rest deines neuen Zuhauses auf Zeit noch sehen oder nicht?"

Mit einer zackigen Bewegung stellte er das Buch zurück. Susana presste genervt die Lippen aufeinander.

Das konnte ja heiter werden. Irgendeine Möglichkeit, abzuhauen, musste es doch geben? Mit dem Mann würde sie es nicht drei Tage aushalten, ohne selbst ein Fall für die Klapse zu werden. Sie versuchte noch einmal, sich auf die Wohnungsführung zu konzentrieren und nicht auf ihr Dilemma, von ihm entführt worden zu sein. Aber es gelang ihr nicht. Immer wieder dachte sie an ihre Schwester und Tracey.

Merkwürdigerweise machte sie sich keine Sorgen um sich selbst. Dave Adams war vielleicht ein Arschloch, aber er war harmlos. Sie konnte einen Mörder ziemlich gut von einem Menschen mit moralischen Grundsätzen unterscheiden. In ihrem fünfundzwanzigjährigen Leben hatte sie genug von beiden Kategorien kennengelernt, um sich auf ihren Instinkt verlassen zu können. Er konnte sie nach wie vor ins Gefängnis bringen, aber sie hatte nicht vor, es so weit kommen zu lassen. Sie musste vorher einen Ausweg aus seinem Apartment finden.

Das Arbeitszimmer war puristisch, aber funktionell eingerichtet. Gegenüber vom Bücherregal befand sich ein dunkelbrauner Ledersessel mit einem kleinen Fußbänkchen, der förmlich dazu einlud, sich darauf mit einem Schmöker in eine Decke zu kuscheln. Sie sah Dave an und musterte ihn noch einmal ganz genau. Auf seinen markanten Gesichtszügen lag ein mürrischer Ausdruck. Er sah ganz und gar nicht wie ein Typ aus, der sich an einem Wintersonntag mit Tee und Buch aufs Sofa zurückzog.

Daves Schreibtisch stand mit Blick auf die Straße vor dem Fenster, es stapelten sich unzählige Papiere darauf. An der rechten Ecke befand sich eine Lampe mit grünem Schirm, ähnlich denen, die man aus öffentlichen Bibliotheken kannte.

Seine Augen wanderten zwischen ihr und den Unterlagen hin und her, dann stöhnte er auf und marschierte hinüber. Mit einem Blick, der ihr unmissverständlich klarmachte, dass sie kein gern gesehener Gast war, schob er die Papiere zusammen, nahm sie auf den Arm und brachte sie zu einem kleinen Tresor links neben dem Bücherregal, den sie bis eben nicht bemerkt hatte. Sie konnte die Kombination, die er eingab, nicht sehen, da er seinen breiten Rücken genau davorgeschoben hatte und ihr die Sicht versperrte.

Verdammt! Während das Ding offen stand, schmiss er gleich noch die Wohnungsschlüssel, ihr Handy und das Netzteil des Haustelefons hinein. Na wunderbar! Ihre letzte Hoffnung auf eine Kommunikation mit der Außenwelt war dahin!

„Hier ist das Bad", informierte er sie, nachdem er an ihr vorbeigerauscht war und nun auf dem Flur stand. Susana folgte ihm, warf einen kurzen Blick hinein und sah ihn dann wortlos an.

Das Badezimmer war klein, aber es hatte was, das ihr gefiel. Die Dusche war vor dem Fenster, sodass man, während man sich von der Regenwalddusche berieseln ließ, auf die Straße sehen konnte. Im vierundzwanzigsten Stock musste man sich auch keine Sorgen um Spanner machen. Trotzdem, ein wenig eigenwillig war so ein Bad schon. *Passt zu ihm*, schoss es ihr durch den Kopf. Nun gab es nur noch ein Zimmer, das er ihr noch nicht gezeigt hatte, was bedeutete, dass er kein Gästezimmer besaß. Da sie nicht ernsthaft vorhatte, bei ihm zu übernachten, konnte es ihr für diesen Moment auch egal sein, ob es keins oder fünf gab.

Im Schlafzimmer stand ein Bett, sie schätzte die Breite auf eins sechzig. Rechts und links daneben befanden sich kleine Nachttische mit identischen Nachttischlampen. Außerdem gab es einen Kleiderschrank und eine Anrichte, vermutlich für Socken und Unterwäsche.

Irgendwie hatte sie sich das Leben eines stellvertretenden Bezirksstaatsanwalts glamouröser vorgestellt. Der Rest der Wohnung war auch wenig spektakulär.

Die Küche war mit dem Wohnzimmer verbunden, nicht groß, aber modern eingerichtet. Anstatt eines Sofas hatte er zwei Sessel im Wohnbereich arrangiert, die zwar recht bequem aussahen, aber für eine Person über eins dreißig würde es unbequem werden, darauf mehr als eine Nacht zu verbringen.

Wenn ihr nicht bald einfiel, wie sie hier abhauen könnte, hatte sie definitiv ein Problem, das größer war, als nur im selben Bett wie Dave Adams zu schlafen.

Fieberhaft ging sie ihre Möglichkeiten durch, aber keine davon brachte sie der Freiheit näher. Aus dem Fenster zu steigen, war bei der Höhe absolut unmöglich, mit Lara Croft hatte sie nicht viel gemeinsam. Die Tür war verriegelt, die Telefone lagen im Tresor. Vielleicht hatte er ja irgendwo noch ein iPad liegen. Das konnte sie suchen, wenn Dave schlief. Irgendwie musste sie es schaffen, mit der Außenwelt Kontakt aufzunehmen. Sie konnte auf keinen Fall zwei Wochen lang eingesperrt bleiben.

Tracey würde spätestens morgen die Polizei einschalten und das würde eine riesige Welle auslösen. Das musste unbedingt verhindert werden. Was die Mafiosi zu ihrem Verschwinden sagen würden, malte sie sich lieber gar nicht erst aus. Wobei, sie hatte eine Vereinbarung mit ihnen getroffen: Wenn etwas schiefging, sollte sie abtauchen. Danach konnte Bassanelli eins und eins zusammenzählen. Ihren Auftraggeber konnte sie also getrost von der Kopfschmerz-Liste streichen. Das wusste Dave allerdings nicht, und vorhin hatte sie noch versucht, ihn genau mit dem Argument ihrer Sicherheit davon zu überzeugen, dass er sie gehen lassen musste.

Aber Tracey und Sofia wurden zum Problem. Es würde definitiv Ärger geben, wenn die Bullen eingeschaltet wurden. Was sie wieder zu Punkt eins brachte: Wie konnte sie ihnen mitteilen, dass es ihr gut ging?

Innerlich reifte ein Plan in ihr.

„Wo wirst du schlafen?", fragte sie ihn ohne Vorwarnung und Dave schaute sie verständnislos an. Wenn sie im Wohnzimmer übernachten würde, hätte sie wenigstens freie Bahn, sich etwas näher umzusehen.

„Hä?", machte er und öffnete den Kühlschrank. Er schien sich erstaunlich schnell mit der Situation abgefunden zu haben, ein Entführungsopfer bei sich zu beherbergen. Anscheinend steckte mehr kriminelle Energie in dem Kerl, als man auf den ersten Blick annahm.

„Na, du hast nur ein Schlafzimmer. Ich bin dein Gast, also nehme ich an, dass ich dort übernachten werde. Die Frage ist, wo schläfst du?"

Wie sie ihn einschätzte, war er ein Macho und ließ sich von einer Frau nichts sagen. Schon gar nicht von einer, die er nicht leiden konnte. Er würde also garantiert genau das Gegenteil von dem tun, was sie ihm vorschlug.

Sie musste ein Grinsen unterdrücken.

Dave schloss die Kühlschranktür, ohne etwas herausgenommen zu haben, und lehnte sich mit dem Rücken dagegen. Sein Gesichtsausdruck sagte mehr als tausend Worte. Natürlich, er hatte sich noch keine Gedanken darüber gemacht.

Männer!

Das war ja mal wieder klar.

So ein Idiot.

Seufzend holte er eine Packung Nudeln und ein Glas Pesto Rosso aus einer Schublade. „Ich denke, wir waren bereits ausreichend intim miteinander, dass wir uns ein Bett teilen können. Meinst du nicht?"

Das konnte ja wohl nicht sein Ernst sein.

Ausdruckslos ließ er Wasser in einen mittelgroßen Edelstahltopf laufen und drehte das Gas auf.

„Du machst wohl Witze", gab sie tonlos zurück.

Er nahm doch nicht wirklich an, dass sie mit ihm in einem Bett schlafen würde?

Dave betrachtete sie und hob eine Augenbraue. „Wenn du willst, kannst du auch auf dem Sessel schlafen, kein Ding."

Anschließend förderte er einen Kochlöffel aus einer weiteren Schublade zutage, ohne auch nur mit der Wimper zu zucken.

„Unfassbar. Unfucking unfassbar. Da wird man erst entführt und soll dann auch noch auf einem zu klein geratenen Sessel nächtigen, wo man spätestens nach drei Stunden einen Bandscheibenvorfall bekommt?"

Er sollte sich ruhig in Sicherheit wiegen. Ihr Ärger war nur gespielt, innerlich prägte sie sich die Umgebung ein, damit sie im Dunkeln keinen Lärm machte. Sobald er schlummerte, würde sie versuchen, den Safe zu öffnen.

So schwer konnte das doch nicht sein. Ein vierstelliger Code.

Sicher hatte er die Kombination aus seinem Geburtstag gewählt, so was machte doch jeder. Das Datum würde sie bei einer Plauderei herausfinden. Sie würde also vielleicht beim Essen ein wenig netter zu ihm sein müssen, auch wenn ihr der Gedanke nicht gefiel. Aber es war nötig, denn sie musste hier verschwinden. So schnell wie möglich.

Er knallte den Kochlöffel neben den Herd, umrundete die kleine Kochinsel und schob sie mit dem Rücken zur Wand.

„Pass mal auf, für mich ist das hier mindestens so unangenehm wie für dich, wenn nicht noch schlimmer."

Dave stand so dicht vor ihr, dass sie die Wärme, die von ihm ausging, spüren konnte. Ihr Herzschlag beschleunigte sich umgehend.

Zu dumm, dass er sie nach wie vor nicht kaltließ.

„Aber, und jetzt hör genau zu, ich lasse mich nicht verarschen. Wenn du hier raus bist, kannst du Bassanelli einen schönen Gruß bestellen, er ist ein Arschloch und ich werde ihn drankriegen. Um das zu tun, musst du ihn allerdings im Knast besuchen. Ach, Moment mal, wenn du dich nicht etwas kooperativ verhältst, dann überlege ich es mir vielleicht doch noch und bringe dich *auch* hinter Gitter!"

Er schien sich geradezu in Rage zu reden. Susana traute sich nicht, ihm zu widersprechen, wenn er so wütend war.

Vielleicht wurde er doch gewalttätig? Sie kannte den Mann ja gar nicht. Hinter schwedische Gardinen wollte sie keinesfalls, obwohl sie ihm vorhin das Gegenteil an den Kopf geworfen hatte. Was blieb ihr also anderes übrig, als so zu tun, als würde sie kooperieren? Für den Moment rührte sie sich einfach gar nicht. Seine Nähe wurde ihr dabei leider allzu bewusst. Gegen ihren Willen fühlte sie sich körperlich zu ihm hingezogen.

Das war doch nicht zu fassen!

Eine Sekunde später trat er zurück, fuhr sich mit der Hand über das Gesicht, stemmte sich die andere in die Hüfte.

Er wirkte auf einmal sehr erschöpft. Dunkle Schatten, die ihr zuvor nicht aufgefallen waren, lagen unter seinen samtbraunen Augen.

„Tut mir leid. Ich bin einfach überspannt! Wird nicht mehr vorkommen."

Abrupt drehte er sich weg und stapfte zurück zum Herd. Er riss die Nudelpackung auf und kippte den gesamten Inhalt ins mittlerweile sprudelnde Wasser.

Der Typ hatte definitiv schizophrene Ansätze. Susana schloss ihren Mund und schluckte ihre Antwort runter. Es erschien ihr nicht ratsam, ihn weiter zu reizen.

„Zieh endlich den Mantel aus", brummte er, sah sie dabei jedoch nicht an.

Seufzend gab sie sich geschlagen, ging zurück in den Eingangsbereich, hängte ihn auf einen Kleiderbügel und schlüpfte aus ihren Schuhen.

Es war absurd. Sie fühlte sich, als wäre sie in einem Albtraum gefangen, der den großen Anteil einer Komödie integriert hatte.

Schweigend saßen sie an der Kücheninsel und aßen Pasta. Ein Esszimmer gab es in Daves Apartment nicht. Bislang hatte er auch keins benötigt, denn er speiste üblicherweise allein. Er kam gut ohne Gesellschaft zurecht und brauchte niemanden, mit dem er über das Wetter reden konnte. Tja, mit der Einsamkeit war es nun jedenfalls vorbei. Leider. Was war eigentlich in ihn gefahren, die Frau zu entführen, von der er immer noch nicht wusste, wie sie wirklich hieß? Himmel noch mal.

In der Personalakte war sicherlich alles erfunden, was er über sie gelesen hatte.

Nachdem er einen Teller Nudeln mit Pesto gegessen hatte, überfiel ihn eine bleierne Müdigkeit. Er war seit achtundvierzig Stunden auf den Beinen, er konnte einfach nicht mehr.

„Dave?"

„Was?", knurrte er.

„Also, es gibt Menschen, die auf mich warten. Die werden sich Sorgen machen, wenn ich nicht nach Hause komme, ich nicht ans Telefon gehe und all das. Schon mal daran gedacht?"

Verfluchte Scheiße. Nein. Natürlich hatte er daran nicht gedacht. Er war kein nebenberuflicher Entführer und hatte so was noch nie veranstaltet.

Und auch nicht vor, es jemals zu wiederholen. Immer noch war ihm nicht klar, ob er mit dieser Sache nicht den größten Fehler seines Lebens beging. Aber nun war es zu spät, er würde sie nicht gehen lassen können, bis alles über der Bühne war.

Ein weiterer Schock fuhr ihm durch alle Glieder, als er darüber nachdachte, wer auf sie warten könnte. Am Ende hatte sie Familie? Übelkeit wallte in ihm auf. Was hatte er nur getan?

„Hast du Kinder?" Er atmete flach.

„Was? Nein!"

Dave stieß erleichtert die Luft aus. Gott sei Dank!

„Hey, warte. Ja, doch, ich habe drei kleine süße Mädchen. Eines davon ist behindert und braucht mich dringend." Ihre Stimme überschlug sich förmlich.

„Haha. Zu spät. Du hast also keine Kinder. Einen Mann?"

Einen Ring trug sie nicht am Finger, aber das musste ja nichts heißen. Schließlich war sie auch keine echte Praktikantin, obwohl sie sich für eine ausgab.

„Was geht es dich an?" Sie reckte ihr Kinn trotzig und ihre Augen sandten Blitze an ihn.

„Gut, ist mir auch egal. Wen soll ich für dich anrufen?"
„Wie bitte?" Sie sah ihn verständnislos an.
„Du hast mich schon verstanden, oder? Kein Anruf?"
„Scheiße. Wo bin ich hier nur gelandet?" Sie knallte ihre Gabel auf den Teller und sprang auf. Während sie überlegte, kratzte sie sich am Ohr. „Ich rufe an. Du kannst danebensitzen", sagte sie dann.

Seit wann war es an ihr, Forderungen zu stellen? Dave runzelte die Stirn und musterte sie abschätzend. „Hm. So. Gut. Und was willst du sagen? Und vor allem: wem?"

„Ich will Tracey anrufen. Sie ist meine Nachbarin."

„Deine Nachbarin? Keine Verwandte, Freunde? Geliebter? Das klingt nach einem ziemlich armseligen Leben."

„Gott, hat dir schon mal jemand gesagt, was für ein Arschloch du bist? Meine Schwester würde sofort bemerken, dass was nicht stimmt, wenn ich sie jetzt anrufe. Wir kennen uns viel zu gut, und das wäre riskant."

Sie schaute ihn verletzt an und es tat ihm jetzt sogar ein minibisschen leid, dass er so fies zu ihr gewesen war. Aber nicht leid genug, um gleich damit aufzuhören. Schließlich war sie eine Handlangerin der Mafia, das durfte er nicht vergessen, egal welchen traurigen Hundeblick sie aufsetzte.

„Das sagt man mir ständig. Hat was mit meinem Job zu tun."

Susana grummelte etwas vor sich hin, das er nicht verstand und auch nicht verstehen wollte.

„Also, was willst du deiner Nachbarin sagen?" Er seufzte resigniert.

„Ich werde ihr sagen, dass die Fortbildung länger dauert und ich mir überlegt habe, zur Entspannung übers Wochenende wegzufahren."

„Das soll zwei Wochen erklären?"

Sie funkelte ihn an. „Weißt du was Besseres? Dann spuck es aus! Ich bin nämlich noch nie entführt worden und habe dem

Entführer ebenfalls noch nie geholfen, es auch noch zu vertuschen."

Dave presste die Lippen aufeinander. Das war ein guter Punkt. Leider fiel ihm nichts Glaubwürdigeres ein.

„Gut, dann eben diese Geschichte. Was ist, wenn du nicht das sagst, was wir abgesprochen haben?"

„Das ist dein Risiko, Arschloch!"

Na wundervoll. Was für ein Früchtchen hatte er sich da nur ins Haus geholt? Ihre Antwort gefiel Dave gar nicht. In kürzester Zeit würden ihm graue Haare wachsen, da war er sich sicher. Er wollte ihr keine Angst machen, aber er sah keine andere Möglichkeit, sie einigermaßen zur Vernunft zu bringen.

„Ich mache dir einen Vorschlag: Du hältst dich an unsere Absprache, dafür kontaktiere ich Antonio Bassanelli nicht. Er würde sicher auch wissen wollen, woher ich weiß, dass du für ihn arbeitest. Ich könnte ihm sagen, dass du die Seiten gewechselt und mich über alles informiert hast. Was meinst du, wie würde er das finden?"

„Das würdest du nicht tun. Ich meine, würdest du? Der Kerl lässt mich umbringen."

Er wollte sie noch ein wenig zappeln lassen, obwohl ihre Angst nicht gespielt wirkte. Sie war blass geworden und ihre Augen hatte sie weit aufgerissen.

„Sieht nicht so aus, als ob wir beide uns mögen würden, oder?"

„Wahhh!" Susana ballte ihre Hände zu Fäusten und lief nervös auf und ab. „Warum sollte er dir glauben?"

„Warum sollte er mir *nicht* glauben, Susana? Hm?"

Sie schien nicht vollkommen überzeugt zu sein, aber letzten Endes nickte sie und streckte ihm ihre Hand hin.

„Was?"

„Na, das Telefon. Wo ist es? Damit ich anrufen kann."

Er nickte, stand auf und zog es aus seiner Hosentasche. Dort meinte er, wäre es am sichersten vor ihr. Natürlich hätte er es auch in den Safe einschließen können, aber er wollte lieber selbst erreichbar bleiben. Susana ging ihm sicher nicht noch einmal an die Wäsche, jetzt, wo klar war, dass sie aufgeflogen war. Auch wenn er nach wie vor überzeugt davon war, dass sie den Sex mit ihm genossen hatte. Gott sei Dank war er wieder bei klarem Verstand. Im letzten Moment zog er sein Telefon zurück.

„Was ist denn jetzt noch?", blaffte sie.

„Mach keine Dummheiten, dann wird alles gut."

„Mein Gott, spar dir das Drama!"

Ihr Schneid imponierte ihm, trotzdem blieb er dicht bei ihr, für den Fall, dass sie es sich mit der Vernunft anders überlegte.

„Tracey, hi, Ich bin's, Susana ... Ja, also ich hätte da eine Bitte an dich ... Ich würde nicht fragen, aber ich ... ich würde gern übers Wochenende wegfahren. Die, äh, Fortbildung. Du weißt schon. Wollte vorher noch ausspannen und nächste Woche werde ich in Boston sein ... Was? Hab ich nicht erzählt? Ach sorry, das tut mir so leid ... Nein, nein ... Ich mache es wieder gut ... Ja, okay. Bis bald. Halt die Stellung!"

Dave war tatsächlich beeindruckt von ihrer Fähigkeit, zu lügen. Andererseits, sie verdiente mit Lügen und Betrügen ihr Geld. Das durfte er nicht vergessen, egal welche Märchen sie ihm erzählte. Er nahm ihr das Telefon wieder aus der Hand und ließ es in seiner Hosentasche verschwinden.

„Braves Mädchen", kommentierte er zufrieden.

„Nenn mich nicht so!"

„Dann sag mir, wie du heißt."

„Susana."

„Wirklich?"

„Ja, wirklich. Zufrieden? Oder glaubst du, ich spiele meiner Freundin am Telefon jemand anderen vor?" Sie verschränkte die Arme vor ihrem Busen und hob eine Augenbraue. Der Hohn in ihrer Stimme war überdeutlich zu hören.

„Pierce?" Noch einmal würde er sich nicht einwickeln lassen.

„Nein."

„Wie dann?"

„Das geht dich nichts an."

Obwohl er sich über sie ärgern müsste, fand er es komischerweise amüsant, dass sie sich so sträubte.

„Von mir aus. Räumst du ab?"

„Du hast sie ja wohl nicht alle!"

Ihr Gesichtsausdruck war zum Schießen, aber er konnte es nicht mal richtig genießen, denn er war hundemüde. Dave unterdrückte ein Gähnen. Einen Versuch war es wert gewesen, sie zu bitten, abzuräumen.

„Immerhin habe ich gekocht", fügte er sinnloserweise hinzu, aber Susana hatte sich bereits auf einen Sessel geflätzt und fischte nach der Fernbedienung, die auf dem kleinen Beistelltisch lag.

„Ich bin Gast hier, schon vergessen?", erinnerte sie ihn mit spöttischem Unterton in der Stimme.

Er verkniff sich einen weiteren Kommentar, sah Hilfe suchend an die Decke und begann dann, die Spuren des Abendessens zu beseitigen. Er musste dringend ins Bett, hatte aber keine Ahnung, ob sie ihn im Schlaf vielleicht kaltmachen würde. Er wusste viel zu wenig über sie.

Womöglich hatte er heute die größte Dummheit seines Lebens begangen. Mit schweren Gliedern räumte er das Geschirr in die Spülmaschine, während Susana sich durch das Abendprogramm zappte. Ihre Füße lagen auf seinem Wohnzimmertisch und sie bewegte immer wieder ihre Zehen. Wie eine Mörderin wirkte sie nicht auf ihn, aber das konnte täuschen.

„Wann hast du eigentlich Geburtstag?"

Perplex sah er auf. „Wirst du mir heute Nacht die Kehle durchschneiden und fragst dich jetzt, welche Jahreszahl auf meinem Grabstein stehen wird? Wann ich Geburtstag habe, kann dir doch egal sein", gab er sarkastisch über den Küchentresen zurück, ohne ihre Frage zu beantworten.

Sie drehte ihren Kopf langsam in seine Richtung, die Augen weit aufgerissen. „Wie bitte?" Ihre fassungslose Reaktion wirkte echt.

„Na, du hast mich schon verstanden. Bringst du mich um, wenn du die Gelegenheit dazu hast?"

„Sag mal, spinnst du? Aber warte. Moment. Ja, vielleicht. Gerade in dieser Sekunde hätte ich große Lust, dir den Hals umzudrehen. Nur, wie komme ich dann hier raus?"

Er grunzte wenig begeistert, nahm sich ein Budweiser aus dem Kühlschrank und lehnte sich an die Küchenplatte. Er öffnete den Drehverschluss und nahm einen tiefen Zug. Susana schüttelte den Kopf und brabbelte irgendwas von wegen Vollidiot, bevor sie wieder schweigend von Programm zu Programm schaltete, ohne bei etwas hängen zu bleiben. Er warf einen Blick auf die Uhr am Backofen. Es war kurz nach elf und er konnte sich kaum mehr auf den Beinen halten. Er musste endlich ein paar Stunden schlafen, aber konnte er ihr wirklich trauen?

Er würde sich sicherlich nicht wie ein Feigling in seinem eigenen Schlafzimmer einschließen. Er hatte zwar einen gesunden Schlaf, aber instinktiv würde er wissen, wenn etwas nicht in Ordnung war. Das hoffte er jedenfalls, und eine andere Wahl hatte er momentan auch nicht, er konnte nicht noch eine Nacht durchmachen.

„Na gut." Dave stellte die Bierflasche in die Spüle und ging zum Sofa. „Ich gehe schlafen."

„Wie? Und was soll ich tun?"

„Hä? Mach, was du willst, schau fern, lies ein Buch. Wo die sind, weißt du ja."

„Ach, ich darf mich hier frei bewegen?"

„Du wirst nichts finden."

Ihre Enttäuschung war ihr deutlich anzusehen, das machte auch ihr nächster Spruch nicht zunichte.

„Du scheinst dir ja verdammt sicher zu sein."

„Und du kannst einem echt auf den Zeiger gehen."

„Ich hab dir nicht gesagt, dass du mich entführen sollst!"

Sie sprang vom Sessel auf und baute sich vor ihm auf. Er konnte ihren süßen Atem riechen und sein Blick hing an ihren sinnlichen Lippen. Er erinnerte sich viel zu gut daran, wie erregend es war, sie zu küssen.

„Mein Gott", stöhnte er, genervt von seiner eigenen Reaktion, und trat den Rückzug an. Dass er ihr noch einmal an die Wäsche ging, würde nicht vorkommen. Egal, was sie veranstaltete.

Sie machte auch nicht den Eindruck, dass sie vorhätte, ihn erneut zu verführen. Im Gegenteil. Ihre Augen sprühten Funken und das schnelle Heben und Senken ihres Brustkorbs bedeutete aktuell nur eines, nämlich dass sie wütend war.

„Und was wird das jetzt?", keifte sie.

„Was ist denn noch?" Er drehte sich noch einmal zu ihr um.

„Zahnbürste? Decke? Kopfkissen?", half sie ihm auf die Sprünge. „Was für ein Scheißentführer bist du eigentlich?"

„Mach mal halblang", entgegnete er kraftlos. „Ich bringe dir gleich was."

„Ich bitte darum! Wenn es dir zu viel Aufwand ist, meine Grundbedürfnisse zu befriedigen, kannst du mich ja auch gehen lassen!"

Er ignorierte die Zweideutigkeit ihrer Aussage. „Haha. Träum weiter, Herzchen."

„Nenn mich nicht so."

„Was auch immer." Schulterzuckend schlurfte er davon.

Dave zog eine zweite Decke aus dem Schrank seines Schlafzimmers. In diesem Moment war er seiner Mutter sehr dankbar, dass sie ihm zum Geburtstag stets „nützliche" Geschenke machte. Im Badezimmer fand er sogar noch eine unbenutzte Zahnbürste im Waschbeckenunterschrank.

„Hier, bitte", sagte er kurz darauf und legte alles neben ihr auf einem Sessel ab. Sie würdigte ihn keines Blickes. „Na schön. Gute Nacht. Und ... mach keine Dummheiten."

„Hmpf", war das Einzige, was sie von sich gab, dabei starrte sie grimmig auf den Fernseher.

Nein, eine Frau, die *Gilmore Girls* ansah, konnte keinen Mann umbringen. Er würde beruhigt schlafen können, nachdem er sein Smartphone sicher im Safe neben den anderen Dingen untergebracht hatte.

5

Na endlich, dachte sie, als sie hörte, wie Dave aus dem Bad kam und in seinem Schlafzimmer verschwand. Wie lange würde es wohl dauern, bis er eingeschlafen war? Hier im Wohnzimmer brauchte sie sich nicht ewig mit ihrer Suche aufzuhalten. Es war so praktisch wie schlicht eingerichtet. Absolut unpersönlich und unwohnlich. Nicht mal eine Vase, ein Magazin oder Familienbilder konnte man hier finden, typisch Mann eben. Von einem Tablet oder einem anderen Gerät, mit dem sie Kontakt zur Außenwelt aufnehmen konnte, mal ganz abgesehen.

Sie schaute noch eine weitere halbe Stunde fern, ohne wirklich wahrzunehmen, womit sie sich berieseln ließ. Langsam richtete sie sich auf, stellte den Ton leiser und lauschte. Nichts. Sie hörte nichts. Nicht mal ein Schnarchen. Sehr gut, sie würde einfach so tun, als müsste sie aufs Klo. Jetzt, wo sie daran dachte, musste sie tatsächlich.

Auf Zehenspitzen schlich sie sich an Daves Schlafzimmer vorbei. Es lag im Dunkeln, die Tür war einen Spaltbreit geöffnet. Just in diesem Moment nahm sie ein leises Grunzen, dann das Rascheln von Bettwäsche wahr, als ob er sich von einer auf die andere Seite drehte. Ja, er schlief tief und fest. So leise wie möglich verrichtete sie ihr Geschäft, um ihn nicht aufzuwecken. Beim Lärm, den die Toilettenspülung verursachte, zuckte sie zusammen und horchte auf.

Nichts.

Er schien nicht aufgewacht zu sein. Dave Adams hatte anscheinend einen gesunden Schlaf. Gott sei Dank. Wo sie schon mal im Bad war, öffnete sie auch alle Schubladen im Waschbeckenschrank.

Leider gab es dort außer den üblichen Toilettenartikeln nichts Außergewöhnliches. Als ihr eine aufgerissene Packung Kondome in die Hände fiel, erinnerte sie sich mit Schrecken daran, dass sie nicht verhütet hatten. Großer Gott, hoffentlich hatte der Kerl keine Krankheiten. Über eine Schwangerschaft musste sie sich zum Glück keine Sorgen machen, da sie seit einem Jahr ein Hormonstäbchen implantiert hatte. Leider hatte sich ihre damalige Beziehung kurz darauf als nicht zukunftsfähig herausgestellt, was für sie aber kein Grund gewesen war, das Implanon wieder entfernen zu lassen. Wenigstens etwas. Zu dumm aber auch, dass sie vorhin nicht an ein Kondom gedacht hatte. Was war eigentlich in sie gefahren, dass sie sich so vergessen hatte? So kannte sie sich nicht und im Nachhinein fand sie es absolut unverzeihlich, dass sie derart kopflos gehandelt hatte.

Sie schüttelte sich. Es half ihr nun auch nicht, sich über ihre eigene Blödheit zu ärgern. Stattdessen musste sie die Zeit besser nutzen, während der stellvertretende Staatsanwalt schlummerte. Wenn sie eine kleine Chance hatte, etwas zu finden, dann jetzt.

Leise schlich sie vom Badezimmer ins Arbeitszimmer. Im Dunkeln tastete sie sich bis zum Schreibtisch vor, wo sie die kleine Lampe mit dem grünen Schirm anknipste. Noch einmal lauschte sie in die Stille. Nein, da war nichts. Er schlief. Sehr gut. Das war sehr gut. *So, Susana, denk nach! Wo kann der Mann etwas herumliegen haben, das sich benutzen lässt?* Sie sah sich in dem kleinen Raum um und begann mit dem Schreibtisch. Es gab drei Schubladen, die sie vorsichtig durchsuchte, ohne etwas durcheinanderzubringen. Außer langweiligem Bürokram war hier absolut nichts Brauchbares zu entdecken. In der untersten Schublade lagen einige Bilder aus seiner Jugend. Eines zeigte ihn mit einem anderen Jungen beim Angeln. Die beiden schienen gute Freunde zu sein. Auf der zweiten Fotografie stand er in Sportkleidung mit einem Pokal vor einer Tribüne. Natürlich, Dave Adams war der Quarterback gewesen. Gut genug gebaut war er ja, auch damals schon hatte er breite Schultern und kräftige Oberarme gehabt. Sicherlich hatten sich ihm die Mädels in der Highschool und im College reihenweise vor die Füße geworfen. Gegen ihren Willen musste sie feststellen, dass er ein wirklich einnehmendes Lächeln hatte. Er sollte öfter lächeln.

In ihrer Gegenwart hatte er das noch nie getan. Außer einem sarkastischen verzerrten Grinsen hatte sein Gesichtsausdruck immer nur angespannt oder genervt gewirkt. Er hatte anscheinend kein leichtes Leben als Bezirksstaatsanwalt. Sein Pech.

Vorsichtig legte sie die Bilder zurück an ihren Platz und setzte ihre Suche fort.

Nichts in diesem Arbeitszimmer konnte sie gebrauchen. Verdammt. Blieb nur noch der Safe. Blöderweise hatte er beim Abendessen nicht auf ihre Frage geantwortet, als sie ihn nach seinem Geburtstag gefragt hatte. Papiere mit diesem Datum hatte sie auch nicht gefunden. Wunderbar, einfach wunderbar. Ihre Chancen, den vierstelligen Code zu erraten, waren gleich null. In diesem Moment ging das Licht an und Susana schrie vor Überraschung auf.

„Suchst du was Bestimmtes?" Daves Stimme klang gefährlich leise und unaufgeregt, dabei konnte sie sich in etwa vorstellen, wie erfreut er war, sie hier in seinem Arbeitszimmer, vor seinem Safe kniend, vorzufinden.

„Das kannst du dir doch denken, oder?", erwiderte sie schnippisch.

Er ließ sich davon nicht provozieren. Dave Adams lehnte lässig mit einer Schulter gegen den Türrahmen und hatte die Arme vor seiner muskulösen Brust verschränkt. Erst jetzt fiel ihr auf, dass er außer seinen Boxershorts unbekleidet war. Ihr Magen zog sich nervös zusammen. Das konnte ja wohl nicht wahr sein, dass ihr in dieser Situation nichts Besseres einfiel, als ihn anzugaffen.

„Steh auf und komm mit. Mit dieser Aktion hast du gerade die Eintrittskarte zu meinem Schlafzimmer gelöst." Einzig und allein der resignierte Unterton in seiner Stimme ließ sie erahnen, dass er ernsthaft verärgert darüber war, sie mitten in der Nacht in seinem Arbeitszimmer beim Schnüffeln zu erwischen.

Susana blinzelte ihn verständnislos an, bis die Bedeutung seiner Worte langsam durchsickerte. Er meinte doch nicht im Ernst, dass sie mit ihm ins Bett gehen würde? Mit einer hastigen Bewegung stand sie auf. Sternchen tanzten vor ihren Augen, aber mit einem tiefen Atemzug wich das Schwindelgefühl. Dafür pochte ihr Herz jetzt umso schneller.

„Na los. Beweg dich", trieb er sie an. „Du hast deine Chance verspielt und mein Vertrauen gleich in der ersten Nacht missbraucht."

„Das ist ja lächerlich. Dein Vertrauen missbraucht", äffte sie ihn nach.

„Hör zu, Susana. Mir macht das hier ebenso wenig Spaß wie dir. Vielleicht sogar noch weniger, denn für mich steht einiges auf dem Spiel. Deswegen kann ich kein Risiko eingehen und ich muss dich jetzt leider mitnehmen, damit du nicht noch auf mehr dumme Gedanken kommst."

„Was bin ich denn, dass du so mit mir umspringen kannst? Dein Hund?"

Er seufzte lautstark, machte auf dem Absatz kehrt und marschierte zurück ins Schlafzimmer. „Mach das Licht aus, wenn du fertig bist", hörte sie ihn rufen.

Das konnte doch alles nicht wahr sein. Susanas Gedanken drehten sich im Kreis. Welche Optionen hatte sie sonst? Im Prinzip stand sie mit dem Rücken an der Wand, das war auch nichts Neues. Dass er sie nach allem auch noch ertappt hatte, machte es leider nur noch schlimmer. Für den Augenblick war es sicher das Beste, wenn sie sich kooperativ zeigte, auch wenn das bedeutete, dass sie mit ihm in einem Bett schlafen musste.

Ach, was soll's, redete sie sich selbst gut zu. Immerhin hatte sie weitaus mehr mit ihm geteilt als nur eine Matratze. Eine Idee setzte sich in diesem Moment in ihrem Kopf fest: Wenn sie ihm, anstatt ihn anzukeifen, freundlich und ein bisschen verführerisch begegnete, wurde er vielleicht nachlässig, weil er nett zu ihr sein wollte, und dann konnte sie fliehen. Es würde sicher ein paar Tage dauern, bis er ihr wegen „guter Führung" einige Zugeständnisse machte, aber da sie ohnehin nichts Besseres zu tun hatte, würde sie es mit dieser Taktik versuchen. Dass man sich anpassen musste, hatte sie bereits früh im Leben gelernt, und zu verlieren hatte sie nichts mehr. Sein Geburtsdatum brauchte sie natürlich noch, den Safe hatte sie selbstverständlich nicht vergessen. *Aufgeschoben ist nicht aufgehoben*, dachte sie und freute sich innerlich über ihren Schlachtplan. Trotzdem kostete es sie einiges an Überwindung, sich die Decke aus dem Wohnzimmer zu holen und zu ihm ins Schlafzimmer zu gehen. Dort hatte er eine Nachttischlampe angeknipst und las im *Time Magazine*.

„Da bin ich", kündigte sie ihr Eintreten an und er ließ das Magazin sinken. „Äh, hättest du vielleicht ein T-Shirt oder so was für mich? Dir ist sicherlich klar, dass ich nicht auf eine Pyjamaparty vorbereitet bin", verkündete sie bissig.

Dave stöhnte leise. „Meine Güte. Auch das noch."

Mit einer schwungvollen Bewegung hievte er sich aus dem Bett, war mit zwei langen Schritten bei seinem Kleiderschrank und fischte etwas heraus.

„Hier", meinte er und warf ihr einen dunkelblauen Pyjama mit weißen Nadelstreifen zu. Susanas Reflexe waren gut, sie fing die beiden Teile gekonnt auf.

„Schick", witzelte sie, als sie das eher konservative Stück auseinanderfaltete und begutachtete. Sie spürte, wie sich ihre

Mundwinkel nach oben bogen, als sie sich vorstellte, wie Dave wohl in diesem Outfit aussehen würde. Fehlten noch Fellpantoffeln und sein Rentnerlook wäre perfekt.

„Wenn dir der Schlafanzug nicht zusagt, darfst du gern nackt schlafen."

Dieser Kerl hatte eine seltsame Art von Humor.

„Puh. Du verstehst wohl keinen Spaß, hm? Na gut, ich gehe kurz ins Bad und ziehe mich um."

„Von mir aus." Ein harter Zug lag um seinen hübschen Mund. Es würde viel schwieriger werden, freundlich zu ihm zu sein, als sie gedacht hatte. Er selbst hatte absolut nichts Nettes an sich. Es war ihr ein Rätsel, wie sie es schaffen sollte, dass er ein wenig auftaute und sie in Kürze nicht aufeinander losgingen.

Resigniert ließ sie die Schultern hängen und schlurfte ins Badezimmer, um sich die Zähne zu putzen und sich umzuziehen. Dabei ließ sie sich länger Zeit als nötig, um das Unvermeidliche aufzuschieben. Ihr war klar, dass sie wahrscheinlich kein Auge zutun würde. Auch wenn sie es nicht wollte, war ihr ganz und gar nicht entgangen, dass der stellvertretende Bezirksstaatsanwalt schrecklich sexy aussah, mit seinen verwuschelten Haaren, dem durchtrainierten Oberkörper und seinen wie gemeißelten Gesichtszügen. Susana schaute sich im Spiegel an und schüttelte den Kopf, als ob sie sich selbst zur Vernunft rufen wollte. Natürlich bemerkte sie, dass sie sich nach wie vor körperlich zu ihm hingezogen fühlte, auch wenn es absolut bescheuert war. Vielleicht verteilte das Implanon ja seit Neustem zu viele oder falsche Hormone im Blut, die sie auf einmal anfällig für Testosteron machten. Und ja, Dave Adams hatte sicherlich genug davon. Er war gefährlich für sie. In jeder Hinsicht.

Dave war mit seiner Geduld am Ende. Wie lange konnte eine Frau brauchen, um sich umzuziehen? Sie provozierte ihn wahrscheinlich absichtlich, aber er würde nicht darauf eingehen. Er nahm sich vor, dass er umso gelassener reagieren würde, je mehr sie ihn herausforderte. Blöd nur, dass er sich mit der letzten Aktion ins eigene Fleisch geschnitten hatte. In seinem ganzen Leben hatte er noch nicht mit einer Frau in einem Bett geschlafen, ohne Sex mit ihr zu haben. Er schmunzelte. Okay, er hatte bereits Sex mit ihr gehabt. Vielleicht würde das helfen, besser mit der Situation umzugehen. Allerdings sandte die Erinnerung an die Nummer im Büro Impulse in seine Lenden, die er jetzt absolut nicht gebrauchen konnte.

„Verdammte Scheiße!", zischte er durch die Zähne, lehnte sich zurück in die Kissen und schloss die Lider.

„Stimmt was nicht?"

Er riss die Augen auf. Natürlich, sie hatte genau in diesem Moment aus dem Badezimmer zurückkommen müssen. Er hatte momentan eine einzige Glückssträhne.

„Alles wunderbar." Mit einem grimmigen Lächeln klopfte er auf den Platz neben sich. „Bitte. Es ist genug Platz hier, *Schatz*."

Susana warf ihm einen giftigen Blick zu, im nächsten Moment schüttelte sie kaum merklich den Kopf. „Ich habe die Lichter überall ausgemacht. Sonst noch was?"

Er traute seinen Ohren kaum. Woher auf einmal die sanften Klänge? „Äh. Nein."

„Gut." Sie sah ihn nicht weiter an, legte sich neben ihn und breitete die zweite Decke über sich aus. „Dann gute Nacht, Dave."

Er runzelte die Stirn, wusste aber nicht, was er anderes als „Gute Nacht" erwidern sollte. Also beließ er es dabei und löschte das Licht. Er hatte sich ja auf viele mögliche Szenarien für diese Nacht vorbereitet, aber merkwürdigerweise nicht auf die, dass sie sich plötzlich so fügsam ihrem Schicksal ergeben würde. Er traute dem Frieden nicht und starrte in die Dunkelheit. Durch die dicken Vorhänge drang nur wenig Licht in sein

Schlafzimmer, er konnte ihre Umrisse nur schemenhaft neben sich erkennen. Sie lag auf die Seite gerollt, das Gesicht von ihm abgewandt. Dennoch spürte er ihre Nähe und ihre Wärme mehr, als ihm lieb war.

Er war müde, abgespannt und am Ende seiner Kräfte. Er brauchte etwas Schlaf. Dringend. Andererseits, konnte er sich den Luxus Schlaf überhaupt erlauben? Wer wusste schon, was diese kleine Hexe neben ihm sonst noch geplant hatte? Vielleicht doch die Nummer mit dem Schlachtermesser?

Er hatte das Zeitgefühl verloren, aber irgendwann wurde es immer schwieriger, die Augen offen zu halten. Dave lauschte und konnte nichts außer ihren gleichmäßigen Atemzügen hören.

War es möglich, dass sie tatsächlich schon eingeschlafen war? Um sicherzugehen, drehte er sich auf die Seite und versuchte angestrengt, etwas mehr zu erkennen. Nichts. Keine Regung. Dafür stieg ihm ihr frischer Geruch von Rosenblüten in die Nase. Susanas Haar kitzelte ihn an der Nase. Er musste dringend Abstand zwischen sie bringen. Er war auch nur ein Mann und sie hatte einige Vorzüge zu bieten, die ihn auf einer absolut rohen und rein sexuellen Ebene ansprachen. Er hatte Lust auf sie. Schon wieder.

Mit einer ruckartigen Bewegung rollte er sich an die Kante seiner Bettseite und schnappte nach frischer Luft, um den Rosenduft aus seiner Nase zu bekommen.

„Was ist … Alles okay?", fragte sie verschlafen.

Okay. Sie hatte ihm also wirklich nichts vorgespielt. Die Frau war ganz offensichtlich eiskalt, wenn sie so seelenruhig schlummern konnte, nachdem sie kürzlich von jemandem ihrer Freiheit beraubt worden war. Vielleicht passierte ihr so was ja öfter. Ihre Abgebrühtheit sprach definitiv dafür.

„Schlaf weiter", entgegnete er schroff. Zu schroff, wie ihm auffiel. Diese Anspannung würde ihn noch umbringen. Zusätzlich zum Druck des Prozesses hatte er sich jetzt auch noch das Problem mit dieser Frau aufgehalst.

„Hmmm", machte sie und zog ihre Decke noch ein Stück höher.

Unfassbar. Sie war wieder eingeschlafen. Dave warf sich auf den Rücken und fing an, Schafe zu zählen. Er wollte schlafen. Er musste schlafen. Stattdessen überkamen ihn Erinnerungen an die Szene im Büro und die Reaktion seines Körpers hielt ihn wach. Aber er war stur und sein Geist hatte bis jetzt immer gesiegt. Er würde dem Druck nicht nachgeben, im Gegenteil. Irgendwann würde sich sein kleiner Freund da unten wieder beruhigen und er würde sich wieder im Griff haben. Sein Wille war stärker als sein Fleisch. Musste es sein. Dass er dafür beinahe die halbe Nacht benötigen würde, hatte er nicht bedacht.

Als er das nächste Mal die Augen aufschlug, war das Bett neben ihm leer.

„Fuck!", rief er. Das Miststück hatte es doch irgendwie geschafft, abzuhauen. Panisch schaute er sich um. Wo zur Hölle war sie? Erst jetzt nahm er Geräusche aus der Küche wahr. War sonst noch jemand in der Wohnung? Verschlafen stieg er aus dem Bett, auch wenn sein Blutdruck weit über der gesunden Grenze lag. Er war erschöpft und gleichzeitig so angespannt, dass es nicht viel brauchen würde, bis er die Kontrolle über sein Temperament verlor. Üblicherweise hatte er sich gut im Griff, aber momentan war nichts wie immer.

Langsam schlich er sich in die Küche, weil er keine Ahnung hatte, was oder wer ihn dort erwartete. Völlig überrascht blieb er im Türrahmen stehen, als er Susana entdeckte, die in seinem Pyjama am Herd stand und Pancakes mit Speck briet. Die Stimmen kamen aus dem Radio, irgendeine Morningshow, in der sich die Radiomoderatoren am liebsten selbst reden hörten.

„Oh! Guten Morgen", rief sie vergnügt, als sie ihn sah.

Dave blickte sich verwirrt um. Was war über Nacht mit ihr passiert? Fehlte nur noch, dass sie um den Tresen kam und ihm einen Guten-Morgen-Kuss gab. Und tatsächlich, sie setzte sich in Bewegung und kam auf ihn zu. Er musste blinzeln, um sich zu vergewissern, dass er keine Halluzinationen hatte. Erst jetzt bemerkte er, dass er mit offenem Mund dastand, und schloss ihn hastig. Susana war jetzt fast bei ihm angekommen, tapste dann allerdings lächelnd an ihm vorbei.

„Entschuldige, ich muss mal kurz ins Bad, ich wollte dich nicht aufwecken …", erklärte sie ihm in einem leichten Plauderton. Dave blickte ihr ungläubig nach. Erst das Geräusch der sich hinter ihr schließenden Badezimmertür holte ihn zurück in die Realität.

„Jesus", stieß er aus und fuhr sich mit der Hand durchs Haar. Was zur Hölle wurde hier gespielt?

Immer noch perplex, setzte er sich an den Küchentresen und starrte in die beiden Pfannen auf dem Herd. In einer brutzelten Speckstreifen und in der zweiten lagen drei Pancakes. Daneben stand schon ein Teller mit einem ganzen Stapel fertig gebackener Pfannkuchen. Vielleicht hatte sie ja irgendein Gift gebraut und es hineingemischt. Absurd. Der Gedanke war absurd. Wo hätte sie auch welches hernehmen sollen? Putzmittel schmeckte man doch bestimmt und das würde ihn wohl kaum umbringen.

So saß er immer noch, als sie kurz darauf zurückkehrte.

„Hunger?", fragte sie und ihre dunklen Augen blitzten ihn an. Zum ersten Mal studierte er sie genauer, während sie die fertigen Pfannkuchen aus der Pfanne nahm und neuen Teig hineingab. Ihre glänzenden braunen Haare hatte sie zu einem unordentlichen Knoten zusammengebunden und ungeschminkt wirkte sie heute Morgen sehr jung auf ihn.

„Wie alt bist du eigentlich?", platzte es aus ihm heraus.

Sie ließ den Pfannenwender sinken und hob ihr Kinn. „Fünfundzwanzig. Wieso? Und du?"

„Schon gut. Hat mich einfach interessiert. Für eine Praktikantin schon ganz schön alt."

„Ja, ich weiß. Habe mich gut gehalten. Wenn ich mal in einen Club will, muss ich immer meinen Ausweis vorzeigen."

Sie kicherte und irritierte ihn damit noch mehr. Warum, zum Teufel, war sie so gut gelaunt?

„Wann hast du Geburtstag?", fragte sie ihn noch.

„Im April."

„Geht es auch genauer? Jahr? Datum?"

„Warum?" Er beäugte sie misstrauisch.

„Na, es sieht so aus, als würden wir jetzt ein bisschen Zeit miteinander verbringen. Ich, äh, möchte wissen, mit wem ich es zu tun habe."

Dave verzog den Mund. „Siebzehnter April 1984." Er seufzte genervt.

„Du bist also dreiunddreißig?"

„Ja, und du bist gut im Kopfrechnen."

„Rührei?"

„Was?"

„Möchtest du Rührei zum Speck und den Pancakes?"

Er atmete geräuschvoll aus. Er konnte immer noch kaum glauben, dass diese Kriminelle in seiner Küche stand und ihm das beste Frühstück zubereitete, das er jemals in seinen eigenen vier Wänden bekommen hatte.

„Vor allem brauche ich erst mal einen Kaffee", knurrte er und wandte sich ab.

„Ach ja. Entschuldige. Kaffee."

„Du musst mich nicht bedienen. Es ist meine Wohnung, schon vergessen?", brummte er und umrundete die Kücheninsel auf dem Weg zur Kaffeemaschine.

„Da hat aber jemand schlechte Laune", scherzte sie. Er spürte ihren bohrenden Blick im Rücken. „Willst du dir nicht mal was anziehen?", fragte sie jetzt.

Dave schaute Hilfe suchend an die Decke, während das Licht in der Anzeige der Kaffeemaschine erschien, dass sie einsatzbereit war. „Warum? Stört dich mein Anblick?"

„Nicht wirklich, du bist ja ganz gut in Form ..."

Dave drehte sich ungläubig um. „Na du schaust ja ganz genau hin."

Susana hob eine Augenbraue und zuckte mit den Schultern. „Ja, wieso nicht? Immerhin ... haben wir ... na du weißt schon."

Daran brauchte sie ihn ganz sicher nicht zu erinnern. Gott, er wünschte sich, er hätte sich gestern besser im Griff gehabt.

War es wirklich erst einen Tag her? Es kam ihm eher so vor, als lägen Jahre zwischen letzter Nacht und heute.

Dave stellte eine Tasse unter die Maschine, drückte auf den Knopf und stapfte dann aus der Küche, um sich doch lieber Jeans und Shirt überzuziehen. So weit hatte er noch nicht gedacht, als er aufgestanden war. Ohne Koffein konnte er auch nicht denken, schon gar nicht, wenn er so übermüdet war wie im Moment.

6

„Und, wann gehst du ins Büro?", fragte Susana und schob sich noch ein Stück Pancake in den Mund.

Dave verschluckte sich an seiner zweiten Tasse Kaffee. „Ich lasse dich bestimmt nicht allein hier, damit du dich hier umbringen kannst oder was auch immer."

„Mein Gott. Ich wollte nur höflich sein." Sie verdrehte die Augen.

Daves abfälliges Lachen tönte durch den Raum. „Glaubst du, nach ein paar Pfannkuchen traue ich dir mehr als gestern? Dann hast du dich geirrt. Die Leute, mit denen du Geschäfte machst, sind gefährlich. Ist dir das nicht klar?"

„Was weißt du schon", brummte sie.

„Nichts. Ich weiß gar nichts. Du kannst mich aber gern aufklären. Warum gibt sich ein hübsches Mädchen wie du mit der Mafia ab?"

Sie schüttelte den Kopf. „Ja, ich bin hübsch, aber was weißt du sonst noch, dass du so über mich urteilen kannst? Du hast keine Ahnung, wer ich bin oder warum ich das tue. Und ganz ehrlich, es geht dich auch nichts an!"

„Da irrst du dich. Gewaltig. Es geht mich seit genau dem Moment etwas an, an dem du mich und damit den Staat beschissen hast. Und genau deswegen lasse ich dich nicht aus den Augen."

Susana gab einen freudlosen Laut von sich. „Und wer macht deine Arbeit, während du mich babysittest?"

„Das lass mal meine Sorge sein."

Sie aßen einige Minuten schweigend, aber Susana war der Appetit vergangen. Gründlich. Es war schwieriger als gedacht, nicht mit diesem Klotz zu streiten. Er verdrehte einem wirklich jedes Wort im Mund, bis man am Ende nicht mehr anders konnte, als genervt zu sein.

„Du hast dir absolut den richtigen Job ausgesucht", kommentierte sie und stand auf, um ihren Teller in die Spüle zu stellen.

„Hä?"

„Schon gut." Sie lehnte sich mit dem Rücken an die Arbeitsfläche und verschränkte die Arme vor der Brust. „Ich werde mal duschen gehen. Besteht irgendwie die Möglichkeit, an ein paar Klamotten zu kommen? Ich würde ungern ... zwei Wochen in derselben Unterwäsche rumlaufen."

Daves entsetztes Stöhnen amüsierte sie. Der Mann war komplett unvorbereitet und er hatte offenbar noch keinen einzigen Gedanken an die Bedürfnisse einer Frau verschwendet.

„Ich kümmere mich darum", gab er trocken zurück und trank seinen Kaffee aus.

„Schön." Kurz angebunden sein konnte sie auch. Ohne ein weiteres Wort verließ sie die Küche und schloss die Badezimmertür geräuschvoll hinter sich.

Während sie sich langsam entkleidete, lief das Wasser in der Dusche bereits. Das hatte ja noch nicht besonders gut geklappt mit dem Plan, Daves Vertrauen zu gewinnen. Sie durfte sich nicht ständig von ihm provozieren lassen. Aber das war einfacher gesagt als getan. Der Mann war eine Katastrophe hoch drei.

Während das heiße Wasser über ihre verspannten Muskeln lief, schloss sie die Augen und grübelte, wie sie die Situation zwischen ihnen verbessern konnte. Immerhin, sein Geburtsdatum kannte sie jetzt wenigstens. Sie brauchte nur noch den richtigen Moment, um es am Safe zu testen. Am liebsten wäre ihr, dass er währenddessen nicht in der Wohnung war. Vielleicht kam er ja doch ihrem Ansinnen nach und besorgte ihr etwas Sauberes zum Anziehen, wenn sie ihn noch einmal darum bat. Der Wunsch war nicht nur aus der Idee heraus entstanden, ihn loszuwerden. Natürlich hatte sie nicht vor, zwei Wochen lang denselben Schlüpfer zu tragen.

Daves Shampoo roch männlich und herb. Es war, als würde sie einen Teil von ihm auf sich verteilen, während sie ihre Haare wusch. Vielleicht konnte sie ihn ja auch bitten, ein anderes für sie zu besorgen und gleich auch noch einen Conditioner dazu. Ja, das würde sie tun. Es war ja wohl nicht zu viel verlangt, nachdem er sie ihrer Freiheit beraubt hatte. Sie ließ das Wasser noch einige Minuten über ihren Körper laufen, obwohl sie längst fertig war. Als sie die Lider öffnete, stach ihr sein Rasierer ins Auge. Die Rebellin in ihr stachelte sie an und sie gab dem Impuls nach. Zunächst verteilte sie seinen Rasierschaum auf allen Körperstellen, die eine Rasur benötigten, und nahm sich ausreichend Zeit, sein Vier-Klingen-System zu testen. Dabei lag ein fieses Grinsen auf ihrem Gesicht. Sein Pech. Es hatte ihn ja niemand gezwungen, sie mit zu sich nach Hause zu nehmen.

Daves Augen wurden groß, als er Susana sah. Die braune Mähne war noch nass, natürlich, er besaß keinen Fön, und hing ihr in dicken, tropfenden Strähnen über die Schultern. Obenrum trug sie eines seiner Hemden, darunter kamen zwei lange – nackte – Beine zum Vorschein.

„Was glaubst du, tust du da?", fragte er sie mit weit aufgerissenen Augen.

„Wie bitte?"

„Na, was machst du mit meinem Hemd?"

„Ich habe dir doch vorhin schon gesagt, dass ich nicht zwei Wochen lang in meinen alten Sachen herumlaufen kann."

Er verdrehte die Augen und ließ das Buch, das er in den Händen hielt, sinken. „Und was sollte ich deiner Meinung nach tun?"

Susana kam auf ihn zu und setzte sich zu ihm auf die Lehne seines Sessels. Sie schlug ihre Beine übereinander, sodass ihm quasi gar nichts anderes übrig blieb, als sie anzustarren. Sie hatte wirklich hübsche und sehr lange Gliedmaßen. Genervt von seiner körperlichen Reaktion, klappte er das Buch zu.

„Du könntest mir was besorgen. Ach, und Shampoo und Conditioner brauche ich auch."

„Brauchst du das?", echote er tonlos.

„Ja, das wäre nett." Sie sah ihn unter halb geschlossenen Augenlidern an. Natürlich war es eine Masche von ihr. Bedauerlicherweise funktionierte sie hervorragend – er war bereits halb hart.

„Zum Teufel mit ... Ach, verdammt." Er sprang auf und strich sich mit einer fahrigen Bewegung durchs Haar. Er musste duschen. Kalt.

Leider half ihm die Vorstellung, dass sie vor wenigen Minuten selbst hier gewesen war, während er unter dem lauwarmen Strahl stand, nicht. Völlig nackt und wie Gott sie geschaffen hatte. Sein Rasierer lag auch nicht mehr an der Stelle, wo er ihn sonst immer ablegte. Konnte es sein, dass sie sich ... mit seinem?

„Du bist so ein Vollidiot!", schimpfte er sich selbst, stellte das Wasser frustriert ab und stieg aus der Kabine. Natürlich. Sein Handtuch hatte sie auch benutzt. Trockene lagen im Schrank im Schlafzimmer, bis dahin hätte er alles nass gemacht. Er seufzte genervt und schnappte sich das gebrauchte. Die Frau kannte einfach keine Grenzen und wollte ihn absichtlich provozieren.

Was sie konnte, konnte er schon lange! Nass und nackt stapfte er aus dem Bad und stieß beinahe mit ihr zusammen. Sie war auf dem Weg aus seinem Schlafzimmer und hatte *seine* Socken an den Füßen.

„Oh! Entschuldigung!", rief sie und sprang zur Seite, als hätte er die Pest. „Kannst du dir nicht was anziehen?"

Ha! Das sagte sie! Dave musste innerlich schmunzeln. Es belustigte ihn, zu sehen, wie sie auf seine Nacktheit reagierte. Sich dessen bewusst, blieb er absichtlich lässig und breitbeinig stehen.

„Das hier ist meine Wohnung, außerdem hast du mein Handtuch nass gemacht. Ich muss mir ein frisches holen."

Sie schnaubte, während er sich etwas besser fühlte, sie offenbar mit den gleichen Waffen schlagen zu können, die sie bei ihm ansetzte.

Er fuhr ruhig fort. „Keine Sorge, von mir droht dir keine Gefahr. Jedenfalls nicht in dieser Hinsicht." Er sah an sich herunter und dann wieder zu ihr. Ihr Gesicht war rosa gefärbt und ihr Mund leicht geöffnet.

„Du bist widerlich!", stieß sie hervor und stolzierte in Richtung Wohnzimmer davon. Dave lachte leise. *Eins zu eins*, dachte er und nahm ein trockenes Handtuch aus dem Schrank, das er ins Bad legen wollte – er hatte nicht vor sich auf Dauer ein Handtuch mit seinem Gast zu teilen.

Als er angezogen war, rief er vom Schlafzimmer aus kurz im Büro an und teilte seiner Sekretärin mit, dass er heute zu Hause arbeiten würde, aber erreichbar sei.

Das mit dem Arbeiten schminkte er sich irgendwann komplett ab. Mit Susana in seiner Wohnung hatte er keine Chance, sich auch nur im Entferntesten auf etwas zu konzentrieren, das mit seinem Job zu tun hatte. Seit geschlagenen zwei Stunden saß er bereits an seinem Schreibtisch und er hatte keine Ahnung, was der Inhalt der Akten vor ihm war.

Sein unfreiwilliger Gast war zwar nur einmal ins Zimmer gekommen und hatte ihn um ein Buch gebeten, aber allein das Wissen um ihre Anwesenheit genügte, dass es um seine Konzentration geschehen war. Er rieb sich mit der Hand über die Augen und lehnte sich zurück.

„Kaffee?", fragte Susana und er fuhr hoch. Sie kicherte. „Entschuldige, ich wollte dich nicht erschrecken, ich habe nur gedacht, vielleicht hast du Lust?"

Er drehte sich um und sah, dass Susana mit einer Tasse für ihn im Arbeitszimmer stand. Sie trug nach wie vor sein Hemd, was oder ob sie sonst etwas darunter anhatte, wussten die Götter.

Verdammt, nun dachte er schon wieder nur an das eine. Er hatte definitiv Lust, aber nicht auf Kaffee.

„Danke." Er stand auf und kam ihr entgegen, um ihr die Tasse abzunehmen. „War sonst noch was?" Er war um einen möglichst desinteressierten Tonfall bemüht.

Sie neigte den Kopf ein wenig zur Seite und sah ihn aus ihren großen, unschuldigen Augen an. „Mir ist ... langweilig."

Dave legte seine Stirn in Falten. „Dir ist langweilig."

„Ja."

„Nimm dir ein anderes Buch."

„Ich will nicht lesen."

„Mein Gott, was erwartest du von mir?"

Sie zuckte mit ihren zarten Schultern. „Keine Ahnung. Ich bin noch nie entführt worden."

Dave reichte es langsam. Der trotzige Ton in ihrer Stimme war nicht zu überhören und stachelte seine eigene Gereiztheit nur noch weiter an.

„Gut, du willst reden? Schön. Reden wir." Er ging zu ihr, zog sie am Ärmel aus seinem Arbeitszimmer, zurück ins Wohnzimmer. „Los. Hinsetzen."

Es wunderte ihn, dass sie weder Widerworte fand, noch sich sträubte, sondern seiner Aufforderung kommentarlos nachkam.

„So, jetzt können wir uns unterhalten, Susana", sagte er in einem etwas milderen Tonfall.

„Du kannst mich hier nicht zwei Wochen festhalten", begann sie und zog die Beine eng an ihren Körper.

Dave fuhr sich durch die Haare und stellte die Tasse auf den Tisch vor sich. „Hast du eine andere Idee?"

Sie zog eine Schnute. „Lass mich gehen. Ich werde nichts sagen."

Er lachte bitter. „Ja, natürlich. Und ich sollte dir glauben, weil …?"

Susanas Augen glänzten feucht. Auch das noch. Jetzt kamen die Krokodilstränen. Er unterdrückte ein Augenrollen.

„Ich bin hier in was reingeraten, das …" Ihre Stimme brach ab und idiotischerweise berührte sie damit etwas in ihm, das seit langer Zeit sehr tief verborgen war.

Er räusperte sich. „Ich kann dir leider nicht glauben."

Er wunderte sich, wie fest und kühl er klang. Zum Glück. Sie durfte nicht bemerken, dass er an dieser Stelle verwundbar war. Da war es ja noch erträglicher, sie spielte mit ihren Reizen, als mit der Mitleidstour zu kommen.

„Dave …", fuhr sie fort. „Ich … kann dir nicht mehr sagen. Wenn ich dir mehr erzähle, bin ich am Ende tot. Du weißt besser als ich, dass man mit der Mafia keine Scherze machen sollte. Es wird ohnehin schwer genug, später zu erklären, warum ich wie vom Erdboden verschluckt bin … war."

Daran hatte er auch schon gedacht. So bescheuert es auch war, er wollte nicht, dass sie am Ende in Schwierigkeiten geriet, weil er sie eingesperrt hatte. Aber gehen lassen konnte er sie auch nicht. Es war eine blöde Situation. Für alle.

Dave lief unruhig vor den Fenstern auf und ab. „Was war dein Auftrag von Bassanelli", fragte er und blieb vor ihr stehen.

Sie blickte zu ihm auf, bevor sie zögerlich antwortete: „Das weißt du doch sicher schon."

„Ja, ich kann es mir denken, aber ich will es aus deinem Mund hören."

Susanas Augen nahmen einen seltsamen Ausdruck an, den er nicht deuten konnte.

„Machst du so was öfter?", hakte er nach.

Sie stand vom Sessel auf und drehte ihm den Rücken zu. Ihre Reaktion sagte ihm mehr als tausend Worte. „Nein. Und es geht dich auch nichts an!", zischte sie.

Unter seinem weißen Hemd konnte er die Form ihrer runden Hüften erahnen. Nein, er durfte sich nicht schon wieder ablenken lassen, verdammt!

„Vögelst du auch mit all deinen anderen Opfern?" Die Frage war ihm rausgerutscht, bevor er sie wirklich zu Ende gedacht hatte. Er ging einen Schritt auf sie zu, wollte sich entschuldigen. Was ihn am meisten dabei irritierte, war, dass der Gedanke, wie sie mit einem anderen schlief, ihn extrem aufregte. Er wollte sich keine schmierigen Männerhände auf ihrem Busen oder sonst wo auf ihrem Körper vorstellen.

Mit einer ruckartigen Bewegung drehte sie sich um und er ahnte, was sie vorhatte. Er konnte es ihr nicht mal verübeln, deswegen war er vorbereitet.

„Du Arschloch!", schrie sie ihn an und holte zu einer Ohrfeige aus.

Dave hielt ihre Hand mühelos vor seinem Gesicht fest. „Na, na. Bitte, wer wird denn handgreiflich werden?"

Sie berührte etwas Wildes, Rohes in ihm, das er nur schwer bändigen konnte. Er hatte ihr Handgelenk noch immer umfasst, trat einen Schritt auf sie zu, bis er ihr so nah war, dass sie zu ihm aufsehen musste. Sie atmete schnell, ihre Lippen waren leicht geöffnet und ihre Augen sprühten Funken.

Im nächsten Moment küsste Dave sie hart und fordernd. Er legte all den Ärger und die Frustration der letzten Tage in diesen Kuss. Zu seiner großen Überraschung stieß sie ihn nicht gleich von sich, sondern erwiderte die Schläge seiner Zunge mit ungehaltener Leidenschaft. Das genügte, um sein Gehirn vollständig auszuschalten. Dave zog sie noch enger an sich, sodass sie seine körperliche Reaktion auf sie spüren musste. Sie rieb sich an ihm und ihm entfuhr ein heiseres

Keuchen, weil er damit nicht gerechnet hatte. Seine Hände strichen über ihre Kurven, kneteten ihren festen, runden Hintern, während seine Zunge ihren Mund erforschte.

Verdammt, er sollte das nicht tun, aber er konnte auch nicht aufhören. Susana hatte ihn verhext. Ihre weiblichen Reize hatten seine Sinne verwirrt und er konnte einfach nicht genug von ihr bekommen. Im Gegenteil. Seine Lust auf sie wuchs von Sekunde zu Sekunde, sodass er sich immer weniger zurückhalten konnte. Als er ihre Hände auf seiner Erektion über dem dicken Stoff seiner Jeans spürte, zuckte er zusammen. Er stieß unzusammenhängende Flüche aus, während er versuchte, seine Sinne wieder halbwegs zusammenzubekommen. Es fiel ihm in Anbetracht der Tatsache, dass sie sich wollüstig an ihn schmiegte, verdammt schwer. Es war moralisch verwerflich, dass er seine Gefangene vögelte, aber andererseits, wenn sie nichts dagegen hatte, war es dann nicht okay? Schwer atmend löste er sich von ihr.

„Das war dafür, dass du meinen Rasierer benutzt hast", knurrte er heiser.

Susana blinzelte und trat einen Schritt zurück. Dieses Mal versuchte er gar nicht erst, ihre Hand aufzuhalten, die mit einem lauten Klatschen auf seinem Gesicht landete.

„Stronzo!", fauchte sie. „Wenn du mich noch einmal wie eine Nutte behandelst, das schwöre ich dir bei Gott, schneide ich dir deine Scheißeier ab!"

Daves Mundwinkel bogen sich nach oben.

„Hör auf, zu lachen!", schrie sie.

„Aha, wusste ich es doch. Südländische Wurzeln. Italien, nehme ich an?"

„Das hast du ja gut kombiniert, Sherlock!"

„Na immerhin weiß ich jetzt etwas mehr über dich."

„Gott, wie soll ich es hier nur aushalten?", sagte sie mehr zu sich selbst als zu Dave und ging um einen Sessel herum zum Fenster. Sie lehnte sich mit der Stirn dagegen.

Daves Blick blieb unwillkürlich an ihrem Hintern hängen. Leider machte ihn dieses Frauenzimmer einfach wahnsinnig. Verflucht wahnsinnig. Und scharf.

Das Klingeln an der Wohnungstür durchbrach die Stille im Raum. Entsetzt drehte sie sich um und sah ihn mit gehetztem Blick an. „Wer ist das?"

Dave spürte ihre Angst. „Keine Sorge. Niemand ahnt, dass du hier bist. Wenn jemand unten wäre, hätte der Concierge zuerst angerufen."

„Und das weißt du ... weshalb? Vielleicht haben sie den abgeknallt. Du hast keine Ahnung, wozu die Mafia fähig ist."

„Scht. Mach jetzt keine Dummheiten, Susana."

Dave ging zur Wohnungstür, sah durch den Spion und öffnete. Er unterschrieb mit einem Plastikstift auf einem Display und quittierte die Zustellung. Wenige Sekunden später war er wieder bei Susana im Wohnzimmer, die immer noch wie gelähmt vor dem Fenster stand. Er war zugegeben erleichtert gewesen, dass er einen Paketzusteller und keinen Mafiosi mit Knarre vor der Tür vorgefunden hatte.

„Hier. Für dich. Da hat doch jemand bei mir Kleidung bestellt", informierte er sie gelassen und ihr Ausdruck wurde daraufhin noch ungläubiger.

„Du hast Klamotten bestellt? Für mich? Das ging ja schnell."

Er ließ seinen Blick über ihren Körper wandern, bis sie merklich errötete. „Ja, genau. Ich bin auch nur ein Mann ... wie du weißt, und wenn du hier die ganze Zeit halb nackt herumläufst, kann ich für nichts garantieren. Zum Glück gibt es Internetshops, die liefern innerhalb einer Stunde, wenn man es eilig hat."

Er meinte, ein zufriedenes Aufblitzen in ihren Augen zu sehen, dann wandte sie ihren Blick ab. „Wenn du meinst." Ihre Stimme klang einen Tick zu gelangweilt, aber er wusste, dass sie sich über das Paket freute, und auch, dass sein Geständnis ein Kompliment für sie war, das ihr schmeichelte.

Dave war klar, dass er allgemein als gut aussehend galt und dass jede Frau gern hörte, dass sie einem Mann gefiel. Er quittierte ihre Reaktion mit einem milden Lächeln. Immerhin, er war nicht allein damit, sich zu ihr hingezogen zu fühlen.

Sie riss die Verpackung auf und begutachtete die Bestellung skeptisch. Dave ließ sie allein. Er hoffte, dass er damit zumindest ihren Geschmack getroffen hatte. Er hatte ein gutes Dutzend Unterwäschesets und etwas Freizeitkleidung bestellt. Hoffentlich in ihrer Größe. Er wusste, dass manche Frauen etwas zickig reagierten, wenn man dabei Fehler beging. Bei Susana hoffte er auf eine milde Reaktion, gemessen daran, aus welcher Not heraus die Bestellung entstanden war.

7

Verwirrt. Das war das einzige Wort, das ihre derzeitige Gefühlslage richtig beschrieb. Sie hatte absolut nicht damit gerechnet, dass Dave ihr eine ganze Auswahl an Kleidung bestellen würde. Womit sie aber noch weniger gerechnet hatte, war, dass er sie noch einmal küssen würde – und dass sie nicht wollte, dass er aufhörte.

Sie versuchte, ihre Gedanken so weit zu sortieren, dass sie sich einen Plan zurechtlegen konnte, wie sie nun weiter vorgehen musste, während sie eine Hose und ein Shirt anprobierte.

Susana war realistisch genug, dass sie sich nicht länger selbst belog. Es gefiel ihr, wenn Dave Adams sie küsste. Es gefiel ihr sogar so gut, dass sie mehr wollte, als nur seine Lippen auf ihren zu spüren. Diese Erkenntnis brachte sie an einen Wendepunkt in diesem Schauspiel. Konnte sie ihre eigene Lust dafür benutzen, sein Vertrauen zu gewinnen, um am Ende vor ihm fliehen zu können?

Die Antwort war unkompliziert, wenn sie einfach alle Konventionen über Bord warf. Eigentlich waren die ohnehin längst in der Staatsanwaltschaft auf der Strecke geblieben. Das hieß: Ja. Sie konnte es tun. Sie würde es tun. Sie musste nur überlegen, wie sie es glaubhaft anstellen konnte, sodass er aufgrund ihres plötzlichen Sinneswandels nicht misstrauisch wurde. Zudem war ihr klar geworden, dass er wirklich auf sie stand. Sie hatte ihm natürlich keine Sekunde lang abgenommen, dass er sie mit einem Kuss für das Ausborgen seines Rasierers „bestrafen" wollte. Das war absolut lächerlich. Dennoch hatte es ihr gefallen, ihm endlich eine Ohrfeige geben zu können. In diese hatte sie allen Frust der letzten Stunden gelegt, den Ärger, den er ihr durch die Entführung bereitete und auch darüber ... dass sie sich gegen ihren Willen zu ihm hingezogen fühlte.

Susana fand ihn im Arbeitszimmer, wo er schon wieder über ein Buch gebeugt an seinem Schreibtisch saß. Vermutlich studierte er irgendwelche langweiligen Gesetzestexte.
„Warum bist du eigentlich so versessen darauf, Bassanelli hinter Gitter zu bringen?", durchbrach ihre Frage die Stille.
Er drehte sich sehr langsam zu ihr um, die Intensität seines Blicks ließ sie schneller atmen. „Wie ich sehe, passt es. Habe ich deinen Geschmack getroffen?"

Seine direkte Musterung trieb ihr die Hitze ins Gesicht. Dass sie so leicht aus der Ruhe zu bringen war, ärgerte sie. Sie bemühte sich dennoch, lässig zu wirken: „Ja, danke. Aber das beantwortet nicht meine Frage."

„Warum bist du eigentlich so versessen darauf, ihn *nicht* hinter Gitter zu bringen?", setzte er zur Gegenfrage an.

Wenn sie ehrlich war, hatte er natürlich recht. Aber sie hatte nicht vor, ihre komplette Lebensgeschichte vor ihm auszubreiten. Er mochte sie zwar körperlich anziehen, das hieß aber noch lange nicht, dass er auch erfahren würde, was ihre Beweggründe dafür gewesen waren, dass sie der Unterwelt half.

„Ich für meinen Teil erledige Aufträge. Das ist einer davon." Sie hoffte, dass ihr Gesichtsausdruck gelangweilt genug wirkte und er sie damit in Ruhe ließ.

„Du arbeitest also für jemanden?", hakte er leider nach.

„Nein. Ich arbeite auf eigene Rechnung", sagte sie mit Nachdruck und verschränkte die Arme vor der Brust.

Er hob eine Augenbraue. „Wusste ich es doch. Du bist eine kleine Egoistin."

Wut keimte in ihr auf. Was wusste er schon! Sie unterdrückte den Impuls, sich zu verteidigen, sie hatte ohnehin schon viel zu viel gesagt.

Sie und eine Egoistin! Es fiel ihr schwer, sich zu beherrschen. Susana trug normalerweise ihr Herz auf der Zunge, aber genau das durfte sie hier nicht tun. Er war einfach ein Arschloch, ein gut aussehendes zwar, aber der schöne Schein trog. Dass er berechnend war, war ihr allerdings schon vorher klar gewesen. Ihren Körper schien das leider nicht zu interessieren.

„Hast du Hunger?", wechselte sie daher das Thema auf eine etwas unverbindlichere Ebene. Schließlich hatte sie vor, sein Vertrauen zu gewinnen, und das gelang am besten, wenn man satt und zufrieden war. Er war ein stattlicher Mann und wenn sie ihn richtig einschätzte, hatte er nichts gegen gutes Essen. Sein kläglicher Kochversuch gestern hatte ihr allerdings auch deutlich gemacht, dass er zwar gern aß, aber selbst eher rudimentäre Fähigkeiten besaß, eine vernünftige Mahlzeit auf den Tisch zu bringen.

„Deine Gedankensprünge kann ich nicht nachvollziehen. Ja, ich habe Hunger." Er rieb sich mit den Fingern über die Nasenwurzel, als hätte er Kopfschmerzen.

„Soll ich was für uns kochen?"

Meine Güte, er ließ sich wirklich alles aus der Nase ziehen. Es würde nicht einfach werden, ihn dazu zu bringen, sie zu mögen. Das wiederum beruhte auf Gegenseitigkeit – körperliche Anziehung hin oder her. Sie konnte ihn nicht leiden.

„Von mir aus." Seine Stimme klang gelangweilt, mit einem leicht gereizten Unterton.

Susana hätte ihm am liebsten ins Gesicht gesagt, dass er sich das Abendessen sonst wohin stecken konnte, aber das würde sie leider nicht mit ihrem Fluchtplan weiterbringen. Deshalb wartete sie zur Sicherheit noch ein paar Sekunden, bis sie fortfuhr: „Pass auf, Dave. Ich weiß, wir haben uns das hier beide nicht ausgesucht, aber irgendwie müssen wir miteinander klarkommen. Vor allem, weil du zu mir gesagt hast, dass ich bis zum Prozessbeginn dein *Gast* sein werde. Mir ist es egal, was aus Bassanelli wird, aber ich habe einen Ruf zu verlieren, und auch ein Leben. Mit meinen Kunden mache ich es generell so: Wenn was schiefläuft, verschwinde ich. Bassanelli wird eins und eins zusammenzählen können. Ich muss mir wegen ihm persönlich keine allzu großen Sorgen machen, aber ich bin auch nicht blöd. Ich werde nicht aus deiner Wohnung abhauen, ich werde nicht zum Problem für dich, weil ich, so wie die Lage ist, ohnehin untertauchen müsste, bis das alles vorbei ist. Also bin ich hier gut aufgehoben. Ich muss mir lediglich überlegen, was ich Bassanelli später erzähle, denn er wird mich sicher aufsuchen, wenn ich hier raus bin. Aber das ist dann nicht mehr dein Problem. Fakt ist", sie räusperte sich, „ich, äh, fühle mich körperlich zu dir hingezogen, auch wenn ich dich nicht leiden kann. So, und jetzt koche ich etwas für uns. Wenn du mit mir isst, okay, wenn nicht, dann halt nicht."

Sie drehte sich auf dem Absatz um und ging mit rasendem Herzschlag in die Küche. Seinem überraschten Gesichtsausdruck nach hatte ihr Geständnis ihn eiskalt erwischt. Sie hatte nicht gelogen, als sie ihm gestanden hatte, dass sie sich zu ihm hingezogen fühlte, aber sie hatte damit trotzdem nur ein Ziel, nämlich irgendwie die Möglichkeit zu finden, abzuhauen. Das konnte sie nur, wenn sie ihr Verhältnis zu ihm verbesserte. Das bedeutete in dem Fall, dass er denken sollte, dass sie keine Gefahr darstellte und sich ihrem Schicksal ergeben hatte.

Ihre Hände zitterten immer noch leicht, als sie den Kühlschrank öffnete und nach geeigneten Zutaten für ein Abendessen suchte. Viel gab es nicht, aber so wie er Kleidung bestellt hatte, konnte er genauso gut Lebensmittel ordern. Wenn es danach ging, konnten sie den Rest ihres Lebens hier eingesperrt verbringen. Sie fischte ein paar Tomaten, eine gerade noch so verzehrfähige Zucchini, Zwiebeln und Knoblauch aus dem Gemüsefach. Das Radio dudelte im Hintergrund und erst jetzt wurde ihr bewusst, dass das ihr erster freier Tag seit Monaten war. „Frei" im Sinne von ohne Arbeit. Dass sie an diesem Tag gegen ihren Willen festgehalten wurde, zeigte die grausame Ironie ihres Lebens.

Sie brauchte dringend ein Glas Wein, das alles war zu absurd. Sie hatte zwar noch nie davon gehört, dass ein Entführungsopfer kochte und Wein trank, aber das alles war ohnehin so surreal, dass sie sich darüber nicht lange den Kopf zerbrach. Sie durchsuchte die Schränke und stieß zu ihrer Freude auf einige Flaschen Rotwein. Sie griff sich einen Barolo. Etwas schwer vielleicht für ein Pastagericht, aber sie brauchte etwas Volumiges, Volles, das ihre Sinne benebeln würde. Möglicherweise wollte sie sich auch einfach ein kleines bisschen Mut antrinken, schließlich war das keine alltägliche Situation. Außerdem ließ sich Dave mit einem kleinen Schwips sicher leichter ertragen, was wiederum förderlich für ihre Aktion „Vertrauensgewinn" sein würde.

Der Korkenzieher war schnell gefunden, sie entfernte den Korken mit einem Plopp und roch daran. Da sie nichts auszusetzen hatte, goss sie etwas Rotwein in zwei Gläser. Der Wein musste noch ein wenig atmen, erst dann würde sich sein volles Aroma entfalten. Sie schmunzelte. Wenn es eins gab, das sie in der Zeit als Schnüfflerin gelernt hatte, dann, mit Anzugträgern aus der dritten Reihe essen zu gehen, wie man Wein kostete, und vor allem, was einen guten ausmachte. Dieser hier war exzellent, er roch nach Brombeeren und Barrique.

In der Pfanne hatte sie bereits Zwiebeln und Knoblauch angebraten, fügte nun noch Tomatenwürfel und Zucchinistücke hinzu und schmorte alles auf kleiner Flamme. Überraschenderweise hatte sie auch Oregano und Thymian in seinem Kräuterregal gefunden, sodass sich bald ein verführerischer Duft in der Küche verbreitete. Ihr Magen reagierte mit einem lauten Knurren.

„Hm", hörte sie Daves Stimme, der gerade aus dem Flur um die Ecke bog. „Riecht gut hier." Er ließ seinen anerkennenden Blick über die Pfanne gleiten und schaute ihr dann ins Gesicht. Sein Lob löste ein Flattern in ihrer Magengegend aus, das sie nicht näher analysieren wollte.

„Wein?", entgegnete sie deshalb nur.

Er zog zunächst die Augenbrauen zusammen, als ob er sich fragte, ob es eine gute Idee wäre, nickte dann aber. „Wieso nicht." Er umrundete den Tresen, nahm ein Glas in die Hand und reichte ihr das andere. „Frieden?"

Ihre Blicke trafen sich und für einen Moment stand die Welt still. Die Luft zwischen ihnen flirrte und es war ihr unmöglich, sich von ihm abzuwenden. Wieso waren ihr die goldbraunen Sprenkel in seinen Augen bis jetzt nicht aufgefallen? Sie schluckte und wich ihm aus.

„Frieden", wiederholte sie, dabei war ihre Stimme nicht mehr als ein Flüstern.

„Schmeckt gut", meinte er, nachdem er vom Wein gekostet hatte.

Sie lachte. „Es ist *dein* Wein. Du musst mir keine Komplimente dafür machen."

„Das weiß ich. Aber du hast ihn ausgesucht."

Sie war etwas verwirrt. Es fühlte sich beinahe so an, als ob er mit ihr flirtete. Schnell wandte sie sich wieder der Soße zu.

„Steht dir gut", unterbrach er ihre Gedanken.

„Was?"

„Na, die Kleidung."

„Ach so!"

Dave stand immer noch neben ihr und seine männliche Ausstrahlung machte sie noch nervöser.

„Susana", er hielt sie am Arm fest, „ich weiß, es ist eine verrückte Situation, aber ... was du eben gesagt hast ..."

„Ja?" Sie drehte sich zu ihm und öffnete den Mund, um besser Luft zu bekommen.

„Ist es total verrückt, wenn ..." Er stellte sein Glas beiseite und kam noch einen Schritt näher. Sie spürte ihr Herz bis zum Hals klopfen. „Wenn ich dir sage, dass du mich wahnsinnig machst?"

„Ich ... mache dich ... wahnsinnig?", wiederholte sie und befeuchtete sich die Lippen mit ihrer Zunge.

„Ja, besonders wenn du das tust." Er strich mit seinem Daumen über ihre Unterlippe und löste damit eine Gänsehaut auf ihrem Körper aus. „Dann möchte ich dich küssen. Ich möchte dich ausziehen, jede Stelle deiner Haut berühren und mein Gesicht in deinem Haar vergraben."

Sie verlor sich in seinen braunen Augen. „Und ... was sollen wir dagegen tun?"

„Ach Susana", seufzte er und zog sie mit einer ruckartigen Bewegung an sich. „Was soll ich mit dir nur tun? Es ... sollte nicht sein."

Das war ihr klar, und doch konnte sie nichts dagegen tun. Ihr Körper hörte nicht auf das, was ihr Kopf ihr klarzumachen versuchte. Er war der stellvertretende Bezirksstaatsanwalt, er konnte sie hinter Gitter bringen, er war ein gefährlicher Mann, der dafür bekannt war, dass er nicht mit sich handeln ließ. Und doch ... sie wollte ihn. Sie wollte ihn so sehr. Das Denken fiel ihr schwer, wenn er an ihrer Wirbelsäule entlangstrich, so wie jetzt.

Sie wusste, dass es hier nicht um große Gefühle ging, ihr war klar, dass er ein berechnender Mann war, der zwar nicht über Leichen ging, um seine Ziele zu erreichen, der aber so abgeklärt war, um sie für seine Zwecke zu benutzen – was in diesem Fall hieß, sie hier festzuhalten. Sie musste sich in Acht nehmen. Dass sie hier mit ihm auf engstem Raum zusammenstand und ihre Hormone Achterbahn fuhren, durfte sie am Ende nicht dazu verleiten, unvorsichtig zu werden. Aber all das war nebensächlich, wenn sie seinen Atem auf ihrer Haut spürte, so wie jetzt.

„Ich weiß", seufzte sie leise und wünschte sich nur noch, dass er sie endlich küsste und sie nicht mehr über falsch oder richtig nachdenken musste.

„Susana, ich habe keine Ahnung, wie das alles hier endet, aber ich will, dass du weißt, dass ich mich einfach nicht länger dagegen wehren kann und will. Ich habe es versucht, wirklich. Aber ich bin schon gestern im Büro kläglich gescheitert." Er lachte fast ein wenig bitter auf. „Aber die Situation ist ... unpassend und wir sollten ... zumindest klarstellen, dass wir am Ende keine falschen Vorstellungen haben ..."

Es so nüchtern aus seinem Mund zu hören, war fast wie eine kalte Dusche, aber sie wusste genau, was er meinte. Natürlich war das hier keine romantische Affäre, Gefühle würden niemals ins Spiel kommen. Es war also klug, ein paar Grenzen zu ziehen. Auch wenn es gleichzeitig in Anbetracht der Tatsache, dass sie eine Kriminelle und er ein Entführer war, lächerlich war, irgendwelche Regeln aufzustellen.

Zu ihrer eigenen Überraschung hörte sie sich sagen: „Wenn das hier vorbei ist", sie machte eine Pause, um Luft zu holen, „werden wir uns nicht wiedersehen. Das wissen wir beide. Lass uns einfach den Moment genießen. Vergiss den Rest."

Susanas Herz hämmerte hart gegen ihren Brustkorb. So mutig in Bezug auf Männer kannte sie sich nicht, aber momentan war alles anders als normalerweise.

Sein glühender Blick verriet ihr, dass sie genau das gesagt hatte, was er sich erhofft hatte. Das war gut. Sehr gut. Ihr Magen zog sich erwartungsvoll zusammen, weil sie ahnte, was als Nächstes passieren würde. Er nickte träge und ließ sie dabei nicht aus den Augen. Sie legte ihre Hand auf seine Brust und konnte spüren, wie schnell sein Herz schlug. Es gab ihr ein seltsames Gefühl der Zufriedenheit, dass sie der Grund für seinen rasenden Puls war.

„Du weißt, dass ich Bassanelli trotzdem hinter Gitter bringen werde?", hörte sie seine dunkle Stimme und die feinen

Härchen auf ihrer Haut stellten sich auf. Ganz der stellvertretende Bezirksstaatsanwalt, ließ er sie nicht aus den Augen, während er auf ihre Antwort wartete. Er wollte offenbar wirklich alles vorher regeln. Ein Wunder, dass er keinen Vertrag aus der Tasche zog. Beim Gedanken daran schlich sich ein Lächeln in ihr Gesicht.

„Bassanelli? Er könnte mir nicht mehr egal sein!", erklärte sie mit fester Stimme und hielt seinem Blick stand. Das schien ihm zu genügen. Sie sah es in seinen Augen, es war beinahe so, als ginge ein Ruck durch seinen Körper. Sein Atem ging schneller. War es möglich, dass er genauso aufgeregt war wie sie? Obwohl er immer den Coolen mimte, wirkte er mit einem Mal erleichtert, dass sie so reagiert hatte.

Er erwiderte jedoch nichts darauf, sondern küsste sie unvermittelt. Langsam und zärtlich strichen seine Lippen über ihre. Er saugte und leckte daran, knabberte an ihrer Unterlippe, so wie er es zuvor schon einmal getan hatte. Sie konnte einfach nicht genug davon bekommen. Er sollte niemals aufhören. Mit beiden Händen klammerte sie sich an ihm fest und spürte mit Genugtuung, wie erregt er bereits war. Das süße Ziehen in ihrer Mitte verstärkte sich, als der Kuss leidenschaftlicher wurde und Daves Finger unter ihr Shirt glitten. Mit gekonnten Bewegungen öffnete er den Verschluss ihres BHs und sie erschauderte als Antwort auf seine Berührung.

„Komm", sagte er und zog sie mit sich in sein Schlafzimmer. „Zieh dich aus", forderte er sie mit verheißungsvollem Blick auf. Sie kam seiner Bitte gern nach. Langsam zog sie sich ihr Shirt über den Kopf, ließ den BH achtlos auf den Boden fallen und stieg zuletzt aus der Hose, bis sie nur noch im Slip bekleidet vor ihm stand.

„Sind wir jetzt nicht etwas im Ungleichgewicht?", scherzte sie und begann im Gegenzug, seine Jeans aufzuknöpfen. Dabei strich sie wie zufällig über die Ausbuchtung in seinem Schritt, die deutlich zu sehen war. Dave sog scharf die Luft ein und schloss die Augen. Susana genoss, wie stark er auf sie reagierte. Nachdem auch der letzte Knopf geöffnet war, streifte sie ihm die Hose ab.

„Das Shirt noch!", meinte sie lächelnd und zupfte daran.

Dave grinste lüstern. „Sehr wohl, Miss."

„Die Boxershorts", fügte sie hinzu und tippte spielerisch mit ihrem Fuß auf den Boden.

„Natürlich", erwiderte er und wenig später stand er nackt vor ihr, seine Männlichkeit ragte imposant in die Höhe, die Spitze glänzte feucht.

Dave streckte ihr seine Hand entgegen und Susana legte ihre in seine. Daves Haut fühlte sich warm und trocken an.

Ein Schauer rieselte über ihren Rücken, als er sie endlich an sich zog und sie seine Erektion an ihrem Bauch spürte. Dave nahm ihr Gesicht in beide Hände und küsste sie. Seine Zunge spielte mit ihrer und raubte ihr damit den letzten Funken Verstand. Ihre Brustwarzen waren hart und aufgerichtet. Dave atmete schwer, als er sich einen Moment von ihr löste, sie sanft zum Bett schob und sie vorsichtig darauf ablegte.

Susana lag auf dem Rücken und Dave beugte sich über sie. Seine Zunge hinterließ heiße Spuren auf ihrer erhitzten Haut, langsam und mit tausend Küssen bewegte er sich Zentimeter für Zentimeter über ihren Körper.

Er nahm eine Brustwarze in den Mund und saugte daran. Susana keuchte auf, als er begann, sanft daran zu knabbern.

„Dave", stöhnte sie und sah weiße Punkte vor ihren Augen tanzen, während sich das Brennen in ihrer Mitte zu einem mittelschweren Brand steigerte. Plötzlich ließ er von ihren Brüsten ab und küsste ihren Bauch, streichelte über die Innenseite ihrer Oberschenkel und löste damit weitere Schauer bei ihr aus.

„Du bist so schön", sagte er anerkennend, als er das letzte sie trennende Stück Stoff, ihren Slip, beiseite geworfen hatte. „Lass mich dich lieben."

Als ob diese Bitte nötig gewesen wäre. Susana konnte es längst kaum noch erwarten, ihn endlich in sich zu spüren. Trotzdem dachte sie noch an ...

„Kondome ... Sollten wir nicht ein Kondom benutzen?"

Dave hielt einen Moment inne. „Richtig. Richtig. Das sollten wir ... Ich habe noch nie ohne ... bis auf ..." Erst jetzt schien er sich an den Sex im Büro zu erinnern und sein Gesichtsausdruck drückte Erstaunen und etwas aus, das sie nicht ganz deuten konnte.

Susana hasste Gummis, aus diesem Grund hatte sie sich auch das Implanon verpassen lassen. Sex fand bei ihr normalerweise in einer Beziehung statt, wo man sich nicht vor Krankheiten schützen musste, weil beide Partner treu waren. Sie wägte ab. Kurioserweise glaubte sie ihm, dass er nie ohne Kondom mit Frauen schlief. Warum es zwischen ihnen anders sein sollte, verdrängte sie schnell.

„Ich verhüte. Außerdem ... schlafe ich nie mit fremden Männern. Bis auf ... jetzt."

Dave sah sie einen Moment mit einem Ausdruck an, den sie nicht deuten konnte, dann verdunkelte sich sein Blick und alles, was ihr eben noch durch den Kopf gegangen war, war vergessen. Endlich beugte er sich über sie und verschloss ihren Mund mit einem langen Kuss. Mit seinem Knie spreizte er sanft ihre Schenkel und strich mit seinen Fingern über ihre Vulva. Sie wusste, dass sie mehr als bereit für ihn war, und wollte nicht mehr länger warten. Sie umfasste sein pulsierendes Geschlecht und half ihm, in sie zu gleiten. Dave sog zischend die Luft ein, als sie ihn tief in sich aufnahm.

„Mein Gott", stöhnte er und eine Ader erschien auf seiner Stirn. Es schien ihn einiges an Anstrengung zu kosten, sich zu beherrschen. Sie war froh, dass er ihr Zeit gab, sich an ihn zu gewöhnen, aber schnell war das Gefühl der Fülle einem Sehnen gewichen, das nach mehr verlangte. Dave verharrte nach wie vor reglos in ihr, aber Geduld war noch nie ihre Stärke gewesen, also begann sie, ihre Hüften kreisen zu lassen.

„Susana, warte einen Moment", presste er zwischen zusammengebissenen Zähnen hervor. „Du bist so nass, eng. Gib mir eine Sekunde ..."

Und dann fing er endlich an, sich langsam in ihr zu bewegen, und löste damit ungeahnte Gefühle in ihr aus. Immer wieder traf er auf diesen einen speziellen Punkt, der ihr besondere Lust bereitete. Seine Stöße wurden schneller und kräftiger. Immer wieder, bis sie es kaum mehr aushalten konnte und sich unausweichlich auf den Höhepunkt zubewegte. Leise Seufzer schlichen sich aus ihrem Mund an seinen Hals. Susana vergrub ihre Hände in seinem Haar und hielt ihn fest an sich gedrückt. Er hatte sich auf seine Unterarme gestützt und ahmte den Rhythmus seiner Hüften mit seiner Zunge in ihrem Mund nach. Daves Keuchen steigerte ihre Erregung und trieb sie damit noch schneller auf ihren Orgasmus zu.

Zu sehen, wie viel Mühe es ihn kostete, sich zurückzuhalten, verschaffte ihr unfassbares Vergnügen und steigerte ihre Lust. Ohne Vorwarnung explodierte sie unter ihm. Dieser Höhepunkt war so heftig wie keiner zuvor. Er fegte wie ein Tsunami über sie hinweg, riss sie aus dem Hier und Jetzt in eine andere Dimension. Tausend helle Blitze zuckten vor ihren Augen, sie klammerte sich an ihm fest wie eine Ertrinkende. Es war, als hätte er nur darauf gewartet, dass sie Erlösung fand, bis er sie sich selbst gestattete. Dave versteifte sich über ihr, er knurrte unzusammenhängende Worte, während sie das Pulsieren seines Geschlechts spüren konnte. Schließlich sank er schwer atmend auf ihr zusammen. Ihre Körper waren schweißbedeckt. Sie klammerte sich immer noch an ihm fest und rang ebenso nach Atem wie er.

„Heilige Mutter Gottes", brummte er keuchend, rollte sich langsam zur Seite und zog sie in seine Arme. Susana legte ihren Kopf in seine Armbeuge und schloss die Augen, um die

Schwerelosigkeit nach ihrem Höhepunkt noch ein wenig zu genießen. Ihr Puls beruhigte sich nur langsam. Schweigend lagen sie eng umschlungen in Daves Bett, jeder damit beschäftigt, seinen Körper wieder einigermaßen unter Kontrolle zu bringen.

Irgendwann nahm sie einen sonderbaren Geruch wahr. Es roch merkwürdig ... verbrannt.

„Merda!", fluchte sie und sprang auf.

„Was ist los?" Dave stützte sich auf seine Arme und runzelte die Stirn.

„Das Essen! Ich habe den Herd nicht ausgestellt!" Susana sprintete los.

„Verdammt!" Dave folgte ihr fluchend.

Als Erstes stellte sie das Glas ab, zog die Pfanne vom Ofen und warf sie mehr oder weniger in die Spüle.

„Mach das Fenster auf!", forderte sie Dave auf, der angefangen hatte, zu husten.

„Mein Gott, das stinkt ja grauenhaft!" Er kam ihrer Anweisung nach und nahm ein Handtuch, das er kreisförmig schwang, um den Luftaustausch zu beschleunigen.

„Tja, das Abendessen können wir vergessen", stellte sie wenig später leicht belustigt fest und trank einen Schluck Rotwein. Ihre Nacktheit störte sie dabei nicht. Daves Miene war weniger amüsiert, was sie wiederum noch komischer fand. Plötzlich hellte sich sein Gesichtsausdruck auf und er lachte. Er lachte aus vollem Hals.

„Das alles ist so absurd!" Er griff nach seinem Weinglas. „Prost, Susana! Dann bestellen wir wohl heute Pizza." Er sah an sich herunter und ließ seinen Blick über ihren Körper gleiten, sodass sich ihr Herzschlag beschleunigte.

„Ich sollte mir wohl mal was anziehen", meinte sie lächelnd, tat aber nichts, um etwas an ihrem Zustand zu ändern.

Er trank noch etwas Rotwein. „Tu, was du nicht lassen kannst ..."

„Nützt ja nichts." Sie zuckte mit den Schultern. „Ich nehme Thunfisch und Zwiebeln." Als er sie verständnislos ansah, ergänzte sie: „Die Pizza. Ich nehme eine Pizza mit Thunfisch und Zwiebeln."

„Ah. Das meinst du." Dave schüttelte leicht seinen Kopf. Sie sah, dass er ganz offensichtlich nicht an Essen gedacht hatte. Sein Geschlecht war schon wieder halb aufgerichtet. „Ich kann nichts dafür, sorry. Wenn du hier nackt rumläufst, passiert das." Er grinste sie an und Susana ging lachend davon.

8

Die Stimmung war plötzlich seltsam. Es wirkte auf Dave beinahe so, als wäre es Susana jetzt peinlich, dass sie eben hemmungslosen Sex miteinander gehabt hatten. Es schien, als wüsste sie nun nicht, wie sie mit ihm umgehen sollte. Für Dave war die Situation zwar auch eine völlig neue, aber es verwirrte ihn nicht ansatzweise so sehr, wie es sollte. Im Gegenteil, er könnte direkt noch einmal mit …

Er musste seinen Sexualtrieb dringend zügeln, deswegen wollte er zuerst etwas zu essen besorgen. Gott sei Dank war nach dem Malheur mit der Pastasoße kein Feuer ausgebrochen. Dann wäre es nämlich vorbei gewesen mit dem Plan, sie in seiner Wohnung festzuhalten, bis der Prozess anfing. Der Prozess. Der Gedanke daran versetzte seinem postkoitalen Hoch einen Dämpfer.

„Ich geh mal rüber, vielleicht kommt ja was im Fernsehen."

Susana verließ das Schlafzimmer und ließ ihn allein zurück. Sie schien sich, nachdem sie beide wieder angezogen waren, von dem Anflug der Schüchternheit nach dem Sex erholt zu haben. Zu gut, dass sie keine Ahnung hatte, was in seinem Kopf vor sich ging.

Daves Laune war bei der Erinnerung an Bassanelli merklich abgekühlt. Er war heute aus bekannten Gründen kein Stück weitergekommen. Er konnte einfach nicht denken, wenn sie in seiner Nähe war. Es genügte bereits, dass er wusste, dass sie sich in seiner Wohnung aufhielt. Für morgen würde er sich etwas Alternatives überlegen müssen. Heute konnte er ohnehin nichts mehr ausrichten, also versuchte er es mit Verdrängung. Vielleicht half das ja.

Er wählte die Nummer vom Pizzaservice und orderte eine Thunfischpizza und eine mit Salami und Pilzen.

„Halbe Stunde", rief er ihr zu, während er auf dem Weg in die Küche war

„Was?" Sie sah ihn verständnislos an. Susana hatte es sich auf einem Sessel gemütlich gemacht und zappte sich von Sender zu Sender.

„Die Pizza sollte in einer halben Stunde da sein."

„Ah. Ja, gut. Bis dahin sollte ich es noch aushalten", scherzte sie und klopfte sich auf den Bauch.

Dave schloss das Fenster und stopfte die Pfanne samt angebranntem Inhalt in den Mülleimer. Hier war definitiv nichts mehr zu retten. Er seufzte und fuhr sich mit der Hand über das Gesicht. Dabei war die Pfanne natürlich nicht sein Problem. Immer wieder überkamen ihn Schuldgefühle, dass er sie einfach bei sich festhielt – und seit Neustem auch noch mit ihr ins Bett ging. Es war einer dieser Momente, in denen er sich fragte, ob er komplett verrückt geworden war.

Das alles entsprach überhaupt nicht seinem Wesen. Wenn ihm jemand vor einer Woche erzählt hätte, dass er eine Frau kidnappen und sie dann auch noch für sein sexuelles Vergnügen in sein Bett zerren würde, hätte er gelacht. Der Gedanke war so absurd, dass er sich zum wiederholten Mal fragte, ob er noch ganz bei Trost war.

Vielleicht sollte er sie einfach gehen lassen. Sie wirkte auf ihn überhaupt nicht so, als steckte sie ernsthaft mit der Mafia unter einer Decke. Aber die Fakten sprachen leider gegen sie. Er kannte sie nicht, wusste nichts über sie, außer dass der Sex mit ihr ... überwältigend war. Noch nie war er so gewaltig gekommen wie mit ihr. Das war beängstigend und furchteinflößend zugleich. Bis jetzt hatte er selten das Bedürfnis gehabt, mit einer Frau mehr als einmal ins Bett zu gehen. Bei Susana war es genau umgekehrt. Er war zweimal mit ihr intim geworden und anstatt ihrer überdrüssig zu werden, könnte er schon wieder. Je öfter er sie berührte, desto heftiger wollte er sie. Dave starrte aus dem Fenster und vergrub seine Hände in den Hosentaschen.

Er würde von nun an dennoch versuchen, sich besser im Griff zu haben. Das sollte mal jemand seinem kleinen Freund erzählen, der ungeduldig in seiner Jeans pochte, als wäre er nicht eben erst auf seine Kosten gekommen.

„Was ist?", riss Susana ihn aus seinen Gedanken.

„Hä?" Dave drehte seinen Kopf in ihre Richtung.

„Du hast gerade theatralisch gestöhnt. Bist du vielleicht doch sauer wegen der Pfanne?"

Dave knallte die Tür zum Mülleimer zu. „Die Pfanne ist mein kleinstes Problem", brummte er und goss sich Wein nach. Ihm war klar, dass Alkohol definitiv keine Lösung war, aber schaden würde ein Glas im Moment auch nicht. Einen Boxsack hatte er nicht zu Hause und ansonsten war es nicht sein Ding, seine Wut an Gegenständen oder Personen auszulassen.

„Verstehe." Mehr sagte sie nicht dazu und drehte ihr hübsches Gesicht wieder in Richtung Fernseher. Es lief eine Kochshow mit einer dieser Celebrity-Köchinnen, deren Namen sich Dave nie merken konnte. So stand er eine ganze Weile und starrte, ohne wirklich hinzusehen, auf den Flatscreen, bis es an der Tür klingelte.

„Das wird die Pizza sein", murmelte er und ging zur Tür. Bezahlt war sie längst. Ein Vorteil, wenn man Stammkunde war, die belasteten seine Kreditkarte direkt und ohne weiteren Aufwand für ihn.

Mit zwei Pizzakartons bewaffnet, kehrte er kurz darauf in den Wohnbereich zurück und setzte sich neben Susana auf einen Sessel. „Bitte, guten Appetit. Brauchst du Besteck?"

Sie richtete sich auf und nahm ihm eine Pizza ab. „Nein danke, aber eine Serviette wäre nicht schlecht."

„Glaub nicht, dass ich welche habe."

„Küchenrolle? Warte, ich geh schon." Sie sprang auf und kam nach ein paar Sekunden mit dem Küchenpapier zurück. „Kannst dir ja nehmen, wenn du möchtest."

„Schön, dass du dich zu Hause fühlst", scherzte er halbherzig und machte sich eine Ecke der bereits vorgeschnittenen Pizza ab, ließ es aber gleich wieder fallen. „Au!"

Susana war offensichtlich nicht so empfindlich, was Hitze anbelangte, denn sie hatte keine Probleme, das heiße Stück in die Hand zu nehmen, abzubeißen und es erst dann wieder in den Karton zurückzulegen.

„Guten Appetit", sagte sie mit vollem Mund.

„Gleichfalls." Er räusperte sich. „Du hast also italienische Wurzeln? Erzähl doch mal."

Susana runzelte die Stirn, biss noch einmal von der Pizza ab und antwortete kauend. „Meine Geschichte ist die, wie es sie hunderttausend Mal in New York gibt."

„Ich denke, wir haben gerade nichts Besseres vor, also ich kann zuhören."

„Meine Eltern sind aus Italien ausgewandert, als sie volljährig waren. Wir haben keine anderen Verwandten hier. Ich bin hier geboren, sehe die Vereinigten Staaten als meine Heimat an. Ich bin Amerikanerin, habe nicht mal einen italienischen Pass."

Die Pizza war nun endlich so weit abgekühlt, dass auch er anfangen konnte, zu essen. Er kaute, schluckte, bevor er weitersprach: „Aber du fluchst ganz gern mal auf Italienisch."

„Fuck kann ja jeder sagen." Sie lachte und ihre Augen funkelten amüsiert.

Susanas dunkelbraune Haare hingen ihr lose über die Schultern und umrahmten ihr herzförmiges Antlitz. Die Wangen waren leicht gerötet und die Lippen geöffnet. Sie war die schönste Frau, die er kannte. Sie hatte Kurven an den richtigen Stellen und eine schmale Taille. Symmetrische Hälften mit hohen Wangenknochen, einer geraden, nicht zu langen Nase und ausdrucksstarken Augen, die den Mittelpunkt ihres hübschen Gesichts bildeten.

So ein Mist. Sein Magen krampfte sich zusammen. In diesem Moment wurde Dave klar, dass er wahrscheinlich tiefer in der Scheiße saß als bisher angenommen. Er stand auf sie, das war nichts Neues mehr. Aber auf einmal wollte er mehr über sie wissen: was sie mochte, was sie sonst tat, wenn sie nicht gerade gefangen gehalten wurde, und wovon sie träumte. Das war absolut kein guter Zeitpunkt für ihn, sich für jemanden zu interessieren. Und sie war definitiv die falsche Frau dafür. Sie beide verband nichts, sie hatten null Gemeinsamkeiten – außer dem Sex natürlich. Im normalen Leben wären sie sich wahrscheinlich nicht einmal begegnet, und das hatte Gründe. Vielleicht litt er an einer neuen Form des Stockholm-Syndroms. Normalerweise hatten doch die Entführungsopfer plötzlich mehr für ihren Peiniger übrig und nicht der Entführer selbst. Aber ja, daran musste es liegen. Sobald er sie los war, würde er sie so schnell, wie er für sie entflammt war, wieder vergessen. Das hoffte er jedenfalls. Probleme hatte er schon genug, er musste jetzt nicht alles mit einer Frauengeschichte verkomplizieren. Wortlos schob er sich ein Stück Pizza in den Mund.

„Wie sieht's bei dir aus, Dave? Ureinwohner?"

Er sah sie einen Moment irritiert an, bis er verstand, was sie von ihm wollte. Sie versuchte zu scherzen, aber der Schock über seine Empfindungen saß tief. Er biss noch einmal ab, um Zeit zu gewinnen, bevor er antwortete.

„Das ist ja immer eine Frage der Definition. Ureinwohner sind meines Wissens nach immer noch die Indianer, wenn man es anthroposophisch betrachtet. Wir sind folglich alle irgendwie Immigranten, nicht?"

„Hast du natürlich auch wieder recht. Das wird selten so reflektiert."

Sie aßen einige Minuten schweigend, nur der Fernseher dudelte im Hintergrund vor sich hin. Susana schien zu spüren, dass etwas in der Luft lag.

„Also ich kann nicht mehr", meinte sie schließlich und hielt sich ihren Bauch.

„Was? Du hast doch erst die Hälfte gegessen."

„Den Rest esse ich dann eben morgen."

„Wie du willst. Mehr Wein?"

„Ja, kann nicht schaden."

Dave stand auf, holte die Flasche und verteilte den Rest des Rotweins in beide Gläser. Nachdem auch er seinen Pizzakarton zugeklappt und damit das Dinner beendet hatte, setzte sie sich aufrecht hin und drehte sich zu ihm.

„Dave, also ich weiß, das klingt jetzt sicher blöd. Aber ich werde dir keine Schwierigkeiten machen. Ich verstehe, dass ich hierbleiben soll, bis der Prozess anfängt. Wirklich."

Er beäugte sie misstrauisch. „Ja und? Du bist jetzt in Sicherheit, aber was passiert danach?"

„Keine Ahnung. Ich wollte nur loswerden, dass du dir keine Sorgen wegen mir machen musst." Sie setzte das Glas an ihre Lippen und hielt seinem Blick stand.

Er nickte träge und versuchte, das warme Gefühl in seinem Bauch zu ignorieren. „Gut. Und ... wie sollte das hier in den kommenden Tagen laufen? Woher weiß ich, dass du mir nicht doch die Bude in Brand steckst, damit du gerettet wirst, wenn ich im Büro bin? Oder schlimmer noch, du wirst nicht gerettet." Erst nachdem er es gesagt hatte, wurde ihm klar, dass er ihr damit eine Eins-a-Vorlage geliefert hatte, wie sie ihm Schwierigkeiten machen konnte. Er sah sie finster an, Susana prustete völlig überraschend los.

„Du hast definitiv zu viele Krimis gesehen, Dave. Schau mal an die Decke. Erstens hast du eine Sprinkleranlage und zweitens bin ich absolut nicht lebensmüde. Glaub mir, ich habe vor, noch lange zu leben."

Stimmt. Die Sprinkleranlage hatte er total vergessen. Vielleicht musste er die aber mal checken lassen, weil sie nach dem Kochunfall nicht losgegangen war.

„Zu wenig Rauch", sagte sie, als könnte sie seine Gedanken lesen.

„Was bist du, eine Hellseherin?" Sein gereizter Unterton tat ihm sofort leid. Sie konnte schließlich nichts dafür, dass seine Gefühle sich in eine Richtung entwickelten, die ihm absolut nicht gefiel. Er durfte nicht seinen Fokus verlieren!

„Hey, dafür muss man keine besonderen Fähigkeiten haben. So wie du auf den Herd, den Mülleimer und dann an die Decke gestarrt hast, war es klar, was du gedacht hast."

Er seufzte. „Na schön. Also, du steckst die Bude nicht in Brand."

„Definitiv nicht. Indianerehrenwort." Sie hob zwei Finger zum Schwur.

„Schön, wo wir ja gerade auch geklärt haben, dass wir *keine* Indianer sind."

„Dave!", meinte sie nun energischer. „Also bitte. Mach es mir doch nicht so schwer. Ich bin echt nicht der große Fisch, für den du mich hältst."

Das stimmte ihn irgendwie misstrauisch. Leute, die so oft betonten, dass sie unwichtig waren, sagten damit selten die Wahrheit. Er stand auf, nahm die Pizzakartons mit in die Küche und blieb dann mit dem Rücken zu ihr an der Arbeitsfläche stehen. Wie in drei Teufels Namen sollte er wieder fähig werden, sich auf seinen Job zu konzentrieren, wenn sie in seiner Nähe war?

Egal, wie er es drehte und wendete, er musste unbedingt weiter am Ball bleiben. Sonst wären monatelange Arbeit für die Katz gewesen. Noch einen untätigen Tag zu Hause konnte er sich nicht leisten. Andererseits hegte er ernsthafte Bedenken, sie allein in seiner Wohnung zu lassen. Aber was blieb ihm anderes übrig?

Oder er musste einen Weg finden, wie er auch in ihrer Gegenwart denken konnte. Wie er das anstellen sollte, wusste er noch weniger. Er rieb sich die Nasenwurzel, mittlerweile hatte er auch noch Kopfschmerzen bekommen. Kein Wunder, seine Gedanken drehten sich im Kreis.

Zwei weibliche Arme legten sich von hinten um seine Hüften und rissen ihn ins Hier und Jetzt zurück.

„Komm schon, Dave. Sei nicht so schlecht gelaunt. Machen wir das Beste draus!", schnurrte sie an seinem Rücken und sein Widerstand schmolz schneller, als er einen nicht ernst gemeinten Protest über seine Lippen bekommen konnte.

Es war schwer, zu denken, wenn sie mit ihren zarten Händen unter seinem Shirt über seinen Bauch strich. Er sog scharf die Luft ein und spannte seine Muskeln ganz automatisch an.

„Siehst du? Das ist viel besser", flüsterte sie in verführerischem Tonfall, der sein Blut in Wallung brachte. In seiner Hose wurde es unangenehm eng, trotzdem rührte er sich nicht vom Fleck, sondern stand einfach da, umklammerte die Kante der Arbeitsfläche und schloss die Augen. Susana hielt es nicht davon ab, den obersten Knopf seiner Hose zu öffnen und mit einer Hand nach dem Zustand seines Geschlechts zu forschen, das sich unter ihrer Berührung in Nullkommanichts zur vollen Größe aufrichtete. Dave stöhnte leise und legte den Kopf in den Nacken, während sie ihn weiter streichelte.

Einmal noch ...

„Deine Haut ist wie Samt", hörte er ihre melodische Stimme an seinem Rücken. Sie stand so dicht hinter ihm, dass er ihre Brüste durch sein Shirt spüren konnte. Sein Körper begann, ein Eigenleben zu führen, ohne dass er etwas dagegen tun konnte. Seine Hüften bewegten sich im Takt ihrer Hände. Susana hatte nun alle Knöpfe seiner Hose geöffnet, hielt seinen Schwanz fest umschlossen und strich auf und ab.

„Jesus", stieß er zwischen zusammengepressten Zähnen hervor, als ihre Bewegungen stürmischer wurden. Noch nie hatte eine Frau ihn aus dieser Position angefasst. Sie konnte sein Gesicht nicht sehen, er sah ihres nicht und doch waren sie sich so nah. Er keuchte heiser auf. „Susana! Du machst mich wahnsinnig, das ist so gut."

Immer schneller bewegte er seine Hüften im Rhythmus ihrer Liebkosungen, bis er es nicht mehr länger aushielt. Er wollte es nicht so. Nicht in seiner Küche, nicht so. Nicht, ohne auch ihr etwas zu geben.

Er war vielleicht ein Arschloch, aber er war immer noch ein Mann, der Wert darauf legte, dass die Frau auch ihren Spaß beim Sex hatte. Er hielt sie fest, wand sich aus ihrer Umklammerung und drehte sich schwer atmend zu ihr um. Er ließ Susanas Hand los, umfasste ihr Gesicht mit beiden Händen und schaute sie mit verhangenem Blick an. In ihren Augen lag ein fiebriger Glanz, den er eindeutig als Erregung identifizierte.

„Das war knapp." Seine Stimme klang belegt und rau. „Jetzt bist du dran!", verkündete er und ihr Schlucken verriet ihm, dass sie es kaum erwarten konnte. Mit einer schnellen Bewegung zog er sie aus und kniete sich vor ihr auf den Boden. Alles andere als eine bequeme Position, aber er hatte weder Zeit noch Lust, den Ort zu wechseln. Als Susana klar wurde, was er vorhatte, schnappte sie nach Luft.

„Dave", protestierte sie halbherzig und hielt sich an ihm fest. Er hatte längst seine Lippen auf ihre Knospe gelegt und begonnen, daran zu saugen. Er liebkoste das kleine Nervenbündel zwischen ihren Beinen. Susana atmete schwer, als die Schläge seiner Zunge schneller wurden. Er wollte, dass sie genau so, genau jetzt über ihm kam. Es machte ihn an, ihre Reaktion auf seine Berührungen zu erleben. Dave strich mit seinen Fingern über die Innenseite ihres Oberschenkels. Sie war so feucht, dass er ihre Nässe bereits an ihren äußeren Schamlippen spüren konnte. Sein Geschlecht pochte, als er daran dachte, was er gleich noch alles mit ihr anstellen würde.

Leise stöhnte er auf ihre intimste Stelle. Susanas Keuchen wurde lauter, der Druck ihrer Hände auf seinen Schultern verstärkte sich und er wusste, dass sie kurz davor war. Er saugte, leckte und hielt ihre Pobacken umfasst, sodass sie ihm nicht ausweichen konnte.

„Dave!", schrie sie. „O Gott, ja! Hör nicht auf, bitte!"

Er hatte nicht vor, aufzuhören. Im Gegenteil. Wenn es nach ihm ginge, würde er die ganze Nacht weitermachen ... Und dann kam sie. Gewaltig und explosiv. Susana bohrte ihre Nägel in seine Schultern. Ein süßer Schmerz, den er genoss. Irgendwann ließ sie ihn erschöpft los und lehnte sich mit dem Rücken gegen die Arbeitsfläche.

„Ich ... muss mich setzen!", stieß sie matt hervor. Sie ließ sich am Küchenschrank nach unten sinken und blieb neben Dave sitzen, der sich nun auf die Fersen zurückgelehnt hatte und jede ihrer Bewegungen mit hungrigem Blick verfolgte.

„Wir haben eben erst angefangen", teilte er ihr mit einem angespannten Lächeln mit. Er wollte sie. Er wollte sie mehr, als er jemals zugeben würde.

Er stand auf und zerrte sich seine Hose notdürftig über die Hüften. Dann reichte er ihr die Hand.

„Komm mit", forderte er sie auf und zog sie auf die Beine.

„Ich bin mir nicht sicher, ob ich stehen kann." Sie grinste und das leichte Erröten gefiel ihm. Ihre Wechsel zwischen unverdorben und leidenschaftlich waren eine verführerische Mischung. Bisher hatte er nur Frauen erlebt, die entweder unschuldig und unerfahren waren oder hemmungslos und dabei schon beinahe abgeklärt. Susana war nichts davon und doch hatte sie alles und noch viel mehr, was er sich als Mann wünschte. Jetzt wünschte er sich vor allem eines, nämlich sie gleich noch einmal dazu zu bringen, seinen Namen zu schreien.

Dave hob Susana in seine Arme und trug sie in sein Schlafzimmer.

„Hey, lass mich runter, ich kann selbst laufen!", protestierte sie, aber er ignorierte es mit einem dunklen Lachen.

Sanft legte er sie auf seinem Bett ab und beugte sich über sie, um sie zu küssen. „Meine italienische Göttin, du bist wunderbar, wenn du dich aufregst. So viel Temperament ..."

Und dann presste er seine Lippen auf ihre, bevor sie etwas erwidern konnte. Mit fahrigen Bewegungen entledigten sie sich der restlichen Kleidungsstücke, bis sie beide vollständig nackt waren. Susana legte ihre Hand auf seine Brust und schob ihn ein Stück von sich.

„Wie du mir ...", sagte sie unter halb geschlossenen Lidern und drückte ihn in die Kissen, wo er sie auf dem Rücken liegend beobachtete. Susana kniete sich zwischen seine Beine und streichelte seine Brust, zart, nur der Hauch einer Berührung. Sein Körper reagierte mit einem Zittern, er ahnte, was sie vorhatte. Susanas Haare fielen über ihre Schultern nach vorn und kitzelten ihn an der Brust. Sie begann, ihn zu küssen, und wanderte von seinem Oberkörper in tiefere Regionen. Alles Blut schoss in seine Lenden und sein Geschlecht zuckte erwartungsvoll beim zarten Kontakt ihrer Haut. Ohne weitere Vorwarnung nahm sie ihn in den Mund. Dave keuchte und presste seinen Kopf ins Kissen. Es kostete ihn größte Anstrengung, nicht sofort zu kommen. Verdammt, seit wann fiel es ihm so schwer, sich zu beherrschen? Was stellte sie nur mit ihm an? Alle Gedanken verflüchtigten sich, je länger sie ihn liebkoste.

„O mein Gott", stöhnte er gequält und krallte sich im Laken fest. Seine Hüften zuckten mit jeder ihrer Bewegungen. Einerseits wollte er das Gefühl so lange wie möglich auskosten, andererseits konnte er sich einfach nicht bremsen. Immer schneller hob und senkte sich sein Brustkorb. Mit jedem Atemzug stieß er animalische, rohe Laute aus, die unmöglich von ihm stammen konnten.

Dave Adams hatte die Kontrolle verloren. Endgültig. Mit bebenden Hüften drängte er sich ihr immer weiter entgegen. Susana umkreiste seine Eichel mit ihrer Zunge und nahm ihn immer wieder tief in ihrem Mund auf. So tief, dass ihm schwindelig wurde. Als er sah, wie sie ihn währenddessen aus halb geöffneten Augen beobachtete, konnte er nicht mehr an sich halten.

„Susana", schrie er. Ihm war klar, dass er gleich in ihr explodieren und seinen Samen in ihren Mund verströmen würde. Kurz vor diesem Moment ließ sie von ihm ab und setzte sich auf ihre Fersen zurück. Susana warf ihre Haare mit einer geschmeidigen Bewegung über die Schultern zurück und verharrte reglos in dieser Position. Sie beobachtete ihn und lächelte lasziv. Ihre Lippen waren nass und dunkelrot.

„Verdammt, Susana", murmelte er keuchend. „Was machst du nur mit mir?" Seine Stimme klang gepresst und rau. Er atmete so schnell, als hätte er gerade einen Zweihundert-Meter-Sprint hinter sich. Sein Geschlecht pochte, alles in ihm sehnte sich nach Erlösung. Er war dennoch froh, dass es noch nicht vorbei war. Noch bevor er etwas anderes sagen oder tun konnte, rückte sie näher zu ihm, drehte ihm den Rücken zu, griff nach seiner Erektion und setzte sich auf ihn. „O verflucht!" Dave atmete gepresst und umfasste ihre Hüften.

Verdammt noch mal! Er würde nicht nach dreißig Sekunden in ihr kommen, wie ein Idiot. Als sie anfing, ihn langsam zu reiten, biss er die Zähne zusammen. Es war schwer, seine Vorsätze einzuhalten. Es war schlicht unmöglich, nicht an das Gefühl seines Geschlechts in ihrer feuchten Enge zu denken. Es ging zu schnell. Viel zu schnell. Immer wilder gab sie ihm all das, wonach er sich sehnte. Ihre leisen Seufzer brachten ihn vollends um den Verstand. Als sie sich zurücklehnte und „Berühr mich, Dave!" forderte, knirschte er mit den Zähnen. Er umfasste ihre Brüste von hinten, knetete und massierte sie, bis Susana kehlig stöhnte und ihm zeigte, wie sehr es ihr gefiel.

Seine Hoden zogen sich zusammen und er wusste, dass er sich nicht mehr länger zurückhalten konnte. Alles in ihm war gespannt. Seine Finger tasteten fiebrig nach ihrer empfindlichsten Stelle. Sanft umkreiste er ihre Klitoris, immer häufiger stieß sie spitze kleine Schreie aus. Ihre Körper waren schweißbedeckt. Susana ritt ihn immer wilder, während er sie liebkoste. Sie kam explosiv, immer wieder zogen sich ihre inneren Muskeln um ihn zusammen. Erst jetzt gestattete er sich, sich fallen zu lassen. Der Sog riss ihn höher, immer höher. Er ließ los und entlud sich mit einem gewaltigen Orgasmus in ihr.

Es dauerte einige Minuten, bis sie wieder sprechen konnten.

„Komm her", murmelte er und zog sie in seine Arme. Sie lagen sehr lange eng umschlungen, ohne ein Wort zu sagen, im Bett und genossen die träge Zufriedenheit. Dave hielt Susana im Arm und streichelte ihren Unterarm. Sie atmeten wieder ruhig und gleichmäßig. Sie war vollkommen entspannt in seinen Armen.

„Schläfst du?", fragte er vorsichtig. Als er keine Antwort von ihr bekam, bogen sich seine Mundwinkel nach oben. Erst jetzt ließ er zu, dass ihn selbst die bleierne Müdigkeit übermannte, die ihn nach seinem Höhepunkt überkommen hatte.

9

Susana fühlte sich eingeengt und schwitzte. Verschlafen blinzelte sie in die Dunkelheit, bis sie realisierte, dass sie damit gar nicht so falschlag. Daves Arm und sein Bein hingen über ihr und nagelten sie damit quasi ans Bett fest. Seine Wärme übertrug sich auf ihren Körper, sodass ihr sogar ohne Decke warm war.

O Gott! Sie war nach dem Sex mit ihm einfach eingeschlafen. Wie peinlich. Sie erfüllte das klischeehafteste Klischee der Männerwelt – und das als Frau! *Fast schon wieder amüsant*, dachte sie und schmiegte sich wieder in seine Umarmung. Wecken wollte sie ihn nicht, außerdem fühlte es sich, wenn sie ehrlich war, auch gar nicht so übel an, in seinen Armen zu liegen.

Als sie das nächste Mal aufwachte, war Dave nicht mehr im Bett, dafür lag eine Decke über ihr. Sie blinzelte. Durch einen Spalt im Vorhang fiel helles Licht ins Zimmer. Wie spät war es? Verschlafen stand sie auf, wickelte sich das Laken um den Körper, ging in den Flur und lauschte.

„Guten Morgen", hörte sie eine inzwischen vertraute Stimme aus dem Arbeitszimmer.

„Guten Morgen", rief sie und machte sich auf den Weg zu ihm.

Dave saß, mit Jeans und T-Shirt bekleidet, am Schreibtisch und strich etwas mit einem neongelben Textmarker an.

„Schon so fleißig", kommentierte sie unsicher. Bei Tageslicht sah die Welt anders aus, er wirkte jetzt wieder wie der knallharte Staatsanwalt. Vergessen waren die leidenschaftlichen Stunden der letzten Nacht. In der Dunkelheit war es einfach, sich in starke Männerarme zu schmiegen, da musste man nicht viel denken oder analysieren. Mit einem Schlag war sie wieder in der Realität und dachte an ihre Schwester und Tracey. Es war nun schon der zweite Morgen in Daves Wohnung. Hoffentlich machte sich Tracey keine Sorgen und hoffentlich hatte Sofia nicht versucht, sie zu erreichen. Bis jetzt hatte sie sich keine allzu großen Gedanken um sie gemacht, sie sprachen nicht täglich miteinander.

„Was für ein Tag ist heute?", fragte sie.

„Samstag, wieso?"

„Äh. Nur so. Schon gut."

„Oft arbeite ich auch am Wochenende. In der Tat habe ich seit ein paar Monaten jedes Wochenende im Büro verbracht. Nun, ich denke, ich werde mal eine Ausnahme machen."

Na klar. Er wollte sie immer noch nicht allein in seiner Wohnung lassen.

„Wie spät ist es?"

„Kurz nach zehn."

„Was? Schon?"

„Wieso?", lachte er. „Hattest du noch was vor?"

„Haha. Sehr witzig. Wirklich." Sie presste die Lippen aufeinander und sah zu Boden.

„Hey, tut mir leid. Was ist los?"

Sie konnte schlecht von ihm verlangen, dass sie noch mal telefonieren durfte. Oder doch?

„Ich habe meiner Schwester noch nicht gesagt, dass ich im ... Urlaub bin."

„Deiner Schwester", wiederholte er ungläubig.

„Ja, sie lebt nicht in New York. Sie studiert in Boston, aber am Wochenende, da ... skypen wir öfter mal."

Dave verdrehte die Augen. „Ihr Frauen seid ja so kommunikative Wesen. Was willst du ihr sagen?"

„Na ja. Wir wollen ja nicht, dass sie sich unnötig um mich sorgt. Ich würde ihr einfach sagen, dass ich ein paar Tage Urlaub mache."

„Wo?"

Darüber hatte sie noch gar nicht nachgedacht. „Gute Frage, was meinst du?"

„Wie wäre es mit den Hamptons? Du hast einen gut aussehenden Anwalt kennengelernt und ihr besucht seine Eltern."

„Das nimmt sie mir nie ab. Ich bin nicht so eine."

Er kniff die Augen zusammen. „Was soll denn das heißen? So eine?"

„Na, eine, die sich einen reichen Kerl sucht. Und du weißt schon. Die Hamptons? Also bitte! Das ist einfach nicht meine Welt."

Er hob eine Augenbraue. „Na schön. Dann eben nicht die Hamptons. Dann vielleicht ein Ausflug nach New Jersey in ein abgelegenes Sommerhaus. Das würde auch erklären, warum du in den nächsten Tagen nicht erreichbar bist."

„Das ist gut. Danke ... In dir steckt ja mehr kriminelle Energie, als man denkt."

„Kriminelle Energie. Ich bitte dich! Hast du deinen Eltern früher nie irgendwelche Geschichten aufgetischt, um deine Ruhe zu haben?"

„Eigentlich nicht."

Er hatte ja keine Ahnung, dass es ihre Mutter einen feuchten Dreck interessiert hatte, was die Schwestern trieben. Es war nie nötig gewesen, ihr irgendwas zu sagen, weil sie ohnehin meist besoffen oder zugedröhnt auf dem Sofa gelegen hatte, ohne zu registrieren, ob sie zu Hause waren oder nicht.

„Hm", meinte er und stand auf. „Das tut mir leid. Das klingt irgendwie traurig."

„Ach, was weißt du schon. Gibt es hier Frühstück?", erwiderte sie schroff. Aber im Grunde hatte er traurigerweise recht. Ihre Kindheit war nicht sorgenfrei gewesen.

„Hey." Dave hob ihr Kinn mit seinem Finger an und zum ersten Mal seit Jahren hatte sie das Bedürfnis, zu weinen. Sie wollte aber nicht heulen, schon gar nicht vor ihm.

„Lass mich." Mit einer schnellen Bewegung drehte sie sich um und ging ins Badezimmer, um sich frisch zu machen und ihre Emotionen wieder in den Griff zu bekommen. Als sie kurz darauf in die Küche zurückkam, brutzelten Eier und Speck in einer unversehrten Pfanne.

„Das sind die letzten Reste, etwas Toast haben wir auch noch ... dann, fürchte ich, müssen wir verhungern." Er sah sie mit einem Blick an, der ein Flattern in ihrer Magengegend auslöste.

„Online ordern", schlug sie vor und lachte halbherzig.

„Oder so", stimmte er zu. „Setz dich. Kaffee?"

„Wow, mir hat noch nie ein Mann Frühstück gemacht."

„Nicht?" Er sah sie mit hochgezogener Augenbraue an und ein süffisantes Lächeln verriet ihr, dass ihm ihre Antwort gefiel. „Nicht, dass du dir jetzt was darauf einbildest, Susana."

„Nein, das würde ich nie tun, Mr. Adams."

„Dann hätten wir das ja geklärt."

Er nahm zwei Teller aus dem Schrank und sie war sich sicher, dass in seinem Scherz auch ein Funke Wahrheit lag. Man konnte, so wie sie zusammenlebten, schnell vergessen, aus welchem Grund sie hier war. Das sollte vor allem *sie* nie vergessen. Sonst wäre sie nächste Woche immer noch hier! Dabei hatte sie nach wie vor den Plan, abzuhauen. Auch wenn es sich gar nicht so übel anfühlte, von ihm Frühstück serviert zu bekommen.

„So", sagte er, nachdem er sein Besteck beiseitegelegt und den Teller von sich geschoben hatte. „Was machen wir heute?"

Susana sah ihn von der Seite an und kräuselte die Nase. „Wir?"

Er zuckte mit den Schultern. „Na ja. Keine Ahnung. Was man eben so macht, mit der Person, die man entführt hat."

„... und mit der man nicht aus dem Haus gehen kann", vervollständigte sie seinen Satz.

Er schaute sie mit einem merkwürdigen Ausdruck in den Augen an. „Tja. So ist es leider."

Sie glaubte, dass tatsächlich ein wenig Bedauern in seiner Stimme mitschwang. Susana schnappte sich beide Teller und machte sich schweigend an den Abwasch. Sie spürte Daves Blick im Rücken und drehte sich zu ihm um.

„Weißt du, wenn du ins Büro gehen willst, mach das. Abhauen kann ich nicht und umbringen werde ich mich schon gar nicht. Nimm alles mit, von dem du denkst, dass ich es gegen dich verwenden könnte, aber sieh mich nicht auf diese Art und Weise an. Okay?"

Er fuhr sich durch die Haare und seine Miene wirkte angespannt. „Woher weiß ich, dass ich mich auf dich verlassen kann?"

„Lass mich meine Schwester anrufen und ich verspreche dir bei allem, was mir heilig ist, dass ich hier brav warte, bis du nachher was zu essen mitbringst. Hunger wäre der einzige Grund, warum ich ausflippen könnte. Ich bin nicht besonders geduldig, wenn mein Magen knurrt."

Daves Mundwinkel zuckten. „So wie bei den meisten Frauen also."

„So wie bei den meisten Frauen", echote Susana schnippisch.

Jetzt wurde sie auch noch als Mittelmaß bezeichnet! Dave Adams war wirklich das größte Arschloch der Welt. Da half nicht mal, dass er Frühstück gemacht hatte.

„Susana", hörte sie seine strenge Stimme.

Was sollte das nun werden? War sie zurück in der Grundschule?

„Was?" Ihr schroffer Tonfall drückte genau das aus, was sie fühlte. Sie war trotzig und er sollte das ruhig spüren.

„Also, gehen wir mal davon aus, dass du natürlich anders bist als alle Frauen dieser Erde."

Ihre Miene hellte sich ein wenig auf. „Schon besser. Und ... weiter?" Sie wollte es hören, egal ob er es so meinte oder nicht. Seit sie hier eingesperrt war, war sie irgendwie empfindlich dünnhäutig geworden. Ihr fehlten frische Luft, ihr Laden, die Farbvielfalt der Blüten und ihr Geruch und vor allem der Kontakt mit netten Menschen ...

„Okay, gehen wir mal davon aus, dass ich dir so weit vertraue und dich für – sagen wir mal – zwei Stunden allein lassen würde. Könnte ich dann meinerseits davon ausgehen, dass alles hier so ist wie jetzt, wenn ich zurückkomme?"

Sie hielt mitten in ihrer Bewegung inne. Er fing an, von Vertrauen zu sprechen? Jetzt sich bloß nichts anmerken lassen. Schnell fuhr sie damit fort, die Spülmaschine einzuräumen. Dass Männer schon bei so einer Kleinigkeit wie Rührei drei Schüsseln schmutzig machen mussten ...

„Gib mir das Telefon und ich schwöre, ich stelle nichts an, bis du wieder da bist."

Dave stand auf und zog sein Smartphone aus der Jeans. Er reichte ihr seine Hand.

„Was wird das jetzt?", fragte sie irritiert.

Seine Mundwinkel zuckten verräterisch. „Schon mal was vom guten alten Händedruck gehört?"

Susana schnitt eine Grimasse. „Okay. Von mir aus. Ich darf telefonieren, dafür bleibe ich brav."

Sie schlugen ein und Susana entging nicht, dass ihr ganzer Arm nach seiner Berührung zu prickeln begann. Daves Wirkung auf sie war auch über Nacht nicht einfach verflogen. Natürlich nicht.

Er schien es auch zu spüren, denn er räusperte sich. „Na dann." Dave entsperrte seinen Handybildschirm mit einem

Zahlencode, den sie leider nicht sehen konnte, weil er das Handy in die andere Richtung drehte. „Welche Nummer soll ich anrufen?", fragte er.

„Nummer?"

„Deine Schwester? Du erinnerst dich?"

Sie atmete hörbar aus. Natürlich, sie wollte telefonieren. Mein Gott, sie hatte echt nicht mehr alle Tassen im Schrank.

„Klar. Gib doch einfach her." Sehnsüchtig dachte sie an ihr eigenes Telefon, das nach wie vor im Safe lag. Mittlerweile war der Akku sicher leer. Leider.

„Na gut." Zögerlich reichte er ihr sein Smartphone und wich keinen Schritt von ihrer Seite.

Susana bedachte ihn mit einem giftigen Blick. Er behandelte sie, als wäre sie ein Baby, das man ständig kontrollieren musste. Sein Verhalten konnte ebenso viel bedeuten wie: Kontrolle ist gut, Nachsicht ist besser. Genau so schätzte sie ihn auch ein. Sie gab sich geschlagen, während sie auf das Klingeln wartete.

Sie dachte schon, Sofia würde nicht abheben, als sie den Anruf doch beantwortete.

„Hallo?", hörte sie die melodische Stimme ihrer kleinen Schwester.

Heimweh überfiel sie. Sie vermisste Sofia.

„Hey, Sofia. Ich bin's." Sie musste schlucken.

„Susana? Seit wann rufst du mit unterdrückter Nummer an? Ist alles okay?"

„Äh, ja klar. Ich bin unterwegs und hab nicht so viel Zeit. Wollte mich nur kurz melden."

„Wollte mich nur kurz melden? Hab nicht so viel Zeit? Was ist los? Ist was passiert?"

Daves eindringlicher Blick warnte sie, dass sie besser keine Dummheiten ausplaudern sollte.

„Nein. Natürlich nicht. Ich bin für ein paar Tage weggefahren. Ganz spontan", gab sie hastig zurück.

„Spontan? Du? Weggefahren? Jetzt bin ich aber wirklich überrascht. Also stimmt doch was nicht." Der Tonfall ihrer Schwester klang ungläubig, damit hatte sie durchaus gerechnet.

„Doch, natürlich. Alles bestens", log sie.

„Susana! Was ist los? Oder … Nein. Ich glaub's nicht. Du hast einen Freund und bist mit ihm im Urlaub? Manno! Wieso sagst du mir das denn nicht gleich? Hab ich recht oder hab ich recht?"

Susana atmete tief durch, dann lachte sie. Es klang künstlich und war viel zu hoch. „Ja, das ist es. Du hast es erraten. Aber es ist noch ganz frisch und deswegen … wollte ich nicht zu viel sagen, bevor es nicht ganz amtlich ist …"

„Du bist meine große Schwester, nicht meine Mutter. Wegen mir musst du nicht wie eine Nonne leben."

Susana stockte der Atem. „Ich lebe nicht wie eine Nonne!"

Daves überraschter Gesichtsausdruck genügte, damit Susana nicht weiter auf das leidige Thema einging. Sofia hatte ihr schon mindestens eine Million Mal gesagt, dass sie nach ihrer letzten verkorksten Beziehung endlich wieder mit jemandem ausgehen sollte. Bis jetzt hatte sie wenig Bedarf gehabt. Natürlich war das mit Dave kein Dating, es war … kompliziert.

„Schwesterchen, ich freue mich für dich. Wie heißt er? Was macht er? Wo habt ihr euch kennengelernt?"

Susana seufzte und verdrehte die Augen. „Mein Gott, so viel Zeit habe ich jetzt nicht. Ich wollte dir nur sagen, dass wir für ein paar Tage aufs Land fahren, und da ist der Empfang sicher nicht so gut. Also, ich melde mich wieder."

„Hey, hey. Nicht so hastig! Du gibst mir jetzt schnell ein paar Details, bevor ich … misstrauisch werde. Nicht, dass dich der Kerl entführt hat oder so!"

Susana verschluckte sich und musste husten. „Äh, was? Spinnst du?", brachte sie zwischen zwei Hustenanfällen hervor.

„Na los. Wie heißt er? Was macht er? Das sind die wenigsten Eckdaten, die ich wissen muss."

Kalter Schweiß brach Susana aus. Sofia konnte manchmal wirklich anstrengend sein.

„Meine Güte, man könnte meinen, du wärst die große Schwester und nicht ich!"

Sie warf Dave einen hilflosen Blick zu, er gab ihr ein Zeichen, dass sie sich beeilen sollte. Sie nickte und zuckte gleichzeitig mit den Schultern.

„Sofia, Schatz. Er heißt Dave und ist Anwalt. Und jetzt genug davon. Ich werde jetzt mal mein Liebesleben genießen. Also ... bis bald, ich hab dich lieb."

Dann legte sie auf, stöhnte gequält und wischte sich über das Gesicht. Nach diesem kurzen Telefonat war sie schweißgebadet und fertig mit den Nerven. Gegenüber Fremden zu lügen, war normalerweise kein Problem für sie, aber mit der Inquisition ihrer kleinen Schwester hatte sie echte Schwierigkeiten gehabt. Sie stand ihr einfach zu nahe, als dass sie ihr etwas vorgaukeln konnte.

„Er heißt Dave und ist Anwalt?", wiederholte Dave mit grimmiger Miene. Er steckte sein Smartphone zurück in seine Hosentasche. „Ernsthaft? Warum hast du ihr nicht gleich meine Adresse durchgegeben?"

Susana klatschte in die Hände und funkelte ihn an. „Jetzt ist aber mal gut. Sie kennt weder deinen Nachnamen, noch weiß sie, wo du arbeitest. In New York gibt es sicher Hunderte von Daves, die Anwälte sind! Porca vacca!" Der letzte Fluch war ihr auf Italienisch herausgerutscht und hieß so viel wie „Verdammter Mist". Aber das musste sie ihm, so wie er dreinschaute, nicht übersetzen. Er kapierte es auch so.

Dave strich sich durch die Haare. Mittlerweile wusste sie, dass das bei ihm ein Zeichen dafür war, dass er genug hatte. Sie verstand ihn sogar ein kleines bisschen. Andererseits, sie hatte ihn nicht gezwungen, sie aus dem Büro zu entführen.

„Schön. Dann hätten wir das ja jetzt erledigt. Steht unser Deal noch?", fragte er sichtlich genervt.

Sie schüttelte verständnislos den Kopf. „Was soll der Scheiß denn jetzt? Natürlich steht unser Deal noch! Ich würde sagen, deine Zeit läuft ab jetzt!"

Dave fluchte verhalten und sah sie noch einmal mit strengem Blick an, der so viel bedeutete wie: bis hierhin und nicht weiter. Sie verstand und hatte auch nicht vor, mehr zu äußern. Sie war froh, wenn der Idiot endlich weg war und sie allein sein konnte.

Als Dave zehn Minuten später tatsächlich die Tür hinter sich abschloss und weg war, ließ sie sich resigniert aufs Sofa fallen. Es fühlte sich immer mehr wie ein sehr schlechter Witz an. Außerdem hatte sie keine Ahnung, was sie mit sich anfangen sollte. Die Wanduhr in der Küche zeigte gerade mal halb eins an, definitiv zu früh, um fernzusehen.

Moment mal! Sie sprang auf. Immerhin, sie kannte endlich sein Geburtsdatum und er war nicht hier, sie konnte also in Ruhe überprüfen, ob das der Code für den Safe war. Mit weichen Knien und klopfendem Herzen schlich sie sich durch den Flur bis zu ihrem Ziel.

„Du bist so doof, Susana. Er ist nicht hier", schimpfte sie und kniete sich dann auf den Boden. Mit zitternden Fingern gab sie die ersten vier Zahlen seines Geburtstages ein, aber das unerfreuliche Piepen zeigte ihr, dass das nicht die richtige Kombination gewesen war.

„Merda!", fluchte sie und probierte noch den Geburtsmonat und das Jahr, nur den Monatstag und die letzten zwei Ziffern des Jahres, nur das Geburtsjahr, aber nichts davon öffnete den Safe.

„Porca miseria!", stöhnte sie und ließ sich auf den Hintern sinken. So saß sie einige Minuten und überlegte, was jetzt noch blieb, aber eine weitere Kombination kam ihr nicht in den Sinn. „Das ist ja mal wieder super gelaufen. Ganz toll!"

Resigniert verharrte sie an Ort und Stelle und starrte das Tastenfeld an, bis ihre Kehrseite zu schmerzen begann. Schließlich gab sie fürs Erste auf und ließ das Arbeitszimmer hinter sich.

Was sollte sie jetzt machen? Unruhig tigerte sie durch die Wohnung und grübelte. Wieso nahm der Kerl nicht einen normalen Code wie jeder andere auch? Es war zum Ausrasten!

Gut. Sie musste einfach nur etwas mehr über ihn erfahren, herausbekommen, welche Menschen ihm wichtig waren. Sie glaubte nicht daran, dass er eine zufällige Kombination nutzte. Eins, zwei, drei, vier hatte sie nämlich auch schon in allen erdenklichen Kombis probiert. Um es einigermaßen so aussehen zu lassen, als ob sie wirklich „brav" gewesen war, nahm sie sich einen Krimi von Elizabeth George aus Daves Bücherregal und ging damit ins Wohnzimmer. Unerwarteterweise packte das Buch sie bereits nach wenigen Minuten und sie registrierte gar nicht, dass die zwei Stunden längst vorüber waren und Dave immer noch nicht zurück war.

Sie schaute auf die Uhr in der Küche. Schon nach fünf. Ob etwas passiert war? Bassanelli hatte doch nicht etwa herausgefunden, dass er sie geschnappt hatte? Ein eiskalter Schauer rieselte über ihre Wirbelsäule und ließ sie frösteln. Sie mochte Dave Adams zwar nicht, aber sie wünschte ihm ganz sicher nicht den Tod.

10

Ein dünnes Rinnsal Schweiß lief ihm zwischen den Schulterblättern hinunter. Warum, verdammt, war er auf die blöde Idee gekommen, die Lebensmittel selbst zu besorgen, anstatt sie zu bestellen wie sonst auch? Er hatte keine Erklärung dafür. Es musste ihn in einem Moment geistiger Umnachtung überkommen haben. Noch seltsamer war, dass er zwei Flaschen Weißwein, eine neue Bratpfanne, Rinderfilet, Kartoffeln und frisches Gemüse in den Tüten mit sich schleppte.

Im Büro war während seiner Abwesenheit nichts Außergewöhnliches vorgefallen und neue Fakten gab es auch keine. Seinen Laptop hatte er in der braunen Lederumhängetasche dabei, sodass er nun auch zu Hause an verschiedenen Dokumenten arbeiten konnte. Delavall hatte zugestimmt, dass er ebenso gut im Homeoffice an der Prozessvorbereitung werkeln konnte. Obwohl Wochenende war, hatte sein Chef im Büro gesessen und gearbeitet, nichts Neues also.

Angst, dass Susana in seinen Dateien schnüffeln würde, hatte Dave nicht. Da man, um den Laptop zu entsperren, seinen persönlichen Fingerabdruck benötigte, bestand kein Risiko, dass Susana an wichtige Informationen kommen würde, außer er wollte es. Er hatte überlegt, ihr falsche Sachverhalte zuzuspielen, aber den Gedanken hatte er sofort wieder verworfen. Dave spielte mit offenen Karten und zu seiner Vorstellung von Gerechtigkeit gehörte nach seiner Auffassung auch, dass man sich an gewisse Spielregeln hielt. In welche Kategorie seine Entführung da passte, wusste er selbst nicht, aber ändern ließ es sich nun auch nicht mehr. Susana war letzten Endes ja freiwillig mitgekommen und von ihr ging momentan auch keine

Gefahr aus, redete er sich ein. Außerdem glaubte er ihr, dass ihr Bassanelli im Grunde genommen egal war und sie nur eine Informantin war, die nicht tiefer mit drinsteckte. Dafür wusste sie zu wenig. Aber vielleicht wollte er das auch einfach nur glauben, säte eine kleine Stimme Zweifel in seinen Kopf, die er allerdings sofort beiseiteschob.

Vor seiner Tür stellte er die zwei braunen Tüten zwischen seine Beine, damit sie nicht umkippten. Er hörte nichts, als er aufschloss. Er hoffte, dass das ein gutes Zeichen war. Dass sie einen Fluchtweg gefunden hatte und weg war, glaubte er eigentlich nicht.

„Susana", rief er, nachdem er die Tür hinter sich geschlossen hatte und die Einkäufe wieder in seinen Armen balancierte.

„Ah. Dave! Du bist da", kam ihre Antwort aus dem Wohnzimmer.

Wenige Sekunden später nahm er die platschenden Schritte ihrer nackten Füße auf dem Parkett wahr.

„Oh! Du warst einkaufen? Ich habe mich schon gewundert, wo du so lange bleibst."

Dieser Satz entlockte ihm ein Grinsen. „Wirklich? Du vermisst mich jetzt schon? Nach ein paar Stunden ..."

Dafür erntete er einen abfälligen Blick. „Natürlich nicht. Ich habe einfach nur Hunger!" Sie zog einen Schmollmund. Er unterdrückte den Impuls, ihre sinnlichen Lippen zu küssen. Ein Begrüßungskuss ginge dann doch zu weit. Obwohl sie mehrfach miteinander geschlafen hatten, wäre das etwas völlig anderes und absolut nicht angebracht.

„Natürlich." Seine Stimme klang amüsiert und er ging, ohne sie weiter zu beachten, an ihr vorbei in die Küche, um die Einkäufe auszuräumen.

„Mein Gott, bist du selbstverliebt. Na ja, was erwarte ich. Du bist ein Mann und dazu noch Staatsanwalt."

Sie war ihm gefolgt. Natürlich, Frauen wie Susana hatten gern das letzte Wort. Es wäre sicher anstrengend, mit einer wie ihr auf Dauer zusammenzuleben.

Warum machte er sich überhaupt Sorgen deswegen? Er schüttelte diesen Gedanken ab, lachte über ihre Provokationen und ließ sich nicht seine gute Laune verderben, während er die Tüten leerte.

Ein Steak zu braten, war so ziemlich das Einzige, was er außer Rührei und Nudeln zubereiten konnte. „Ich habe Rindfleisch besorgt", kommentierte er beiläufig, nachdem sie sich wieder aufs Sofa geworfen hatte und anfing, in einem Buch zu lesen.

„Wirklich?" Sie drehte ihren Kopf interessiert in seine Richtung. Da sagte noch mal einer, nur ein Mann wäre durch gutes Essen sanftmütig zu stimmen. Bei Susana traf dies augenscheinlich ebenfalls zu.

„Ja, wirklich! Willst du vielleicht für den Mann, der gerade von der Arbeit kommt, kochen?"

„Spinnst du? Ich bin deine Gefangene. Das mach mal schön selbst. Ich lese hier gerade einen spannenden Krimi."

„Dachte ich mir schon", seufzte er. „Was liest du Schönes?"

„Elizabeth George. Aus deinem Regal."

„Ah, Inspector Langley. Ja, die sind gut. Welcher Band ist es?"

„*Wo kein Zeuge ist.* Moment", sie schaute nach, „sein dreizehnter Fall."

„Ich erinnere mich. Sehr spannend. Wie weit bist du? Kennst du London eigentlich?"

„Ich bin erst auf Seite hundertfünfzehn. Nein, ich war leider noch nie dort."

Er bemerkte den wehmütigen Klang in ihrer Stimme. „Europa?"

Sie schüttelte den Kopf. „Nein. Auch nicht. Ehrlich gesagt war ich noch nirgendwo außer einmal in der Dominikanischen Republik. In meinem Leben ist kein Platz für Urlaub."

Dave nahm das Fleisch aus der Verpackung und legte es auf einen Teller. „Nicht? Man sollte meinen, dass man als Informant für die Mafia einigermaßen ordentlich bezahlt wird, sodass man auch mal verreisen kann. Aber was weiß ich schon …"

„Genau! Was weißt du schon!", zischte sie und hob das Buch demonstrativ vor ihr Gesicht. Damit wollte sie die Fragestunde ganz offensichtlich beenden.

Er hatte mit dem Spruch ein paar Informationen aus ihr herauskitzeln wollen. Sie war so verschlossen, was einerseits verständlich war. Trotzdem wusste er, dass sie ein vielschichtiger Mensch mit breit gefächerten Interessen war. Das hatte er durch die Gespräche mit ihr in den letzten zwei Tagen schnell herausgefunden. Sie war klug und hübsch und doch schwebte eine gewisse Melancholie über ihr, die ihn seltsamerweise faszinierte. Er wollte mehr über sie wissen.

„Okay, dann also keine Reisen. Was dann? Hobbys?"

Sie atmete geräuschvoll aus. „Was geht dich das an?"

„Meine Güte, was ist dir für eine Laus über die Leber gelaufen?"

„Gar keine Laus. Du bist einfach zu neugierig. Davon war in der Abmachung nicht die Rede, oder erinnere ich mich falsch? Erzähl doch was von dir! Wieso triffst du dich mit niemandem? Hast du keine Freunde? Wobei, das würde mich ja nicht wundern … du bist so ein … Ach!"

Meine Güte. Der Mund dieser Frau glich einer Schnellfeuerwaffe! Dave war schockiert, dass sie ihn innerhalb der kurzen Zeit so treffend analysiert hatte. Tatsächlich hatte er kaum Freunde, keine engen jedenfalls. denen er genug vertraute, um ihnen von Susana zu erzählen. Er war ein Einzelgänger, schon seit der Schulzeit. Seitdem er seinen besten Freund verloren hatte, um genau zu sein. Aber das ging sie nichts an.

„Jesus. Ja, ich habe es verstanden. Du musst mir nicht sagen, wofür du dein Geld ausgibst. Ich wollte nur nett sein." Dave würzte das Fleisch mit Pfeffer und Salz, nahm dann Weißbrot aus einer Tüte. „Hier, schau, ich habe Ciabatta gekauft. Das ist doch italienisch", versuchte er, noch einmal auf ein unverfängliches Thema umzuschwenken.

„Toll."

Ihre einsilbige Antwort brachte ihn schon wieder zum Schmunzeln.

„Na gut. Du willst nicht reden. Ich verstehe. Dann werde ich, als der Mann, jetzt mal kochen und gebe dir dann Bescheid, wenn ich so weit bin."

Auf eine primitive Art bereitete es ihm Freude, sie zu provozieren. Ihm war klar, dass er Gefahr lief, den Bogen zu überspannen, aber etwas Humor schadete dieser komplizierten Wohngemeinschaft sicher nicht.

Susana ließ das Buch wieder sinken und verdrehte die Augen. „Du bist ein ekelhafter Macho. Wieso ist mir das noch nicht aufgefallen? Ach nee, das war mir von Anfang an klar. Im Kopierraum sind dir ja schon fast die Augen rausgefallen, als ich den Knopf meiner Bluse aufgemacht habe. Hörst du dir mal selbst zu? *Dann werde ich, als der Mann, jetzt mal kochen?* In welcher Zeit leben wir noch mal? Wir Frauen gehen arbeiten wie ihr, wir müssen mittlerweile sogar selbst unsere Bilder aufhängen, weil ihr Männer nicht mal mehr mit einem Hammer umgehen könnt. Und dann muss ich mir von dir so einen Spruch anhören? Nein, also echt." Sie schnaubte und las weiter.

Uff. Dave trat einen Schritt zurück. „Dein italienisches Temperament kann einem Kerl ja ganz schön gefährlich werden."

Sie antwortete nicht, sondern atmete lediglich hörbar aus.

Moment mal. Sie hatte also ihren Knopf damals im Kopierraum tatsächlich absichtlich aufgemacht, um ihn abzulenken?

Natürlich. Darauf hätte er auch selbst kommen können. Wenn er nicht so damit beschäftigt gewesen wäre, ihr an die Wäsche zu gehen. Dave zog eine Grimasse. Er war wirklich einfacher gestrickt, als ihm klar gewesen war. Bisher hatte er seine niederen Instinkte besser unter Kontrolle gehabt. Tja, bis sie aufgetaucht war. Seitdem hatte sich irgendwie alles verändert. Und nicht unbedingt zum Besten. Was den Fall anging jedenfalls. Sein ungutes Gefühl wegen der Prozessvorbereitung war nicht verflogen. Im Gegenteil, seit er heute im Büro gewesen war, grummelte es merklich in seinen Eingeweiden. Etwas stimmte nicht, aber er hatte keine Ahnung, was es war. Heute würde er es leider auch nicht mehr herausfinden. Vielleicht sah er auch nur Gespenster.

„Wein?" Ohne auf ihre Antwort zu warten, öffnete er einen roten. Wortlos stellte er ein Glas für sie auf dem Wohnzimmertisch ab, aber sie beachtete ihn gar nicht weiter.

Schulterzuckend begann er, das Fleisch zu braten. Nebenbei schüttete er ein paar Cocktailtomaten in eine Schüssel, die er auf den Tresen neben den Tellern platzierte, die er vorher schon bereitgestellt hatte. In den folgenden Minuten durchbrach nur das Brutzeln die Stille. Gott sei Dank hatte er daran gedacht, noch eine neue Pfanne zu kaufen, auch wenn das Geschleppe ihn ordentlich ins Schwitzen gebracht hatte.

„Essen ist fertig", wies er sie auf den bevorstehenden Gaumenschmaus hin, auch wenn ihm nach wie vor ein wenig flau im Magen war. Das lag sicher nur daran, dass er außer dem Frühstück im Büro nur ein Sandwich aus dem Automaten gegessen hatte.

Die Mahlzeit verbrachten sie größtenteils schweigend, nach der Machodiskussion wirkte Susana seltsam in sich gekehrt. Auch nach dem Essen zog sie sich früh mit der Entschuldigung, sie habe Kopfschmerzen, zurück.

Frauen! Und das, obwohl sie nicht mal wirklich was miteinander hatten. Er war definitiv im falschen Film. Aber gut, so konnte er noch etwas arbeiten. Das war auch nicht das Schlechteste.

Das Magengrummeln, das sich schon vor dem Abendessen bemerkbar gemacht hatte, wuchs sich im Laufe des Abends zu mittelstarken Krämpfen aus. Also hatte es nicht an seinen Problemen und damit verbundenen Grübeleien gelegen, dachte er, während er sich auf dem Stuhl im Arbeitszimmer krümmte und sich den Magen hielt. Er musste sich hinlegen, dann würde es sicher besser werden.

Beim Zähneputzen wurde ihm dann so richtig schlecht. Er hatte sich bestimmt eine Grippe eingefangen, seine Beine fühlten sich zusätzlich zur Übelkeit wie Gummi an. Kraftlos und von Magenschmerzen gebeutelt, schleppte er sich ins Bett und legte sich auf die Seite. Er atmete flach, um den Brechreiz zu unterdrücken.

„Alles okay?", fragte Susana über seinen Rücken hinweg.

„Hm", machte er. „Gute Nacht."

„Gute Nacht."

Dave fiel in einen traumlosen Schlaf. Als er das nächste Mal aufwachte, war es beinahe schon zu spät. Galle stieg in ihm auf und er sprintete aus dem Bett ins Badezimmer, wo er sich schwallartig in die Toilette erbrach. Immer wieder schüttelte es ihn, bis der gesamte Inhalt seines Magens in der Kloschüssel gelandet war. Zum Erbrechen bekam er nun auch noch Durchfall. Schwach und hilflos krabbelte er auf das Porzellan und quälte sich.

Nach einer Ewigkeit spülte er sich den Mund aus und musste erneut würgen, aber es kam nichts mehr. Noch einmal wusch er sich die Hände, bevor er sich aus letzten Kräften zurück ins Bett schleppte.

„Alles okay? Soll ich dir eine Schüssel holen?", fragte sie ihn und knipste das Licht an. „Mein Gott, du siehst ja schrecklich aus!"

Dave ließ sich matt zurück ins Bett fallen. „Danke. Ich kann mir vorstellen, wie ich aussehe. Eine Schüssel, ja, vielleicht. Wenn ich nicht selbst eingekauft und gekocht hätte, würde ich vielleicht denken, dass du mich vergiftet hast."

„Also bitte!" Sofort stand sie auf und kam wenig später mit einer weißen Plastikschale wieder, die sie auf seiner Seite des Bettes auf dem Boden abstellte. „Wenn du noch was brauchst, sag bitte Bescheid, ja?"

„Danke, aber nicht nötig." Er war zu müde, um noch mehr sprechen zu können. Die Magenkrämpfe quälten ihn nach wie vor.

Lange Ruhe hatte er nicht, dann ging es schon wieder los. Er musste sich doch etwas eingefangen haben. Das kam ja wirklich zu einem wunderbaren Zeitpunkt, dachte er erschöpft.

Bereits auf dem Weg zur Toilette musste er würgen und war umso dankbarer, dass Susana ihm zuvor eine Schüssel geholt hatte. Im Badezimmer kniete er sich vor das Klo und erbrach sich fortwährend, bis ihm Tränen über das Gesicht liefen. So dreckig war es ihm schon seit Jahren nicht mehr gegangen. Er hatte kaum genug Kraft, um sich aufrecht zu halten.

„Hey", hörte er eine sanfte Stimme. „Hier, das hilft vielleicht." Susana war ins Bad gekommen und hielt ihm nun einen kühlen, wassergetränkten Waschlappen an die Schläfe. Er war so dankbar dafür, aber sprechen konnte er nicht, da er von einem erneuten Krampf geschüttelt wurde.

„Geh weg", presste er mühsam hervor und legte seine Stirn auf der Klobrille ab, weil er seinen Kopf nicht mehr halten konnte.

„Ach was. Komm, ich stütze dich. Geht's?" Sie hakte sich bei ihm unter und versuchte, ihm auf die Beine zu helfen. Dave war total entkräftet und es kostete Susana einige Mühe, ihn hochzubekommen. Plötzlich wurde ihm schwarz vor Augen und wenn Susana ihn nicht gestützt hätte, wäre er umgekippt.

„Herrjemine. So schlimm, was? Komm, ich bringe dich rüber."

Wie im Nebel nahm er wahr, dass sie ihm half, sich wieder hinzulegen. Dann verschwand sie kurz und kehrte mit der ausgewaschenen Schüssel und einem frischen kühlen Lappen zurück, den sie auf seine Stirn legte.

„Danke", murmelte er mit geschlossenen Augen.

„Schon gut. Ich hole dir noch ein Wasser. Brauchst du sonst noch was?"

Er schüttelte mit letzter Kraft den Kopf, dann schlief er ein.

So ging es weiter. Immer wieder musste er sich erbrechen. Immer wieder war Susana an seiner Seite.

Am nächsten Morgen fühlte er sich wie mehrfach durch den Wolf gedreht und war sich sicher, ohne sie hätte er die ganze Nacht im Badezimmer auf den Fliesen verbringen müssen, weil ihm die Kraft für mehr gefehlt hatte. Sie war ihm wirklich eine große Hilfe gewesen. Jetzt lag sie neben ihm und schlief tief und fest. Das hatte sie sich auch verdient. Unfassbar, welche Fürsorge und Ausdauer sie an den Tag gelegt hatte, dabei wäre das so ungefähr das Letzte gewesen, was er von ihr erwartet hatte und hätte erwarten können. Sie überraschte ihn immer wieder, das erinnerte ihn daran, sie niemals zu unterschätzen.

„Was habe ich verpasst?", fragte Dave und hob seinen Kopf ein wenig. Er war sehr schwach, aber nach vierundzwanzig Stunden fortwährender Krämpfe war das nicht ungewöhnlich. Seine Gesichtsfarbe war grau und unter seinen Augen lagen dunkle Schatten. Bartstoppeln überzogen seine eingefallenen Wangen und unterstrichen seine Blässe. Susana machte sich wirklich Sorgen um ihn. Wenn ein Mann wie er kaum mehr stehen konnte, stimmte definitiv etwas nicht.

„Es ist immer noch Sonntag, Dave", erwiderte sie sanft und stellte eine Tasse Tee neben ihm auf dem Nachttisch ab. Bis jetzt hatte er nichts bei sich behalten können. Wenn das so weiterging, würden sie einen Arzt rufen müssen. Die Frage war nur, wie, wenn sie weder Telefon noch sonstige Medien zur Verfügung hatte. „Kannst du etwas trinken? Du musst etwas trinken, sonst dehydrierst du."

„Mir ist so übel", murmelte er und schon fielen ihm die Augen auch wieder zu. Es war selbstverständlich, dass er erschöpft war, aber sein Zustand bereitete ihr Kopfzerbrechen.

„Was hast du gestern gegessen? Hast du jemanden getroffen?", fragte sie, denn im Hinterkopf hatte sie die Sorge, dass die Mafia möglicherweise ihre Finger im Spiel hatte. Sie würden doch nicht so weit gehen und ihn vergiften? Er hatte es ja selbst erwähnt, zwar halb im Scherz, aber wer wusste schon, wozu sie fähig waren?

Ihr Herz setzte einen Schlag aus. Sie konnte Dave nicht leiden, aber sie wollte ihn auch nicht tot sehen. Denen war doch alles zuzutrauen. Susana steckte zwar nicht tief in diesem Milieu, aber sie hatte auch Augen und Ohren und man bekam zwangsläufig mehr mit, wenn man für diese Leute Informationen beschaffte, als man wollte.

„Frühstück, ein Sandwich, Abendessen", sagte er mit krächzender Stimme.

Das Sandwich! Also doch vergiftet. Susanas Magen zog sich nervös zusammen.

„Woher hattest du das Sandwich? Wer hat es dir gegeben?"

Panik keimte in ihr auf. Er brauchte womöglich schnell ärztliche Hilfe! Sie hatten schon viel zu viel Zeit verloren. Hätte er nur gestern was gesagt! Mit der Mafia war nicht zu spaßen und Bassanelli war dafür bekannt, dass er keine Gnade kannte. Dave war bei ihm auf ein Wespennest gestoßen und jetzt schwirrten die kleinen Biester vielleicht aus, um ihm Probleme zu machen. Oder schlimmer. Sie durfte nicht daran denken!

„Gegeben?", wiederholte er mit geschlossenen Augen.

„Dave, hör mir zu. Sieh mich an!" Sie rüttelte leicht an seiner Schulter. „Woher hattest du das Sandwich? Vielleicht hat es jemand vergiftet."

Dave blinzelte träge. „Was? Ich ... Nein. Es kam aus einem Automaten. Niemand wusste, dass ich dort war. Was ... Ich verstehe nicht. Vergiftet?"

„Du führst einen Krieg gegen die Mafia. Glaubst du, sie lassen sich das von dir gefallen?"

Erst jetzt realisierte sie, dass er gesagt hatte, dass er es sich aus einem Automaten gezogen hatte. Es war also unwahrscheinlich, dass es ein Mordanschlag gewesen war.

Erleichterung durchflutete sie und gleich schämte sie sich ein wenig dafür, dass sie so überreagiert hatte. Mein Gott, sie sah Gespenster. Dave hatte nur eine simple Magen-Darm-Grippe. Sie war noch nie so froh über eine ausgewachsene Kotzerei gewesen wie in diesem Moment.

„Trink einen Schluck. Los. Sonst muss ich Hilfe holen. Du musst etwas zu dir nehmen!" Ihre Stimme klang energisch, trotzdem waren ihre Knie wachsweich. Der Gedanke an eine Vergiftung hatte sie mehr mitgenommen, als sie zugeben wollte. Sie musste sich erst einmal wieder beruhigen. Sie versuchte, gleichmäßig ein- und auszuatmen, und zählte langsam bis fünf. Dann ging es ein wenig besser.

„Hm", machte er, aber seine Augen waren nach wie vor geschlossen.

Meine Güte. Männer!

Nun, wo sie davon ausgehen konnte, dass er wieder gesund werden würde, hatte sie gleich viel weniger Mitleid mit ihm.

„Dave Adams. Du wirst jetzt etwas trinken und es nicht sofort wieder auskotzen. Hast du mich verstanden?" Sie rüttelte noch einmal an ihm, diesmal fester. „Los!"

„Jaja, ist ja schon gut. Wenn du mich sonst niemals in Ruhe lässt …"

Ein Lächeln huschte über ihr Gesicht. Na also. Es ging doch. Vielleicht doch nur eine ausgewachsene Männergrippe. Das war ja bekanntlich die schlimmste und besonders unerträglich.

„So ist es brav." Sie nahm das Glas, legte eine Hand unter seinen Kopf und half ihm, sich genug aufzurichten, dass er einen Schluck trinken konnte. „Sehr schön. Nicht zu hastig. Sonst verschluckst du dich."

Als hätte sie es beschrien, verschluckte er sich tatsächlich und begann zu husten. Sofort krümmte er sich erneut vor Schmerzen und erbrach sich in die Schüssel neben dem Bett.

„Mann, Dave! Du brauchst doch einen Arzt."

„Hör auf. Es geht schon wieder. Ich brauche niemanden. Das ist nur eine Magenverstimmung. Ich schlafe jetzt eine halbe Stunde und dann werde ich mich besser fühlen."

Susana verdrehte die Augen. „Okay, wenn es dann nicht besser geht, rückst du die Schlüssel raus. Klaro? Du brauchst Medikamente."

„Ja." Natürlich hatte er die Schlüssel und sein Handy gestern Abend vor dem Schlafengehen in den Safe gelegt oder woanders versteckt, wovon sie nichts wusste. Sie hatte den Tag damit zugebracht, jedes Mal, wenn er eingeschlafen war, nach ihnen zu suchen. Dave tat ihr leid, das hieß aber nicht, dass sie nicht doch fliehen wollte, wenn sich ihr eine Gelegenheit dazu bot.

Tatsächlich ging es Dave etwas besser, nachdem er eine ganze Stunde am Stück geschlafen hatte. Er trank drei Schlucke Tee und zum ersten Mal blieben sie drin.

„Siehst du", teilte er ihr mit einem matten Lächeln mit. „Ich brauche keinen Arzt."

„Na, wenn das mit dem selbstgefälligen Grinsen schon wieder geht", seufzte sie und freute sich innerlich doch, dass es aufwärts ging. So wenig sie ihn mochte, so sehr hatte sie sich Sorgen gemacht, als sie gesehen hatte, wie schrecklich er sich gequält hatte.

Den restlichen Abend verbrachte sie mit einer Tüte Mikrowellenpopcorn vor dem Fernseher. Gegen zehn tauchte Dave im Wohnzimmer auf, schlurfte in die Küche und öffnete den Kühlschrank. Sie hörte, wie er etwas herausnahm, und drehte sich zu ihm um. „Was denkst du, machst du da?", fragte sie ihn.

„Ich nehme mir was zu essen, Adlerauge."

„Äh, und was, wenn ich fragen darf?" Sie reckte ihren Kopf ein wenig in die Höhe, um besser sehen zu können.

„Ein Sandwich mit Salami und Käse, wenn es recht ist."

Dieser Mann hatte sie nicht mehr alle. War er jetzt nach einem Tag ohne Nahrung auch noch dement geworden?

„Spinnst du? Du kannst doch nicht mit so was Fettigem anfangen, Dave. Dann kann ich dir gleich wieder die Kotztüte halten." Genervt sprang sie auf und riss ihm die Salami und den Käse aus der Hand und schmiss beides zurück in den Kühlschrank.

„Hey!", protestierte Dave, rührte sich aber nicht von der Stelle.

„Nichts hey. Hier. Trockenes Brot für den Anfang. Mehr gibt's nicht." Sie nahm eine Scheibe Toast aus der Packung und hielt sie ihm vor die Nase.

Dave rollte mit den Augen. „Warum?"

„Weil ich hier in den letzten vierundzwanzig Stunden deine Krankenschwester gespielt habe und jetzt die Nase voll davon habe. Wenn das Brot drinbleibt, kannst du morgen mit leichter Kost anfangen."

„O mein Gott. Wo bin ich hier gelandet? Du bist sogar schlimmer als die Mafia!"

Susana lachte. Immerhin etwas, es ging ihm besser. „Männer sind die schlimmsten Patienten."

„Und das weißt du woher?", meinte er und knabberte mit angeekeltem Gesicht an der Brotscheibe.

„Halt die Klappe und iss." Sie ging zurück zum Sessel und beachtete ihn nicht weiter.

„Dann geh ich mal wieder ins Bett", teilte er ihr wenig später mit, aber sie sah nicht vom Bildschirm auf.

„Ja, mach das."

Das Platschen seiner nackten Füße auf dem Parkett wurde leiser, was hieß, dass sie wieder allein war. Erleichtert, dass er nicht ernsthaft krank oder, wie zuerst befürchtet, vergiftet worden war, lehnte sie sich zurück und wechselte den Fernsehsender. Dass sie sich Sorgen um Dave hatte machen müssen, war ein eindeutiges Zeichen dafür, endgültig in Informanten-Rente zu gehen. Es wurde Zeit, dass sie mit diesen Mafialeuten abschloss. Der Krimi, den sie las, hatte sicher auch seinen Teil zu ihrer Paranoia beigetragen. Deswegen lief jetzt im Fernsehen eine Liebeskomödie mit Kate Hudson. Definitiv die leichter verdauliche Kost.

11

„Natürlich gehe ich heute ins Büro, was denkst du denn?", teilte Dave Susana mit, während er sich die Krawatte vor dem Spiegel band. Es war Dave unsäglich peinlich, dass sie ihn in diesem Zustand gesehen hatte und er ihre Unterstützung hatte annehmen müssen. Eigentlich hatte er von zu Hause aus arbeiten wollen, aber er musste etwas Abstand zwischen sich und diese Frau bringen. Das Gleichgewicht ihrer seltsamen Partnerschaft war durch Susanas Fürsorglichkeit komplett durcheinandergebracht worden. Es fühlte sich für ihn immer weniger so an, als sei sie hier bei ihm, weil er sie dazu gezwungen hatte. Er musste raus aus seinen eigenen vier Wänden, weg aus ihrem Radius, um seinen Gefühlshaushalt wieder zu ordnen.

„Gestern Abend warst du noch der wandelnde Tod", warf sie ein und stellte sich mit verschränkten Armen neben ihn.

Genau deswegen musste er weg. Er würde sich nicht von seiner ... Gefangenen sagen lassen, was er zu tun oder zu lassen hatte.

„Es ist ja rührend, wie du dich um mich sorgst, aber danke, mir geht es wieder gut." Seine Stimme klang kühl und beherrscht. Mehr Distanz tat dringend Not.

„Und ich soll hier den ganzen Tag allein sitzen, oder wie?" Ihre Augen waren zu zwei Schlitzen verengt.

„Ja, so in etwa hatte ich mir das gedacht." Er sah sich mit hochgezogener Augenbraue um. „Es gibt schlimmere Orte als diesen, nicht?" Dave war klar, dass sein Verhalten den Hausfrieden nicht gerade verbessern würde, aber darum ging es nicht. Sie musste verstehen, dass das, was sie beide verband, nicht Freundschaft oder gar mehr war. Sie war bei ihm, weil sie der falschen Seite half und er genau das verhindern musste.

„Du kannst manchmal so widerlich sein. Hätte ich dich gestern nur auf deinem Scheißbadezimmervorleger verrotten lassen, Arschloch." Ihre Stimme zitterte vor Wut.

Er hatte durchaus Verständnis für sie, aber es wäre verkehrt gewesen, ihr das zu zeigen.

„Susana …" Er seufzte resigniert. „Das hatten wir doch alles schon. Es handelt sich doch nur noch um ein paar Tage."

„Du kannst mich auch einfach gehen lassen. Ich werde schon nichts sagen."

Er musterte sie und sie errötete prompt unter seinem Blick. Er würde ihr gern glauben, aber er hatte in seiner Karriere zu viel erlebt, als dass er das zu diesem Zeitpunkt riskieren würde.

„Es tut mir leid. Das kann ich nicht. Und das weißt du auch."

„Du bist so ein Arschloch."

„Ach Susana, auch das sagtest du schon."

„Weißt du überhaupt, wie lange ich hier schon eingesperrt bin?" Schmallippig funkelte sie ihn an.

„Nicht lange. Sieh es als einen Urlaub. Was sagtest du noch mal, treibst du sonst im normalen Leben?"

„Ich habe einen Blumenladen in Brooklyn."

Er stellte sich Susana in einem Meer von Blüten vor und fand, dass das ganz hervorragend zu ihr passte. Ein Jammer, dass sie sich für die Mafia als Spitzel hergab.

„Schön. Erhol dich, und dann kannst du mit neuem Elan wieder einsteigen, sobald der Prozess eröffnet wurde."

„Wahhhh!", schnaubte sie und rauschte aus dem Schlafzimmer.

Natürlich hatte Dave Schuldgefühle. Natürlich tat es ihm leid, dass sie hier festgenagelt war, aber es gab keine Alternative. Und er meinte, was er sagte. Sie hatte hier genug Zeit, um sich zu erholen, konnte lesen, fernsehen, was auch immer tun und sich entspannen. Er hätte fast neidisch werden können, es war Ewigkeiten her, dass er Zeit fürs Nichtstun gehabt hatte. Aber ihm war auch klar, dass sie ihm wahrscheinlich die Augen auskratzen würde, wenn er ihr diesen Vorschlag noch einmal unterbreitete.

Susana war nicht erfreut darüber, dass sie den ganzen Tag allein in ihrem Gefängnis verbringen sollte. Es war zum Haareraufen und er wollte einfach nicht einsehen, dass es falsch war, sie länger festzuhalten.
„Ich gehe dann jetzt", rief er ihr aus dem Flur zu.
Fick dich, dachte sie und schlug mit der Faust auf ein Sofakissen.
„Susana?"
Sie hob eine Augenbraue und brummte verstimmt: „Was?"
Dave streckte seinen Kopf durch die Tür. „Ich gehe jetzt. Brauchst du noch was?"
Brauchst du noch was? Das durfte ja wohl nicht wahr sein. Vor ihren Augen tanzten kleine Sternchen, so wütend war sie.
„Verdammte Scheiße. Ich brauche meine Freiheit. Ich drehe hier durch! Noch nie im Leben war ich so lange irgendwo eingesperrt."
„Mach keine Dummheiten, dann können wir ja über mehr Freiheiten reden. Okay?"
Was sollte das nun wieder heißen? „Und das bedeutet?"
„Ich habe jetzt keine Zeit, aber heute Abend sprechen wir darüber. Also, soll ich was mitbringen?"
„Nein. Hau bloß ab."
Er runzelte die Stirn und hob abwehrend die Hände. „Ist ja gut. Dann also bis später."
„Leck mich."
„Das, liebe Susana, mache ich mit Vergnügen. Aber nicht jetzt."

Damit verschwand er aus seinem Wohnzimmer und ließ sie sprachlos zurück. Dieser Mann war einfach unglaublich. Ein unglaublicher verdammter Macho-Arsch, der sie gegen ihren Willen festhielt und auch noch die Frechheit besaß, Anspielungen auf den gemeinsamen Sex zu machen!

Sie öffnete den Mund, um besser Luft zu bekommen. Sie war so wütend, dass sie gern etwas zerdeppert hätte. Aber in dieser Einsiedlerwohnung gab es keine Vasen, die man gegen eine Wand feuern konnte. Männer! Dieser spezielle Mann!

„Argh!", stieß sie aus und boxte noch einmal ins Kissen.

Die Haustür fiel ins Schloss und der Schlüssel wurde von außen gedreht. *Na wundervoll*, dachte sie. *Endlich mal wieder eingesperrt.*

Susana blieb noch einige Minuten auf dem Sessel sitzen, bevor sie aufstand und durch die Wohnung tigerte. Sie musste sich noch einmal alles vornehmen und durchsuchen. Irgendwo musste er doch einen Ersatzschlüssel haben. Oder ein zweites Telefon oder eine Information, aus der sie auf den Code für den Safe schließen konnte. Bis heute Abend, hatte er gesagt. Das hieß also, dass sie genug Zeit hatte. Und die würde sie nutzen.

Das Arbeitszimmer hatte sie schon untersucht, sie würde dieses Mal im Schlafzimmer anfangen. Wieso war sie darauf nicht längst gekommen? Er hatte sicher was in seiner Unterwäsche versteckt. So machte sie es zumindest mit ihren Einnahmen aus ihrem Nebengeschäft. Die Scheine, die sie von ihren Kunden bekam, rollte sie immer in Socken ein. Das perfekte Versteck. Welcher Einbrecher wühlte schon in Socken? Vielleicht hatte Dave ja auch so einen geheimen Platz. Sie musste ihn nur finden – und genau das würde sie jetzt tun. Ihre Laune verbesserte sich damit zumindest etwas.

Zuerst nahm sie sich den großen Kleiderschrank vor. Der Ordentlichste war der feine Herr Staatsanwalt ja nicht. Seine Anzüge hingen wild durcheinander, daneben Hemden und

Sakkos. Krawatten baumelten hier und da auf Bügeln zwischen Jacken und Hosen. Komisch, er war im Büro immer so perfekt angezogen, wie fand er in dem Chaos die zusammenpassenden Kleidungsstücke? Sie hatte jedenfalls keinen Plan, welche Hose zu welchem Jackett passen sollte. Aber das konnte ihr auch egal sein.

Am Boden des Schranks standen drei graue Schuhkartons. Ihr Gesicht hellte sich auf. Das sah doch schon mal gut aus. Sie zog den ersten heraus, aber darin befanden sich nur Abzeichen, Manschettenknöpfe und ein Nähset. Ihre Mundwinkel bogen sich nach oben. Sie konnte sich nur schwer vorstellen, dass Dave Adams seine Knöpfe selbst annähte. Vielleicht ein Überbleibsel einer Verflossenen. Schnell schob sie den Karton zurück und nahm sich den nächsten vor.

„Oh!", stieß sie hervor, als sie einige Sexspielzeuge und DVDs mit eindeutigem Inhalt fand. Gleitmittel, ein Vibrationsring, ein Partnervibrator, Kondome und eine Massagekerze. Ihr wurde heiß und sie wollte sich nicht vorstellen, mit welchen Damen er diese Toys benutzte. Das Equipment wirkte allerdings schon ein wenig angestaubt, also oft schien er es nicht in Gebrauch zu haben. Trotzdem, der Gedanke, wie er in diesem Bett mit anderen Frauen spielte, gefiel ihr nicht. Mit spitzen Fingern klappte sie den Deckel zu und schob auch den zweiten Karton zurück.

„Selbst schuld. Wenn man schnüffelt, findet man auch Dinge, die man lieber nicht sehen würde", murmelte sie vor sich hin, während sie die letzte Kiste herausnahm. Sie atmete durch, bevor sie den Deckel abhob. Hoffentlich gab es hier keine Lederkäppchen, Latexwäsche und Peitschen. Gegen ihren Willen musste sie grinsen, weil sie sich Dave so gar nicht in Fetisch vorstellen konnte. Zu ihrer großen Erleichterung war das so eine Art Müll-Box. Warum auch immer er dort alle möglichen Zettel, Kugelschreiber, losen Knöpfe und Belege sammelte. Aber irgendeine Schublade oder Kiste wie diese hatte wahrscheinlich jeder. Es überraschte sie allerdings, dass Dave seine Unordnung organisierte. Das passte irgendwie nicht zusammen. Vielleicht verstand sie sein Ordnungssystem bei seiner Kleidung ja auch einfach nicht. *Egal*, dachte sie. *Das bringt mich definitiv nicht weiter.*

Die Freizeitkleidung befand sich im zweiten Teil des Kleiderschranks, hier hingen Jeans und Hosen auf der linken, Hemden und Jacken auf der rechten Seite. Pullover und Shirts lagen oben im Fach übereinandergestapelt. Immer wieder verwunderlich, mit wie wenig Klamotten ein Mann auskam. Aber Dave Adams verbrachte mit großer Wahrscheinlichkeit wesentlich mehr Zeit im Büro als in Bars oder Clubs. Das jedenfalls ließ sich aus seinem Kleiderschrank schließen und so schätzte sie ihn, soweit sie ihn kennengelernt hatte, auch ein.

Blieb noch die Kommode. Hoffentlich gab es in den drei Schubfächern etwas Brauchbares. Mit klopfendem Herzen zog sie die erste auf. Sportsachen. Kurze Hosen, lange Hosen, T-Shirts, Langarmshirts und Kompressionssocken. Aha, er war also der Läufertyp. Seiner Statur nach musste er aber einiges an Kraftübungen machen, so einen Oberkörper bekam man nicht nur vom Joggen.

„Fokus", ermahnte sie sich. Sie sollte nicht an die Konturen seiner Muskeln denken, sondern daran, wie sie hier rauskam. Von einem Ersatzschlüssel oder anderen hilfreichen Dingen keine Spur. Entmutig schob sie die Lade zu und zog die zweite auf.

Bettwäsche und Handtücher. Sie machte sich sogar die Mühe, zwischen den einzelnen Schichten der ordentlich gefalteten Wäsche nachzuschauen. Nichts. Es war ernüchternd. Blieb nur noch die letzte.

Aber auch hier nichts Auffälliges. Sportschuhe, Winterkleidung, Handschuhe, Mütze, Skihose und Skijacke. Aha, wahrscheinlich verbachte er Weihnachten immer mit einem Skihäschen in Aspen. Sie zog eine Schnute. Sollte er doch!

„Scheiße", fluchte sie und raufte sich die Haare. „Das kann doch nicht sein!"

Nachdem sie sich ein Glas Wasser geholt hatte, stapfte sie noch einmal ins Arbeitszimmer.

„Wo, verdammt, hast du einen Schlüssel oder wenigstens einen Hinweis auf den Tresor, Adams?", fragte sie in die Stille des Raumes.

Es blieb ihr wohl nichts anderes übrig, als sich noch einmal den Schreibtisch vorzunehmen. Beim letzten Mal musste sie was übersehen haben.

Aber auch hier. Keine Überraschungen. Es gab kein Geheimfach, keine Unterlagen oder Dinge, die sie weiterbrachten. Die Stapel auf seinem Arbeitsplatz hatte sie durchgewühlt. Wenn er dort etwas versteckt hätte, hätte sie es gefunden.

„Merda!", fluchte sie und zog noch einmal die Schublade mit den Bildern auf. Dave in der Highschool war schon ein echter Hingucker gewesen. Im Gegensatz zu ihr hatte er schon als Jugendlicher die richtigen Klamotten getragen. Augenscheinlich hatte es seiner Familie nicht an Kleingeld gefehlt, um ihren Sohn vernünftig anzuziehen. Das Foto beim Angeln fiel ihr noch einmal in die Hände. Die beiden sahen aus, als wären sie gute Freunde. Ob sie noch Kontakt hatten? Warum zum Teufel interessierte es sie überhaupt? Es sollte ihr total egal sein. Verärgert über ihr Interesse an Dave, stopfte sie die Bilder zurück und schob die Schublade mit einem lauten Knall zu.

Sie war ihrer Freiheit kein bisschen näher gekommen. Wie ernüchternd und frustrierend.

Die Zeit verging auch nicht. Die Uhr in der Küche zeigte gerade mal zwölf Uhr fünfzehn an. Das würde ein verdammt langer Tag werden.

Verdrossen machte sie sich daran, sich ein Sandwich zuzubereiten. Essen war auch nicht die Lösung, aber mit etwas im Bauch würde vielleicht ein bisschen das Gefühl der Hilflosigkeit verschwinden. Hungern musste sie jedenfalls nicht.

Gegen siebzehn Uhr sehnte sie sich so sehr danach, mit jemandem zu sprechen, dass sie sogar Dave Adams willkommen geheißen hätte. Aber keine Spur von ihm. Auch eine Stunde später und noch eine Stunde später nicht.

Dieser Bastard, schoss es ihr durch den Kopf.

Um zehn war sie sich sicher, dass er von der Mafia kaltgemacht worden war, und um elf fühlte sie sich, als wäre sie der letzte Mensch auf Erden. Traurig und allein kroch sie unter die Decke in Daves Bett und sehnte sich nach Gesellschaft. Sie war sich sicher, dass sie sogar Hannibal Lecter freundlich begrüßen würde, falls er zufällig vorbeikommen würde. Irgendwann dämmerte sie weg und schlief ein.

Als sie das nächste Mal die Augen öffnete, war sie immer noch allein. Oder schon wieder? War Dave nicht nach Hause gekommen? Nach Hause? Was für ein bescheuerter Gedanke. Die Seite neben ihr sah benutzt aus. Sie war schlagartig wach. Also lebte er noch. Immerhin.

Im darauffolgenden Moment schlug ihre Erleichterung in Wut um. Was fiel dem Kerl eigentlich ein? Gleichzeitig sehnte sie sich so sehr nach einem Gespräch, dass sie ihre Beine schwungvoll aus dem Bett hievte und aufsprang.

„Dave?", rief sie in die Stille und machte sich auf die Suche nach ihm. Sie hörte das Wasser in der Dusche rauschen und war erleichtert, dass er noch da war. Noch einen Tag in Einsamkeit würde sie nicht überstehen. So langsam verstand sie, woher das Stockholm-Syndrom kam. Ohne darüber nachzudenken, drückte sie die Klinke zum Badezimmer herunter und stieß die Tür auf. Und da stand er in voller Pracht. Splitterfasernackt, die Lider geschlossen und den Kopf in den Nacken gelegt. Er ließ sich das Wasser aus der Regendusche über das Gesicht laufen und stand einfach nur da. *Wie ein römischer Gott*, schoss es ihr durch den Kopf. Sie hatte komplett vergessen, was sie ihm alles an den Kopf werfen wollte, als er plötzlich die Augen öffnete und sie ansah, als hätte er gespürt, dass jemand in den Raum gekommen war.

Ihr wurde warm und sie war sich sicher, dass sie knallrot angelaufen war, als er das Wasser abrupt abstellte und aus der Dusche trat.

„Guten Morgen", sagte er. „Falls du angeklopft hast, habe ich es nicht gehört."

Sofern es möglich war, brannte ihr Gesicht noch heißer als ohnehin schon.

„Na, ist ja nicht so, dass ich dich nicht schon nackt gesehen hätte, Dave", meinte sie so lässig wie möglich, drehte ihm den Rücken zu und griff sich ihre Zahnbürste. Die erste Reaktion, die ihr eingefallen war, um nicht als komplette Idiotin dazustehen.

Daves dunkles Lachen löste eine Gänsehaut bei ihr aus. „Ich habe deinen Humor vermisst, wirklich."

„Ach", sagte sie mit vollem Mund, während sie ihre Zähne mit kleinen kreisenden Bewegungen putzte.

„Du kannst es dir sicher nicht vorstellen, aber das Leben als stellvertretender Bezirksstaatsanwalt ist manchmal ... Na ja. Egal."

Er schnappte sich sein Handtuch und rubbelte sich an allen Körperstellen trocken. Susana wollte nicht hinsehen, aber ihre Augen gehorchten ihr nicht und sie verfolgte jede seiner Bewegungen im Spiegel. Dave sah auf und ertappte sie dabei. Das Grinsen, das auf seinem Gesicht erschien, war so breit, dass man eine Banane zwischen seine Mundwinkel hätte schieben können.

„Bilde dir blosch nisch darauf ein!", verteidigte sie sich mit der Zahnbürste im Mund, spuckte aus und bürstete weiter.

„Ich freue mich nur, dass du so interessiert an meinem Körper bist. Aber leider ... bin ich in Eile."

Susanas Hals schnürte sich zusammen. Er wollte doch nicht schon wieder los? Sie riss sich die Zahnbürste aus dem Mund und knallte sie ins Waschbecken. „Das kannst du doch nicht machen!", schrie sie.

Er sah sie erstaunt an. „Wie bitte?"

„Ich bin den ganzen Tag allein hier, habe nichts zu tun, glotze die Wand an. Das ..." Sie ging einen Schritt auf ihn zu und tippte ihm bei jedem Wort auf die Brust. „Kannst. Du. Nicht. Machen!"

In Daves Augen blitzte etwas Raubtierhaftes auf, das ihren Atem stocken ließ. Mit einer schnellen Bewegung griff er ihr Handgelenk und umfasste es eisenhart.

„Erzähl du mir nicht, was ich zu tun und zu lassen habe. Ist das klar? Wenn du nicht mein ganzes Büro ausspioniert hättest, wärst du nicht hier!"

Susana schnappte nach Luft. „Und wenn du nicht so blöd wärst, hättest du es vielleicht schon früher herausgefunden! Dein Pech!"

Sie begab sich mit ihren Provokationen auf dünnes Eis, aber die angestaute Wut und der Frust der letzten Tage ließen sie rotsehen und es war ihr egal, ob sie ihn damit aufregte oder nicht. Was sollte er schon machen? Mehr, als sie einzusperren, konnte er nicht tun.

Sie lieferten sich einen stummen Schlagabtausch, keiner von ihnen wollte zuerst den Blick abwenden. Die Luft im Raum vibrierte. Susanas Atem ging schneller. Daves Miene war angespannt und zwischen seinen Brauen zeichnete sich eine steile Falte ab.

Plötzlich stieß er sie von sich und fluchte wie ein Kutscher. Susana taumelte einige Schritte rückwärts, ließ ihn aber nicht aus den Augen. Zu ihrer großen Überraschung sah sie, dass sich unter Daves Handtuch eine Beule gebildet hatte. Er war scharf auf sie. Das gab ihr eine seltsame Genugtuung.

Mit einem Lächeln im Gesicht blieb sie vor dem Waschbecken stehen. „Sieht so aus, als könntest du eine Abkühlung gebrauchen, Dave." Sie wackelte anzüglich mit den Augenbrauen und genoss diesen kleinen Sieg.

„Du weißt, dass du eine Hexe bist, hoffe ich." Damit drehte er sich um und verschwand aus dem Badezimmer.

Susana gab der Tür einen Kick mit ihrem Fuß, sodass sie krachend ins Schloss fiel. Zufrieden über seine Reaktion, stieg sie aus dem Pyjama und stellte das Wasser in der Dusche an. Sollte der Arsch doch machen, was er wollte. Sie würde nicht klein beigeben und ihn anbetteln, ihr Gesellschaft zu leisten. Auf keinen Fall.

Nach einer ausgiebigen Dusche zog sie sich an und ging in die Küche, um sich ein Frühstück zuzubereiten. Sie zuckte zusammen, als sie Dave mit einer Tasse Kaffee am Tresen sitzen sah. Er trug einen dunklen Anzug, ein weißes Hemd und eine knallrote Krawatte. Sein grimmiger Gesichtsausdruck warnte sie vor, ihn nicht weiter zu provozieren. Sie war überhaupt überrascht, ihn noch hier vorzufinden. Sie hatte sich mit ihrer Morgentoilette nicht gerade beeilt und war davon ausgegangen, dass er längst verschwunden war. Ihre Tage schienen momentan mehr als nur vierundzwanzig Stunden zu haben und je mehr Zeit sie totschlagen konnte, und sei es nur mit Körperpflege, desto besser.

„Du bist noch hier?", rutschte ihr heraus und er hob seinen Kopf ein wenig in ihre Richtung.

„Wir müssen reden."

„O Gott. Das klingt nach einer Beziehungskrise." Sie lachte halbherzig.

„Setz dich!" Sein Ton duldete keinen Widerspruch, sie kam seiner Aufforderung daher ohne weiteren Protest nach.

„Was ist?"

„Irgendwas in diesem Fall läuft ganz und gar nicht nach Plan. Gestern wurde ein Zeuge tot aufgefunden und zwei weitere sind aus Angst davor, selbst so zu enden, abgesprungen."

Susana musste schlucken. „Ich ... Das ist ... schrecklich. Gibt es kein Zeugenschutzprogramm für diese Leute?"

Daves Miene wurde noch missmutiger, sofern eine Steigerung überhaupt möglich war. „Er war in einem Zeugenschutzprogramm."

„Oh! Deswegen warst du so lange im Büro?"

Sofort nachdem sie es gesagt hatte, bereute sie es. Er sollte nicht wissen, wie sehr ihr die Einsamkeit zu schaffen machte.

„Ja." Er stöhnte und fuhr sich mit der Hand über das Gesicht. „Mit diesen Leuten scherzt man nicht, Susana."

„Das weiß ich. Hast du ... Angst, dass sie dir etwas antun?"

„Mir?" Er lachte bitter auf. „Nein, Susana, die habe ich nicht. Sie würden sich nicht die Finger an einem Angestellten des Staates schmutzig machen. Das zöge nur noch mehr Ärger nach sich. Das FBI mögen sie nämlich nicht sonderlich."

„Ah. Okay."

„Susana", er nahm ihre Hand, „wenn du was weißt, musst du es mir sagen. Bitte. Diese Arschlöcher können nicht immer einfach so davonkommen."

„Lässt du mich dann gehen?"

„Nein. Das kann ich nicht. Für mich steht zu viel auf dem Spiel."

„Ich weiß sowieso nicht mehr, als dass er mich beauftragt hat, ihn über den Fall auf dem Laufenden zu halten. Das ist alles."

Dave schüttelte den Kopf und atmete geräuschvoll aus. Susana wurde in diesem Moment klar, welche Last auf seinen Schultern lag. Und noch schlimmer – sie wollte ihm etwas von dieser Last abnehmen. Schnell fegte sie den Gedanken beiseite.

„Okay. Hör zu. Ich muss wieder ins Büro. Die Lage ist ernst. Mir bricht gerade die halbe Anklage zusammen. Aber …" Er sah sie mit seinen schönen braunen Augen an und wieder fielen ihr die goldenen Sprenkel um seine Iris auf. „Morgen versuche ich, etwas Zeit frei zu schaufeln, dann machen wir einen Spaziergang."

Sie musste sich verhört haben. Susanas Kiefer klappte nach unten. „Du … Ich … Wir gehen raus?"

Daves Mundwinkel bogen sich ein wenig nach oben und er nickte.

„Ich weiß gar nicht, was ich sagen soll. Hast du keine Angst, dass ich dir davonlaufe?"

Er presste die Lippen aufeinander. „Wenn du mir vertraust, werde ich dir ein wenig vertrauen. Okay?"

Sie war so glücklich über die Aussicht, endlich einmal vor die Tür zu kommen, dass sie allem zugestimmt hätte. Susana fiel ihm um den Hals. „Danke, Dave! Danke!"

Zunächst versteifte er sich, entspannte sich aber nach einem Moment und klopfte ihr freundschaftlich auf die Schulter. „Schon gut", brummte er. „Lässt du mich dann los? Ich muss gehen."

„Oh. Ja, natürlich!" Abrupt ließ sie von ihm ab und trat zwei Schritte zurück. Dabei stolperte sie und wäre fast gestürzt.

„Hey, verletz dich nicht", scherzte er traurig lächelnd und schob die Kaffeetasse von sich.

Schon den ganzen Tag schwebte sie mit einem sonderbaren Hochgefühl durch die Wohnung. Was ein kleines Versprechen alles verändern konnte. Natürlich bestand immer noch ein Risiko, dass er sie angelogen hatte, um einen Tag Frieden zu haben. Das wäre aber äußerst kurzsichtig von ihm und so schätzte sie ihn auch nicht ein. Um ihm ihre Dankbarkeit zu zeigen, machte sie sich daran, ein Abendessen vorzubereiten. Im Eisfach hatte sie gefrorenen Lachs gefunden, den sie nach dem Auftauen braten wollte. Dazu würde es Risotto und einen Salat geben.

Kurz vor sieben hörte sie, wie jemand die Tür aufschloss, und ihr Herz begann, schneller zu schlagen.

„Hallo!", rief sie und wenige Sekunden später kam Dave in die Küche.

„Hey, das ist ja ... eine Überraschung. Du kochst?"

Ihr Gesicht wurde warm. „Ja, was dagegen?"

„Nein, im Gegenteil." Die Dankbarkeit, die sie aus seiner Stimme heraushörte, konnte unmöglich gespielt sein.

„Gut, willst du den Anzug noch ausziehen?"

Er sah sie mit hochgezogener Augenbraue an.

„Äh, ich meinte natürlich, ob du dich vor dem Essen umziehen willst."

Seine braunen Augen blitzten auf, aber ihr entgingen die dunklen Ringe, die darunter lagen, nicht. „Ja, ich ziehe mich um."

Während er das Outfit wechselte, gab sie Lachs, Risotto und Salat auf die Teller und richtete alles hübsch an. Es war viel schöner, wenn man für jemanden kochte und nicht allein essen musste. Wie oft schob sie sich, wenn sie allein war, einfach ein Fertiggericht in die Mikrowelle. Schade eigentlich, aber meist hatte sie keine Lust, für eine Person zu kochen.

„Das sieht wunderbar aus!", hörte sie Daves dunkle Stimme und hob den Kopf.

„Hoffentlich schmeckt es auch. Setz dich!" Sie lächelte ihn an, plötzlich seltsam schüchtern. „Du hast es dir doch nicht anders überlegt?" Zweifel nagten an ihr und die Angst, sich umsonst gefreut zu haben, ließ sie schneller atmen.

„Was meinst du?"

„Mit morgen? Spazieren gehen?" Die Unsicherheit in ihrer Frage war deutlich zu hören.

„Nein. Natürlich nicht. Ich stehe zu meinem Wort!"

„Oh. Okay. Ich wollte dich nicht beleidigen. So gut kenne ich dich ja nicht."

„Stimmt." Er schob sich eine voll beladene Gabel in den Mund. „Hmmm", machte er.

„Hast du früher mal Football gespielt? Du warst sicher ein heißer Typ in der Highschool und auf dem College."

Dave wirkte überrascht, dann lachte er. „Quarterback."

„Was sonst! Und jetzt nicht mehr?"

„Wer hat nach der Uni schon noch Zeit für Hobbys? Jedenfalls nicht in meinem Job."

„Das klingt irgendwie traurig."

„Was ist mit dir?"

„Was soll mit mir sein?"

„Na, was machst du so in deiner Freizeit? Es scheint mir, dass du auch nicht so viel Spaß neben dem Job hast."

„Mein Laden ist mein Hobby, das ist was ganz anderes. Ich *liebe* Blumen. Ich begleite meine Kunden von Geburt bis Tod in allen Lebenslagen. Oft entstehen die tollsten Sachen erst beim Gestalten."

„Tod klingt nicht sehr schön."

„Natürlich nicht. Aber gerade bei Trauerfällen sind Blumen sehr wichtig. Sie geben der trostlosen Sache ein wenig Farbe, wie Sonnenschein am Morgen, ein Hinweis auf die freudige Zeit, die den Verstorbenen jetzt erwartet, ohne Schmerz und ohne Leid."

„Okay, so habe ich das noch nie gesehen."

„Siehst du! Ich spiele gern mit Farben, Formen und Stil. Farben können sich toll ergänzen. Rot, Orange und Gelb zum Beispiel. Oder sie können gegensätzlich wirken, wie Blau und Orange – also kalt und warm. Die Möglichkeiten sind unbegrenzt, Blumen bringen Abwechslung und Freude ins Leben. Aktenberge und Gerichtssäle hingegen …"

Dave hob die Hände. „Ja, okay, ich habe es verstanden. Du liebst Blumen."

„Das ist die Untertreibung des Jahrhunderts. Ich liebe nicht nur die Farb- und Formenvielfalt, sondern auch den Geruch. Jede ist einzigartig. Gott, wie ich meinen Laden vermisse."

„Hm", machte er. „Es klingt beinahe so, als würdest du deine Arbeit mehr als Menschen vermissen. Hast du außer deiner Schwester keine Familie? Du hast sie mit keinem Wort erwähnt. Was ist mit deinen Eltern?"

„Was ist das denn jetzt für ein Themenwechsel? Hat nicht jeder welche? Meine sind jedenfalls keine guten Eltern gewesen", antwortete sie ausweichend. „Aber bei dir würde ich raten, dass dir deine Mom immer ganz nützliche Geschenke macht, weil sie dich nicht gut genug kennt, um dir etwas Persönliches zu schenken."

Dave stockte in seiner Kaubewegung. „Denkst du das?"

„Ja, das denke ich. Handtücher mit Monogramm, Pyjamas, die du nicht brauchst, und all das Zeug."

„Schon mal überlegt, statt als Informantin als Privatschnüfflerin tätig zu sein?"

Sie warf ihm einen finsteren Blick zu, ließ sich aber nicht beirren. „Warum hat ein Mann wie du keine Frau? Keine Kinder? Du bist über dreißig …"

„Ich habe keine Zeit für eine Familie."

„Das glaube ich nicht. Du willst es nicht. Warum hast du keine Freunde?"

„Du weißt doch nichts über mich."

„Wer ist der Junge beim Angeln?"

Dave stopfte sich eine volle Gabel in den Mund und kaute, bevor er sich ihr zuwandte. „Du hast geschnüffelt."

„Ja, na und? Das ist doch nichts Neues für dich. Du hast mich dabei ja sogar erwischt."

Er rümpfte die Nase.

„Und, wie heißt der Junge? Was macht er? Seid ihr noch befreundet?"

„Nein."

Susana rollte mit den Augen. „Und warum nicht? Lass dir doch nicht alles aus der Nase ziehen. Ich kenne dein Orgasmusgesicht, da kannst du mir auch sagen, wie dein Freund heißt."

Dave verschluckte sich an seinem Lachs. „Du kennst mein *Orgasmusgesicht*? Meine Güte. Ich dachte, du wärst schüchtern. Wie ist mein Orgasmusgesicht denn?"

Susanas Wangen brannten heiß wie Feuer. Da war ihr Mund mal wieder schneller als ihr Gehirn gewesen.

„Deine Gesichtszüge sind angespannt, die kleine Falte zwischen deinen Augen wird deutlicher und dein Mund ist leicht geöffnet, während du ... na ja ... kommst. Was ist jetzt mit deinem Freund?"

Dave lehnte sich zurück und hob beide Augenbrauen. „Mein Gott, Susana. Er ist tot."

Die Aussage traf sie unerwartet. Sie schluckte. Sie hatte mit einer Antwort von wegen man habe sich aus den Augen verloren oder etwas in der Art gerechnet, aber doch nicht damit, dass er verstorben war.

„Oh. Das tut mir leid." Betroffen senkte sie den Blick. „Das konnte ich nicht ahnen. Wie ist er gestorben?"

„Woher solltest du auch. Hör zu, Susana. Mein Privatleben bleibt so. Privat."

„Bist du deswegen so ein Einzelgänger? War es ein Unfall?"

„Mensch. Jetzt lass es gut sein, ja? Ich will nicht darüber reden. Kann ich in Ruhe essen?"

Demonstrativ spießte er ein Stück Lachs auf und steckte es sich in den Mund.

Susana presste die Lippen aufeinander und beobachtete ihn. Aber er sagte kein weiteres Wort und sie wollte es auch nicht übertreiben. Nach dem Essen zog er sich ins Arbeitszimmer zurück, dort blieb er auch, bis sie ins Bett ging.

Dave Adams ging ihr aus dem Weg. So viel war klar. Es gefiel ihr nicht, aber sie würde ihm auch nicht hinterherlaufen.

Hatte er nicht anfangs gesagt, er schlief nicht öfter als einmal mit einer Frau? Bei ihr hatte er definitiv eine Ausnahme gemacht, aber wahrscheinlich war die Quote jetzt erreicht und er hatte genug von ihr. Dagegen sprach allerdings die Erektion heute Morgen. Andererseits: Hatten nicht alle Kerle eine Morgenlatte? Wie auch immer, er zog sein Arbeitszimmer ihrer Gesellschaft vor, und das war eine Tatsache.

Als Dave sich ins Bett schlich, hoffte er, dass sie bereits schlief. Für ihn würde es wahrscheinlich eine kurze Nacht werden, denn ihren warmen Körper neben sich zu spüren, bedeutete, dass er mehr wollte. Viel mehr. Vorsichtig hob er seine Decke und kletterte ins Bett, um sie nicht aufzuwecken.

„Du musst nicht leise sein", sagte sie in die Dunkelheit und er unterdrückte ein Seufzen.

„Du bist noch wach?"

„Warum gehst du mir aus dem Weg?"

Ihre Direktheit überraschte ihn immer wieder aufs Neue. Was das anging, war sie ein Widerspruch in sich. Manchmal errötete sie wegen einer Kleinigkeit und dann kannte sie wieder keine Scheu, ungeschönt Wahrheiten auszusprechen.

Er drehte sich auf die Seite und fischte nach ihrer Hand. Die Dunkelheit verlieh ihm den Mut, das zu sagen, was in ihm vorging.

„Deswegen. Weil ich dich berühren will, obwohl es nicht sein sollte. Weil ich dich küssen will, obwohl es absolut nicht zu unserer aktuellen Situation passt. Weil ich in dir sein will, obwohl der Sex zu nichts führt. Weil ich mich bei dir besser fühle, obwohl das Gegenteil der Fall sein sollte."

Susana bewegte sich, ihre Decke raschelte. „Die Diskussion hatten wir doch längst, Dave." Ihre Stimme klang sanft und zu seiner Überraschung legte sie ihre Hand auf seine glatt rasierte Wange. „Was ist, wenn ich dich auch küssen will?"

Er reagierte sofort und seine Atmung beschleunigte sich. Das hatte er befürchtet. Sie fühlten sich körperlich so stark zueinander hingezogen, dass sie alles andere ausblendeten – egal, wie verheerend die Folgen sein würden.

„Dann wären wir zwei Menschen, die dasselbe wollen ...", hörte er sich trotz allem sagen und kämpfte gegen das Verlangen an, sich auf sie zu stürzen.

„Dave, halt endlich die Klappe!" Sie verschloss seinen Mund mit einem langen Kuss und dann erkundeten sie ihre Körper in der Dunkelheit aufs Neue.

Dave küsste jeden Winkel ihrer zarten Haut und sie hinterließ brennende Spuren mit ihren Nägeln auf seinem Rücken.

Der Sex war dieses Mal zärtlich und langsam, aber deswegen nicht weniger intensiv. Im Gegenteil. Dave fühlte sich ihr auf seltsame Art verbunden, wie er es nie zuvor gespürt hatte. Susanas köstliche Seufzer trieben seine Leidenschaft in ungeahnte Höhen und es kostete ihn größte Mühe, sich zu beherrschen. Er genoss die süße Qual und noch mehr, ihr dabei selbst Lust zu spenden. Als Susana unter ihm erzitterte und ihr Höhepunkt sie überrollte, ließ er sich endlich gehen.

Lange blieben sie eng umschlungen liegen und keiner sagte ein Wort. Dave wollte den Moment der Einigkeit nicht zerstören, irgendwann schlief er, mit Susana im Arm, ein.

12

Dave saß in seinem Büro und drehte einen silbernen Kugelschreiber zwischen seinen Fingern. Die Lage hatte sich seit vorgestern etwas entspannt, weil einer der Zeugen doch wieder bereit war, in den Zeugenstand zu treten, wenn man ihn an einen neuen – sicheren – Ort bringen würde. Es blieb aber trotz der guten Neuigkeiten ärgerlich, dass man sich nicht mal mehr auf das staatliche Zeugenschutzprogramm verlassen konnte.

Wütend knallte er den Stift auf die Tischplatte und rieb sich die Schläfen.

Und dann wäre da noch Susana. Nach der letzten Nacht war klar, dass er mental nicht stark genug war, der körperlichen Anziehung zu widerstehen. Das erschütterte ihn einerseits, andererseits sollte er die Lage vielleicht auch nicht überbewerten. Sie war hübsch, sexy und intelligent. Wer würde sich auf so engem Raum nicht näherkommen? Er war auch nur ein Mann mit Bedürfnissen.

Trotzdem hatte er sich gefreut, dass sie seinen Vorschlag, spazieren zu gehen, so euphorisch aufgenommen hatte. Sie hatte sogar für ihn gekocht. Beim Abendessen hatten sie dann über belangloses Zeug geplaudert, bis sie angefangen hatte, Dinge über ihn wissen zu wollen, die sie nichts angingen. Ihre analytischen Fähigkeiten, was seine Persönlichkeit betraf, trafen es beängstigend auf den Punkt. Bis jetzt war ihm nicht bewusst gewesen, wie sehr Lucians Tod dazu beigetragen hatte, dass er zum Einzelgänger mutiert war. Ihm war lange klar gewesen, dass der Selbstmord seines Freundes ein Grund dafür gewesen war, dass er Jura studiert hatte. Lucian war jahrelang gemobbt worden, so sehr, dass es ihm irgendwann die Freude am Leben genommen hatte. Er hatte sich kaum noch rausgetraut, sich immer mehr eingeigelt, bis es geschehen war.

Dave hatte sich lange die Schuld dafür gegeben, dass er ihn nicht hatte beschützen können. Aber Vorwürfe machten ihn leider auch nicht mehr lebendig. Er musste irgendwann damit aufhören, sich immer wieder den Kopf darüber zu zerbrechen, und er hoffte, dass Susana ihn nicht weiter mit bohrenden Fragen nervte, wenn er nach Hause kam. Das war sein Stichwort.

„Dann wollen wir mal", murmelte er und packte zusammen.

„Adams, Sie sind ja noch da. Wollen Sie vor dem Prozess nicht ein, zwei Tage freinehmen?" Sein Chef Nicholas Delavall war in sein Büro getreten und nickte ihm zu. „Sie sehen abgespannt aus. Wir wollen ja nicht, dass sie während des Prozesses krank werden, nicht?"

„Mir geht es hervorragend, Sir."

Delavall musterte ihn eingehend, dann nickte er noch einmal, sodass sein Doppelkinn noch fülliger wirkte. „Ich bestehe darauf. Sie nehmen sich jetzt ein, zwei Tage frei und dann geht es in die heiße Phase. Sie sind blass um die Nase, Mann. Nicht, dass Sie mir die Staatsanwaltschaft mit einem Virus lahmlegen."

Dave hob schuldbewusst die Schultern. Wenn es sogar seinem Boss auffiel, dass er angeschlagen war, war es vielleicht wirklich an der Zeit, seine Überstunden zu reduzieren.

„Ich werde es mir überlegen, Sir."

„Gut, Adams. Gehen Sie nach Hause. Schönen Abend."

„Gleichfalls, Sir."

Sein Chef setzte seinen fülligen Körper in Bewegung und ließ ihn allein zurück.

Zu Hause wartete Susana schon auf ihn und empfing ihn mit leuchtenden Augen. „Hi", begrüßte sie ihn vom Küchentresen aus. In Daves Bauch breitete sich eine seltsame Wärme aus, die er zu ignorieren versuchte. Er hatte sich tatsächlich gefreut, sie wiederzusehen. Mit ihm stimmte definitiv was nicht.

„Hey", erwiderte er ihren Gruß und verschwand dann im Schlafzimmer, um seinen Anzug gegen Jeans und Pulli zu tauschen.

„Bist du so weit?", fragte Dave, als er zurück im Wohnzimmer war, und Susana blickte auf.

„Bist du dir auch wirklich sicher? Was, wenn ich davonlaufe?" Gleich bereute sie, dass sie Zweifel in ihm säte. Sie sollte sich einfach freuen, dass sie endlich einmal vor die Tür kam.

Aber zu ihrer großen Überraschung schüttelte er nur milde den Kopf. „Ich bin viel schneller als du."

Irgendwie schaffte er es doch immer wieder, sie zu provozieren. „Ich könnte schreien."

Er lachte nur. „Das wirst du nicht."

„Manchmal kannst du wirklich nerven, Dave."

Die Verlockung, nach draußen zu gehen, war einfach zu groß, sie würde sich nicht mit ihm streiten. Anscheinend gab es eine Ebene, auf der sie sich wirklich gut verstanden. Und die war im Bett. Ihr Körper reagierte auf ihn, als wäre er wie für sie gemacht. Letzte Nacht war so beängstigend schön gewesen. Zum ersten Mal seit Jahren hatte sie Geborgenheit empfunden, als er sie in seinen Armen gehalten hatte und dann eingeschlafen war. Aber es war nur eine Illusion, das wusste sie. Leider eine verdammt reale.

„Kommst du nun?", holte seine Stimme sie zurück in die Gegenwart.

„Ja, natürlich. Das lasse ich mir doch nicht entgehen. Ich weiß gar nicht mehr, wie es sich anfühlt, draußen zu sein."

„Ich bitte dich. Du tust ja so, als hätte ich dich jahrelang hier festgehalten."

„Es fühlt sich ein bisschen so an."

Daves Mimik war nicht anders als als reumütig zu bezeichnen. Überraschenderweise tat es ihr leid, dass er sich jetzt wegen ihrer Scherze schlecht fühlte. Total bescheuert, immerhin hatte sie ihn nicht gezwungen, sie bei sich festzuhalten.

„Es tut mir leid", sagte Dave nun auch noch und die Stimmung veränderte sich. Susana wollte ihn in den Arm nehmen, ihm sagen, dass es ja gar nicht so schlimm war und er sich keine Gedanken darüber machen sollte. Und dann erinnerte sie sich, dass es natürlich *nicht* in Ordnung war, was er getan hatte, auch wenn sie für die Seite arbeitete, die er zutiefst verabscheute. Es war kompliziert, aber auch das war nicht neu.

„Komm schon, Dave, du hast es mir versprochen", war das Sinnvollste, was ihr in diesem Moment dazu einfiel.

„Ja, natürlich. Lass uns gehen."

Mit langen Schritten ging er zur Haustür, zog seinen Schlüssel aus der Hosentasche und öffnete sie.

„Bitte, nach dir."

Susanas Herzschlag beschleunigte sich, als sie vor Dave die Wohnung verließ und im Flur auf ihn wartete. Ambivalente Gefühle stiegen in ihr auf. Einerseits konnte sie es noch nicht fassen, dass sie gleich zum ersten Mal seit Tagen das Gebäude verlassen würde, andererseits fragte sie sich, ob sich ihr vielleicht eine Gelegenheit zur Flucht bieten würde. Auch wenn sie eben noch gescherzt hatten, war ihr doch klar, dass er genau darüber auch hatte nachdenken müssen. Was würde sie tun, wenn sie eine Möglichkeit sah? Sie musste nur sagen, dass sie auf die Toilette müsse, und schon hätte sie eine Chance, zu verschwinden.

„Susana", Dave nahm ihre Hand, „ich vertraue dir."

Seine dunkle Stimme hallte noch eine Weile in ihr nach, während er sie zum Aufzug führte. Ein verwirrendes Gefühl breitete sich in ihrer Magengrube aus. Er vertraute ihr und er hatte es nicht einfach so dahingesagt. Aber wollte sie dieses Vertrauen auch? War sie sein Vertrauen überhaupt wert?

In der Lobby grüßte Dave den Concierge mit einem Kopfnicken. Er hielt nach wie vor Susanas Hand. Vielleicht war das seine Form des Aufpassens, überlegte sie, und versuchte, das Prickeln, das sich von ihm auf sie übertrug, zu ignorieren. Was ihr jedoch klar wurde, während sie auf der Straße auf ein Taxi warteten, war, dass Dave und sie in komplett anderen Universen lebten. Ja, seine Wohnung war verhältnismäßig klein, aber die Preise in dieser Gegend waren wahrscheinlich exorbitant hoch, und so wie sie ihn kennengelernt hatte, war ihm Geld trotzdem nicht übermäßig wichtig. Sie war noch nie in einer Wohnanlage mit einem Concierge gewesen und sobald sie wieder in ihrem eigenen Umfeld war, würde sie auch nie wieder eine betreten. Das war nicht ihre Welt und würde sie nie sein.

„Mein Gott, dass man um diese Uhrzeit so schwer ein Taxi bekommt."

Gerade in diesem Augenblick hielt ein gelber Wagen vor ihnen an und Dave atmete erleichtert aus.

„Bitte, nach dir."

„Danke." Susana stieg ein und Dave nahm neben ihr Platz.

„Zum Central Park, Ecke Einundachtzigste, am Museum of Natural History, bitte."

„Geht klar, Sir", kam es von vorn. Der dunkelhaarige Mann, den Susana auf Ende vierzig schätzte, trug eine riesige verspiegelte Sonnenbrille und kaute mit ausladenden Kieferbewegungen auf einem Kaugummi.

„Und, wie fühlst du dich?", wandte Dave sich an sie.

Susana hielt ihre Finger im Schoß verschränkt und schaute aus dem Fenster. „Ich bin mir nicht sicher", erwiderte sie wahrheitsgemäß.

Dave nahm ihre Hand und drückte sie aufmunternd, während der Taxifahrer den Wagen zielsicher in den Stop-and-go-

Verkehr einfädelte, aber sonst keinerlei Notiz von ihnen nahm.

„Ich weiß noch nicht wie, Susana, aber ich werde es wiedergutmachen. Aber du weißt, warum das hier alles sein muss, nicht?" Dave sprach so leise, dass der Mann nicht mithören konnte.

Susana schluckte schwer, nickte dann zögerlich, bevor sie ebenso gemäßigt erwiderte: „Ja, ich verstehe dich irgendwie. Du glaubst mir vielleicht nicht, aber ... ich bin nicht so skrupellos, wie du denkst. Ich hatte aber keine Wahl."

Dave zögerte. „Das kann sein, trotzdem hast du versucht, mir und damit dem Staat zu schaden. Was ist, wenn wegen deiner Aktion Zeugen umgebracht werden, weil du etwas an die Mafia weitergegeben hast, das sie gesucht haben? Das kann ich so nicht hinnehmen. Leute wie Bassanelli gehören hinter Gitter."

Dave hatte natürlich recht, genau deshalb wollte sie ja mit der Tätigkeit als Informantin Schluss machen.

„Ich habe noch nie Informationen über Zeugenschutzprogramme in den Händen gehabt, das kann ich dir versichern. Und zu Bassanelli: Wenn er weg ist, kommt ein anderer. So läuft das nun mal. Die Krähen lauern überall. Das ist wie mit einem Wolfsrudel. Wenn der Boss weg ist, übernimmt ein jüngerer den Alphaposten."

„Du klingst so abgeklärt, Susana. Was hast du erlebt? Es geht dir doch nicht nur ums Geld?"

„Doch, genau darum geht es mir. Ich musste früh für mich und meine Schwester sorgen und ..." Sie lachte bitter auf. „Der Staat hat sich einen Scheiß für zwei kleine Mädchen interessiert."

„Aber was ist mit deinen Eltern?"

Sie winkte ab. „Ach die ... Sagen wir mal, es hätte uns besser treffen können."

„Was ist mit ihnen?"

Sie wusste auch nicht, wieso sie ihm all diese Fragen beantwortete, aber es tat gut, nach all den Jahren mit jemandem darüber zu reden. Die Last auf ihren Schultern etwas zu schmälern, auch wenn alles längst in der Vergangenheit lag, war erfrischend.

„Mein Vater ist eines Tages verschwunden. Einfach so. Ich weiß nicht mal, ob er abgehauen ist, weil er genug von uns hatte, oder ob er einen Fehler gemacht hat. Scheint, dass ich meine Wurzeln nicht leugnen kann, denn ich glaube, mein Dad hat mit der Mafia zu tun gehabt. Er war zwar nur ein Kleinkrimineller, möglicherweise ist er als Bauer im großen Spiel geopfert worden. Das war immer meine Vermutung. Na ja, und meine Mom … Das Einzige, was sie wirklich liebte, waren ihre Flasche und ihre Pillen."

„O Gott, das tut mir leid."

„Ach, es ist mir mittlerweile egal. Wir haben es geschafft, meine Schwester und ich. Immerhin hatten wir uns, wir stehen uns vielleicht auch gerade deswegen sehr nahe."

„Das … ist schön. Aber wieso machst du Geschäfte mit der Mafia, wenn sie vielleicht deinen Vater auf dem Gewissen haben?"

„Ich weiß nicht, was passiert ist, und ich bin ein praktisch veranlagter Mensch. Wir brauchten Geld, um Essen und Kleidung kaufen zu können, und jetzt … brauche ich Geld, um die Uni zu bezahlen. All das kostet Unsummen im Land der unbegrenzten Möglichkeiten. Ich will, dass Sofia es besser hat als ich. Sie hat Träume, Ziele und … eine Zukunft."

„Aber was ist mit dir? Du bist intelligent und jung, du klingst, als sei dein Leben vorbei."

„Ich habe alles, was ich zum Glücklichsein brauche."

„Aber wie du selbst festgestellt hast, kann die Mafia gefährlich sein. Sie *ist* gefährlich."

„Das weiß ich, deswegen sollte es mein letzter Auftrag sein. Ich habe genug gespart, um Sofia das Studium zu finanzieren, und sogar noch einen kleinen Puffer beiseitegelegt."

„Deswegen kein Urlaub?"

„In meiner Welt haben Leute drei Jobs, um sich über Wasser zu halten, Dave. An Urlaub denkt da kaum einer."

„Aber du könntest mehr aus deinem Leben machen, Susana. Du könntest selbst studieren, du kannst mehr als einen Blumenladen führen."

„Was weißt du schon? Ich liebe meinen Laden! Er ist alles, was ich will. Ich sehe, was ich getan habe. Was ich mit meinen Händen erschaffe, macht andere Menschen glücklich. Oft entstehen die tollsten Dinge erst beim Gestalten. Ich will meinen Kunden für ihre besonderen Anlässe etwas Unvergessliches zaubern, das es für sie einmalig und unvergesslich macht. Tu nicht so, als ob ich ein Mensch zweiter Klasse wäre, nur weil ich kein Studium mit summa cum laude abgeschlossen habe!"

„Okay, okay, es tut mir leid. Ich wollte dir nicht zu nahe treten. Aber du könntest vielleicht den Laden vergrößern, noch mehr Blumen für besondere Anlässe, exotischere Waren? So was?"

„Ich weiß nicht, Dave. Mein Leben gefällt mir, wie es ist. Es ist hart, aber meine Stammkundschaft ist treu und ergeben. Aber das ist es, was ihr Leute aus der Oberschicht immer macht: andere belehren. Vielleicht ist das sogar der Hauptgrund, warum ich für die andere Seite arbeite. So gefährlich und böse die Mafiosi sind, sie sind mir immer auf Augenhöhe begegnet. Selbst als ich noch grün hinter den Ohren war. Ich wurde immer mit Respekt behandelt."

„Und von mir nicht?"

„Dave, ich glaube, hier geht es um etwas ganz anderes. Ich habe auch schon viel zu viel gesagt, das führt doch zu nichts. Wenn das hier vorbei ist, werden wir uns nie wiedersehen.

Fang nicht damit an, mir zu sagen, was ich könnte und was nicht."

Anscheinend hatte sie damit einen Punkt bei ihm getroffen, der ihn zum Schweigen brachte. Plötzlich wirkte sein Gesicht verschlossen und abwesend. Die letzten Minuten im Taxi verbrachten sie wortlos, eine seltsame Spannung lag zwischen ihnen.

„Da wären wir", wandte sich der kaugummikauende Fahrer um, nachdem er den Wagen am Straßenrand angehalten hatte. Dave zog einen Zwanzigdollarschein aus der Hosentasche und bezahlte, dann stieg er als Erster aus und half Susana aus dem Taxi.

„Das kann ich selbst."

„Schon gut, Susana, das weiß ich. Ich wollte nur nett sein."

„Nicht nötig, aber trotzdem danke", meinte sie in einem etwas milderen Tonfall und atmete die frische Luft ein. „Mein Gott, es ist so schön, endlich draußen zu sein."

Ein Gefühl der Freiheit durchströmte sie, sie fühlte sich plötzlich glücklich und sorgenfrei. Total bescheuert. Was ein paar Sonnenstrahlen ausmachten, war wahnsinnig. Das wusste man erst wieder, wenn man eine Zeit lang nicht über sich selbst bestimmen konnte. Deswegen würde sie den Tag umso mehr genießen und nicht mit Dave streiten.

„Dann lass uns ein bisschen spazieren gehen", hörte sie ihn sagen.

Sie drehte sich zu ihm um und hob eine Augenbraue. „Wolltest du nicht ins Museum?"

„Nein, das wollte ich nicht. Ich finde, hier ist ein guter Ausgangspunkt für eine schöne Runde." Seine Mundwinkel verzogen sich zu einem schelmischen Grinsen. Er sah damit so viel jünger aus, fast wie ein anderer Mensch.

„Na gut. Machst du das mit all deinen Dates?"

Er sah sie mit gerunzelter Stirn an. „Mit allen Dates? Ich wusste nicht, dass das hier ein Date ist."

Sie lachte. „Na ja. Ist es dir lieber, wenn ich es als ‚Freigang deines Opfers' bezeichne?"

„Sehr witzig!"

„Schon gut, schon gut. Also, wo geht's lang?"

„Sag bloß, du warst noch nicht hier?"

„Natürlich war ich schon im Central Park, ich bin in New York aufgewachsen, aber in letzter Zeit hatte ich kaum Gelegenheit für Ausflüge."

„Wann zuletzt?"

„Vor ein paar Jahren."

„Vor ein paar Jahren?" Seine Augen wurden groß. „Du machst Scherze!"

„Nein, leider nicht." Sie zuckte mit den Schultern. „Ist doch auch egal, jetzt scheint die Sonne, der Himmel ist blau. Genießen wir den Tag und tun so, als wären wir normale Menschen, die etwas Spaß haben wollen, okay?"

Dave musterte sie einen Moment mit einem merkwürdigen Ausdruck in den Augen, dann nickte er. „Gern. Ich werde mir jedenfalls Mühe geben, nett zu sein."

„Ich auch. Dann kann ja nichts mehr schiefgehen", kicherte sie und tanzte einige Schritte übermütig, während Dave neben ihr herging. Vermutlich dachte er, sie sei verrückt geworden, aber die Endorphine, die durch die frische Luft und die Sonne freigesetzt wurden, berauschten sie.

Sie spazierten eine Weile nebeneinanderher. Mütter mit Kinderwagen, Jogger und Menschen auf Inlineskates passierten sie. Immer wieder flogen Tauben an ihnen vorbei, stibitzten sich hier und da ein paar Krümel, um dann aufgeschreckt davonzufliegen. Susana blieb an einem Magnolienstrauch stehen und roch an einer Blüte. Herrlich. Die Blätter fühlten sich seidig und kühl unter ihren Fingern an.

„Willst du ein Eis?", fragte Dave und zeigte auf einen nostalgischen Eiswagen einige Meter vor ihnen.

„Ja, wieso nicht. Gern." Sie ließ ihre Hand sinken und ging zu ihm.

„Ich schätze, du bist der Typ Schokolade."

Susana schaute ihn schräg an. „Und was sagt das über mich aus? Mag nicht jeder Schokoladeneis?"

Er beantwortete ihre Frage mit einem rauen Lachen. „Wusste ich es doch. Also Schokolade. Noch eine andere Sorte?"

Sie ließ ihren Blick über das Angebot schweifen. „Ich nehme eine Kugel Schokolade und eine Vanille, bitte. Und was ist deine Lieblingssorte?"

„Zitrone."

„Wie bitte? Zitrone? Das ist doch kein richtiges Eis!" Sie schüttelte angewidert den Kopf.

Dave lächelte und bestellte für sie bei der jungen Eisverkäuferin. „Also, Sie haben es gehört, die Lady hier nimmt eine Kugel Schoko und Vanille und ich hätte gern eine Kugel Zitrone."

„Sehr gern", bekam er als Antwort. „Wissen Sie, Miss", wandte sich die Frau an Susana, „Männer, die Zitroneneis mögen, lieben Herausforderungen. Sie haben eine gute Wahl getroffen."

Ob die Verkäuferin nun ihre Eiswahl oder den Geschmack bei Männern meinte, war Susana nicht ganz klar. Was sie viel merkwürdiger fand, war jedoch, dass sie offenbar dachte, dass sie ein Liebespaar wären.

Dave bezahlte und sie schlenderten, jeder mit einem Eis in der Hand, durch den Park.

„Und? Hatte sie recht?", wandte Susana sich an Dave.

„Was meinst du?"

„Na, bist du ein Mann, der Herausforderungen liebt?"

„Wäre ich sonst hier?" Seine Mundwinkel zuckten.

„Ich bin also eine Herausforderung?"

„Irgendwas in der Richtung. Keine Ahnung, was ich mir dabei gedacht habe, dich einfach so aus dem Büro mitzunehmen."

Seine Offenheit überraschte sie. „Bereust du es?"

Er verzog den Mund und rieb sich über die Stirn. „Ich ... bin mir nicht sicher", war alles, was er dazu äußerte.

Das Schweigen hing wie ein Vorhang in der Luft. Bis sie ihr Eis gegessen hatten, sagte keiner mehr etwas.

Sie hatte keine Ahnung, was das zu bedeuten hatte, aber in seiner Antwort war so viel mitgeschwungen, dass sie sich nun fragte, ob sie es sich nur eingebildet hatte. Bereute er es nicht, weil er sie mochte, bereute er es, weil es ihm leidtat, sie einsperren zu müssen, oder was ... Sie traute sich nicht, weiterzufragen, da sie die Stimmung nicht verderben wollte. Nach der Diskussion im Taxi war sie vorsichtiger geworden. Sowieso verstand sie nicht, warum sie ihm das alles erzählt hatte. Dave musste gar nicht wissen, was ihre Beweggründe dafür gewesen waren, sich als Praktikantin in der Staatsanwaltschaft einzuschleusen. Aber nun war es raus und sie fühlte sich seltsam erleichtert.

Dave war stehen geblieben, brach von seiner Eiswaffel kleine Stückchen ab und fütterte einige Spatzen.

„Die bekommen sicher bald Karies", scherzte Susana und folgte dennoch seinem Beispiel.

„Ich wusste gar nicht, dass Vögel Zähne haben."

„Haben sie auch nicht, aber Zucker ist bestimmt trotzdem nicht gut."

„Ich finde, die sehen prächtig aus. Glaubst du nicht, dass sie häufiger gefüttert werden?"

„O doch. Das ist ja auch ein Problem, die können sich gar nicht mehr selbst ernähren."

Er rollte mit den Augen. „Wegen ein paar Krümeln?"

„Ein paar Krümel hier und da, und schon braucht man keine Würmer mehr."

„Und warum fütterst du sie dann?"

„Weil sie so niedlich sind und ich vielleicht ein wenig übertrieben habe."

„Was ja auch so gar nicht in deiner Natur und deinem Temperament liegt." Der amüsierte Unterton in seiner Stimme war nicht zu überhören.

„Natürlich nicht." Sie kicherte und steckte sich den Rest der Waffel selbst in den Mund.

„Sieh mal, Terry, wie süß die beiden sind. So waren wir auch, als wir mal jung waren."

Susana wandte den Kopf und sah ein älteres Pärchen auf der Bank gegenüber, das sie augenscheinlich beobachtete und über sie redete.

„Ach Schatz", meinte die weißhaarige Frau und schmiegte sich an ihren Mann, „junge Liebe ist was Schönes!"

Die beiden konnten doch nicht sie meinen? Sie sah sich um, aber da war nur noch Dave neben ihr, sonst waren sie allein. Susanas und Daves Blicke trafen sich und das Flattern in ihrer Magengrube verstärkte sich, als sie die Wärme in seinen Augen sah. Es war unmöglich, einfach unmöglich. Sie würde sich nicht in ihn verlieben. Auf gar keinen Fall.

„So ein Unsinn", stammelte sie. „Wir sind nur Bekannte!"

Die Dame kicherte wie ein junges Mädchen. „Ja, natürlich, Miss. Das sieht ja ein Blinder, dass Sie nur Freunde sind." Sie malte Gänsefüßchen mit ihren Fingern in die Luft und Susanas Mund blieb offen stehen.

„Terry, bitte misch dich da nicht ein", ermahnte ihr Mann sie. Er trug einen Hut auf dem Kopf und seine Hand war auf seinen Gehstock gestützt, den er zwischen seinen Beinen hielt.

„Frisch verliebt, das ist die schönste Zeit, machen Sie etwas daraus. Und Sie, junger Mann, behandeln Sie sie gut. Heutzutage sind die Männer ja so was von unzuverlässig geworden …"

„Terry, das reicht jetzt!", unterbrach ihr Mann sie bestimmter.

„Schönen Tag noch." Dave zupfte Susana am Ärmel und bedeutete ihr, dass sie weitergehen sollten. „Wir müssen dann auch mal wieder ..."

Während Susana immer noch mehr oder weniger sprachlos war, hörte sie, wie das Ehepaar unterdrückt zu streiten begann.

„Du kannst dich doch nicht bei fremden Leuten so einmischen, Terry, das macht man nicht!"

„Aber Humphrey, ich wollte doch nur nett sein."

„Du hast doch gesehen, wie sie reagiert hat, vielleicht sind sie noch nicht so weit."

Mehr konnte sie nicht hören, weil sie schon zu weit entfernt waren. Wie albern war das eigentlich: *Vielleicht sind sie noch nicht so weit.*

Sie stieß zischend Luft durch ihre Zähne aus.

„Was?", fragte Dave. „Die waren doch süß."

„Süß? Die Frau muss dement gewesen sein."

„Vielleicht ..."

Sie ging nicht näher auf seine kryptische Antwort ein, sondern konzentrierte sich lieber auf die Umgebung und die frische Luft. An der nächsten Ecke bogen sie in den Park Drive ein und kamen an einem der sechs Seen des Central Parks vorbei, der originellerweise nur „The Lake" genannt wurde. Dieser war der zweitgrößte nach dem Jaqueline Onassis Reservoir, der südlicher lag. Auf dem Gras saßen einige Leute, die ebenso wie sie die Sonnenstrahlen genossen. Einige lasen Bücher, spielten mit ihren Kindern oder hielten ein Nickerchen.

„Es ist so schön hier, man müsste so was öfter machen."

„Ja, das sollte man."

„Und dann sind wieder zwei Jahre vergangen und man fragt sich, wo die Zeit geblieben ist."

„Jetzt sprichst du wie eine Siebzigjährige."

„Du wieder!"

„Hast du Hunger? Ich kenne da ein nettes Plätzchen."

„Da sage ich nicht Nein."

Nach einigen Minuten erreichten sie eine Art gläsernes Gartenhäuschen, vor dem eine Menge weißer Metallgartenmöbel standen.

„Wow, das ist ja schön hier! Als ob die Zeit stehen geblieben wäre!" Sie verliebte sich sofort in diese Oase. Feiner Kies knirschte unter ihren Füßen und rund um das Restaurant *Tavern on the Green* blühte und grünte es.

„Such dir einen Platz aus, du hast beinahe freie Auswahl."

Von den mehr als fünfzehn Tischen waren nur vier besetzt. Sie entschied sich für einen am Rand. „Hier, der ist gut."

„Bitte." Dave rückte ihr den Stuhl zurecht und sie wurde verlegen.

„Du musst das nicht machen, ich kann das selbst."

Er lachte, machte aber keine Anstalten, von seinem Vorhaben abzulassen.

„Na schön", grummelte sie und ließ dennoch zu, dass er ihr behilflich war. „Wenn du jetzt auch noch das Essen für mich aussuchen willst, schreie ich", warnte sie ihn.

„Du bist süß, Susana." Er öffnete das Menü und überflog das Angebot. Schnell entschied er sich für die Lammkoteletts und legte die Speisekarte wieder beiseite. Susanas Gesicht war gerötet und sie hielt sich die Finger an die Lippen. Über den Rand der Karte sah sie zu ihm auf.

„Das ist ja wahnsinnig teuer hier", flüsterte sie ihm über den Tisch zu.

„Vergiss die Preise, bestell dir einfach was. Das ist das ... Mindeste, was ich tun kann: dich zum Essen einladen."

„Ich will das aber nicht, ich bin es gewohnt, für mich selbst zu sorgen."

Er verstand, worum es ihr ging, aber ihr Stolz war hier absolut fehl am Platz. „Susana …", begann er vorsichtig. Er wusste, dass das hier ein sensibles Thema für sie war. „Bitte lass mich dich zum Essen einladen, ja? Wenn es dich glücklich macht, setze ich es hinterher von der Steuer ab."

Ihre Augen wurden groß. „So eiskalt bist du nicht."

„Du kennst mich nicht."

„Da hast du recht. Was schreibst du auf den Beleg? Essen mit der entführten Praktikantin?"

Er lachte auf. „Vielleicht. Gute Idee. Die Buchhaltung wird sich freuen."

„Du bist unmöglich."

„Du bist nicht die erste Frau, die das über mich sagt. Üblicherweise sind es allerdings die, die mich nach einem One-Night-Stand zufällig irgendwo wiedertreffen."

„Weil du so schlecht im Bett bist?" Ihre Augen funkelten amüsiert.

„Susana, du weißt, dass ich nicht schlecht im Bett bin."

„Vielleicht habe ich vorgetäuscht?" Ihre Stimme war leise geworden und sie sah ihn unter halb gesenkten Lidern an.

„Das hast du nicht!"

„Was weißt du schon?" Sie versuchte, ihn zu provozieren, das war ihm klar.

Er verdrehte die Augen. „Mein Gott, worauf habe ich mich hier eingelassen? Ich wollte nur nett was mit dir essen."

„Na schön. Also wenn der Preis egal ist, nehme ich das Hummer-Risotto." Sie grinste.

Er sah sie überrascht an. „Der Umschwung war ja schnell."

Susana klappte die Karte zu. „Ich bin ein praktisch veranlagter Mensch, das sagte ich ja bereits. Und außerdem glaube ich, dass ich dich mit einem Essen finanziell nicht in den Ruin treibe, Herr Stellvertretender-Bezirksstaatsanwalt."

„Schon besser. So ist es recht. Gut, dann also das Risotto."

Er war zufrieden, dass sie das Thema Geld hinter sich gelassen hatten. Eine Diskussion darüber, wer am Ende die Rechnung zahlte, war in ihrer Situation ohnehin absolut überflüssig.

„Guten Tag, die Herrschaften, was darf ich Ihnen bringen?"

Eine vollbusige Kellnerin erschien neben ihrem Tisch. Der Ausschnitt ihrer weißen Bluse war sündhaft tief. Vermutlich, um bessere Trinkgelder zu bekommen, überlegte Dave und sah Susana an.

„Bitte", sagte er zu ihr. „Du zuerst."

„Äh, ja." Sie räusperte sich. „Ich nehme das Hummer-Risotto und ein Glas Wasser."

„Gern, Miss." Dann wandte sich die Kellnerin an Dave. „Und Sie, Sir?"

„Für mich die Lammkottelets und ein Glas Bordeaux, bitte. Susana, für dich ein Glas Wein?"

„Ich weiß nicht, ob ich …"

„Wir nehmen noch ein Glas Chardonnay. Vielen Dank", unterbrach er sie.

„Gern, Sir. Bin gleich wieder zurück." Die Bedienung lächelte ihm zu und verschwand mit schwingenden Hüften.

„Darf ich zur Toilette gehen?"

Er sah sie mit zusammengekniffenen Augen an. „Was ist das denn für eine Frage?"

„Ich muss mal. Also, willst du mitkommen?"

Dave verschluckte sich und musste husten. „Mitkommen?"

„Na, ich könnte doch abhauen."

Dave atmete hörbar aus. Gott, er hatte schon gedacht, sie wollte … Er musste aufhören, ständig an Sex zu denken.

„Dass du mich darauf hinweist, ist nett, aber es sagt mir auch, dass du nicht weglaufen wirst."

„Manchmal bist du echt verdammt selbstgefällig." Susana zog einen Schmollmund.

Sie war noch hübscher, wenn sie wütend war. Das verlieh ihren Augen einen ganz besonderen Glanz.

„Soll ich dich begleiten?", fragte er spöttisch lächelnd.

„Nein danke", zischte sie und stand auf.

Daves Herz pochte viel zu schnell in seiner Brust, als er ihr hinterherblickte. So selbstsicher, wie er sich gegeben hatte, war er nämlich ganz und gar nicht. Was, wenn sie doch davonlief?

Die Minuten verstrichen und Susana war noch nicht zurück.

„Scheiße!", fluchte er leise und sah sich hektisch um. Er war so ein Vollidiot. Was sollte er tun? Würde sie gleich zu Bassanelli rennen und ihm alles berichten? Hatte sie Informationen, die für den Prozess einen Ausschlag geben konnten? Andererseits: Hatte sie nicht sowieso schon alles, was ihr in die Finger gekommen war, weitergeleitet? All diese Fragen hatte er sich durch die Entführung gar nicht stellen müssen. Nun hatte er einen Fehler gemacht. Verdammter Mist. Kalter Schweiß brach ihm aus, als ihm klar wurde, dass er ein ernst zu nehmendes Problem mehr hatte als noch vor zehn Minuten.

Die Kellnerin kam mit einem Tablett zurück und stellte die Getränke und ein Körbchen mit Brot vor ihm ab.

„Miss, würden Sie mir bitte …" Er stockte, als er Susana auf ihn zukommen sah. Das Herz rutschte ihm in die Hose. Sie war nicht weggelaufen.

„Ja, Sir? Was kann ich für Sie tun?"

Er hatte eben um die Rechnung bitten wollen. „Das hat sich gerade erledigt. Vielen Dank."

„Dave, alles in Ordnung? Du siehst ein bisschen blass aus." Susana setzte sich.

„Nein. Wunderbar … alles super."

Jesus. Er hatte einen halben Herzinfarkt gehabt. Es würde definitiv bei diesem einen Ausflug mit ihr bleiben.

„Prost", sagte er und hob sein Glas. Eigentlich brauchte er einen doppelten Scotch für seine Nerven.

13

„Das war vorzüglich." Susana legte ihr Besteck beiseite und tunkte den letzten Rest ihres Mittagessens mit einem Stück Brot auf. Das war das beste Risotto ihres Lebens gewesen und davon hatte sie schon einige gegessen und gekocht.

„Freut mich, dass es dir geschmeckt hat." Er schob sich eine Gabel mit Fleisch in den Mund. „Noch ein Dessert?", fragte er kauend.

„Oh. Nein. Vielen Dank. Ich platze gleich."

„Gut, dann ... bestelle ich mal die Rechnung."

Er sah sich nach der Kellnerin um und winkte ihr zu. Warum hatte er es auf einmal so eilig?

„Alles okay?", fragte sie. „Habe ich was falsch gemacht?"

„Du?" Er wirkte überrascht. „Nein. Ausnahmsweise mal nicht."

„Ausnahmsweise mal nicht", wiederholte sie verstimmt und trank den Rest ihres Weißweins.

„Die Rechnung, bitte", rief er der Kellnerin leise zu und wedelte mit seiner schwarzen American Express.

„Natürlich, Sir. Sehr gern. Bin gleich wieder zurück."

Wenige Minuten später gingen sie das kurze Stück bis zur sechsundsechzigsten Straße so zügig, dass sie ihn atemlos am Arm hielt und stehen blieb.

„Was ist denn los, Dave? Hast du noch einen Termin oder warum hast du es so eilig? Sag bloß, du bist noch mit Freunden verabredet und musst mich jetzt schnell zurückbringen?"

„Nein, ich bin nicht mit Freunden verabredet."

„Die müssten sich doch mittlerweile sträflich vernachlässigt fühlen."

Sein Gesichtsausdruck war hart und unnachgiebig. „Vergiss nicht, was das hier mit uns ist. Es geht dich absolut nichts an, mit wem ich befreundet bin. In ein paar Tagen ist das hier alles vorbei."

Was das bedeutete, musste er ihr nicht näher erklären. Sie war gekränkt und sagte kein Wort mehr, so legten sie den restlichen Weg schweigend fort. Dave winkte ein Taxi heran und Susana sah noch, dass er sich suchend umblickte, als er die Tür für sie öffnete.

„Was ist denn los?", fragte sie versöhnlicher. „Du wirkst … gehetzt."

„Das lass mal meine Sorge sein. Vergiss es. Kein Grund zur Beunruhigung."

Genau das löste ein Grummeln in ihren Eingeweiden aus. „Was ist los?"

Dave stöhnte genervt. „Was glaubst du?" Er wandte sich an die Taxifahrerin und gab ihr seine Adresse durch.

„Gern, Sir. Wird'n bisschen dauern in der Feierabend-Rushhour. Aber das dürfte Ihnen ja klar sein, nich'?"

Sie warf ihre Rastalocken über ihre Schultern und fuhr langsam los.

Tatsächlich bewegten sie sich hauptsächlich im Schneckentempo. Als sie in die Neunte, Ecke Broadway einbogen, kamen sie ganz zum Stehen.

„Na wundervoll!"

„Entspann dich, Dave."

„Was weißt du schon!", herrschte er sie an. „Entschuldige. Es tut mir leid. Ich bin einfach … überspannt."

Susana verstand, dass ihm das alles zusetzte, aber es war nicht ihre Schuld. Daher nickte sie nur und starrte aus dem Fenster. Wenn sie ganz ehrlich zu sich war, hatte sie aus einem ihr sich nicht erschließenden Grund gedacht, dass sie mittlerweile auf einer Ebene miteinander sprechen konnten, die mehr war als nur „Das geht dich nichts an" oder „Was weißt du schon". Susana hasste es, als unwissend oder unzulänglich behandelt zu werden, denn das war sie ganz bestimmt nicht. Ein einfach so dahingesagtes „Es tut mir leid" änderte daran rein gar nichts. Aber was zerbrach sie sich darüber den Kopf? Hätte sie doch nur ihre Füße in die Hand genommen und wäre davongelaufen, als sie die Gelegenheit gehabt hatte. Dummerweise hatte sie es nicht über sich gebracht. Minutenlang hatte sie in der Damentoilette gesessen und mit sich gerungen. Welcher Teufel sie geritten hatte, bei ihm zu bleiben, wusste sie nicht und jetzt bereute sie es zutiefst, dass sie nicht geflohen war. Tja, Pech gehabt. Sie saß wieder in der Falle.

Die Stimmung war angespannt, als Dave die Tür aufschloss und Susana den Vortritt ließ. Der vertraute Geruch seiner vier Wände umfing sie und sie murmelte ein genervtes „Welcome back". Ohne einen weiteren Kommentar ging sie hinein und verschwand im Badezimmer, um zu duschen. Die Wärme des Wassers würde sie vielleicht ein wenig entspannen.
Als sie wieder in den Flur kam, hörte sie, dass Dave im Arbeitszimmer mit gedämpfter Stimme telefonierte. Gerade als sie in den Türrahmen trat, legte er auf. Er schaute sie mit finsterer Miene an. Susana hatte nicht den Mut, ihn noch einmal zu fragen, was los war, daher drehte sie sich wortlos um und ging ins Wohnzimmer, wo sie den Fernseher einschaltete. Sie zappte sich durch das Programm, bis sie an einem Bericht auf CNN hängen blieb. Dort wurde der bevorstehende Prozessauftakt in der kommenden Woche durchgekaut und mehrere Nahaufnahmen von Bassanelli, wie er für wohltätige Zwecke spendete, liefen im Hintergrund. Diese Mafiosi wussten schon, wie sie sich in ein vorteilhaftes Licht rückten. Was nichts daran änderte, dass sie Kriminelle waren. Bilder von ihm, wie er seinen Machenschaften nachging, hatte der Sender natürlich nicht vorliegen. Das zu beweisen, war Daves Job.

So langsam verstand sie das Ausmaß des Drucks, der auf seinen Schultern lastete. Vielleicht war wieder etwas mit einem Zeugen passiert? Hatte er so was nicht vor ein paar Tagen erwähnt? Sie würde ihn darauf ansprechen, wenn es die Stimmung zuließ. Momentan fürchtete sie, dass er ihr an die Gurgel ging, wenn sie ihn erneut auf dem falschen Fuß erwischte. Sie durfte nicht vergessen, dass sie in seinen Augen zu den Bösen gehörte, egal welche Beweggründe sie auch haben mochte.

Susana fühlte sich hilflos und das schlechte Gewissen nagte an ihr. Dave stand für das Gute, für die Gerechtigkeit in dieser Stadt, und sie hatte ihr eigenes und das Wohl ihrer Schwester über das der Allgemeinheit gestellt. Zum ersten Mal begriff sie, was es wirklich hieß, sich für eine Seite zu entscheiden. Sie wollte sich bei Dave entschuldigen, wofür, wusste sie auch nicht so genau.

Als sie aufstand, bemerkte sie, dass er mit der Schulter an die Wand gelehnt im Übergang zum Flur stand und sie beobachtete. Sie fing seinen Blick auf und auch ohne Worte verstand sie, dass er sie brauchte, vielleicht genauso sehr wie sie ihn. Verlangen keimte in ihr auf, als die Lust in seinen Augen dunkel und verheißungsvoll aufflackerte, während sie langsam auf ihn zuging. Er löste sich von der Wand und streckte ihr seine Hand entgegen.

„Es tut mir leid", hörte sie ihn mit rauer Stimme sagen.

Ein Sehnen ergriff Besitz von ihr und ließ ihr Blut schneller durch ihre Adern rauschen.

„Ich wollte nicht grob zu dir sein, Susana." Sanft legte er ihr eine Hand in den Nacken. Sie schloss die Lider und atmete seinen unverwechselbaren Duft ein, bevor sie zu ihm aufsah und die Begierde in seinen Augen sah. Das süße Ziehen in ihrer Mitte verstärkte sich mit jedem weiteren Moment, den er sie fixierte.

„Dave", begann sie, aber er legte ihr den Finger seiner anderen Hand an die Lippen und brachte sie zum Schweigen.

„Sag nichts, außer du willst das hier nicht."

Sie musste schlucken, als sie die Qual in seiner Stimme hörte. Noch ehe sie etwas antworten konnte, küsste er sie. Ganz automatisch legte sie ihre Hände um seine schmalen Hüften, um ihm noch näher zu sein. In seinem warmen Atem lag ein Hauch von Pfefferminz. Sein hungriger Kuss versetzte ihre Nervenenden in Flammen und berauschte sie. Die Erkenntnis, dass sie nie genug davon bekommen würde, traf sie völlig unvorbereitet. Anstatt schockiert darüber zu sein, verstand sie nun endlich, warum sie von ihm angezogen wurde: Dave Adams war alles, was sie sich wünschte. Bei ihm fühlte sie sich geborgen, beschützt und ... vollständig.

Sie wusste, dass das, was sie hatten, zeitlich begrenzt war, aber sie würde die Zeit auskosten und danach für immer in sich tragen. Sie war kein Dornröschen, das man aus seinem Traum wecken musste. Sie war eine erwachsene Frau, die es gewohnt war, für sich selbst zu sorgen. Daran hatte sich nichts geändert und auch die Affäre mit ihm würde nichts reformieren. Dennoch war sie eine andere als noch vor einigen Tagen.

„Dave", keuchte sie, als er den Verschluss ihres BHs öffnete. „Liebe mich."

„O Baby, das werde ich", flüsterte er mit belegter Stimme und führte sie ins Schlafzimmer, wo er sie sanft und zärtlich entkleidete.

„Du bist so wunderschön. So wunderwunderschön", brummte er zwischen tausend Küssen, die er auf ihre heiße Haut drückte, immer wenn er ein weiteres Stück davon freilegte. Sie war nicht so geduldig wie er, sondern riss ihm das Hemd und die Hose förmlich vom Leib. Er wehrte sich nicht dagegen, es schien ihm sogar zu gefallen, dass sie ihre wilde Seite zeigte. Irgendwann lag Dave vor ihr auf dem Rücken. Susana kroch zu ihm auf das Bett und bedeckte seine glatte

Brust mit Küssen, streichelte die Konturen seiner Muskeln, bis er sich unter ihr wand und nach mehr verlangte.

„Du quälst mich ...", stöhnte er, als sie seine Erektion mit ihren Händen umfasste. Sein Atem kam in unregelmäßigen Abständen, als ihre Bewegungen schneller wurden. Plötzlich schnappte er nach ihrem Handgelenk und hinderte sie daran, weiterzumachen. „Nicht so, nicht so schnell. Reite mich", forderte er sie auf und griff sie an den Hüften. Susana gab ihm einen langen Kuss und kam seiner Bitte nach. Sie schrie leise auf, als er sie voll und ganz ausfüllte. Langsam begann sie, ihr Becken kreisen zu lassen, während Dave ihre Brüste streichelte. Sie schloss die Augen, um ihn noch intensiver in sich zu spüren. Immer schneller nahm sie sich, was sie brauchte. Sein heiseres Stöhnen trieb sie unweigerlich und rasant auf ihren Höhepunkt zu. Daves Hüften zuckten unkontrolliert unter ihr, sie wusste, er war ebenso kurz davor.

„Susana, sieh mich an", bat er sie atemlos. „Komm für mich, Baby."

Das genügte, sie konnte sich nicht länger zurückhalten. Ihre Muskeln zogen sich immer wieder um ihn zusammen und sie zersprang in tausend Teile.

„Sieh mich an", forderte er und sie öffnete die Augen. Daves Gesichtsausdruck war angestrengt, sein Körper versteifte sich in derselben Sekunde, als seine Hände sich fast schmerzhaft in ihr Fleisch gruben. Das Pulsieren seiner Männlichkeit füllte sie ganz und gar aus.

Und dann war es vorbei. Matt und erschöpft sank sie auf seiner Brust zusammen und vergrub ihr Gesicht im Kissen neben Dave. Ihre Lungen schrien nach Sauerstoff, also konzentrierte sie sich voll und ganz darauf, ruhiger zu atmen und wieder Kontrolle über sich zu bekommen.

Dave war sicher, dass ihnen heute im Park jemand gefolgt war. Als er auch noch eine verdunkelte Limousine entdeckt hatte, die auffällig lange auf der anderen Straßenseite gewartet hatte, war er sich sicher gewesen. Bassanelli wusste Bescheid. Er hatte keine Ahnung, was das nun für ihn oder den Fall heißen würde. Er wusste nicht, welche Art von Vereinbarung Susana mit dem Mafioso getroffen hatte. Sie konnte ebenso gut angeheuert worden sein, um ihn zu verführen, um ihn zu beschäftigen und vom Wesentlichen abzulenken. Dieser Gedanke war ihm erst vor ein paar Minuten gekommen. Was das anbetraf, wäre die Aktion als voller Erfolg für deren Seite zu verbuchen, obwohl er den Fall, soweit man das je vor Prozessbeginn sagen konnte, im Griff hatte. Die verbliebenen Zeugen waren eingeschworen und in Sicherheit. Bassanelli war so gut wie im Knast, egal ob Susana auf ihn angesetzt worden war oder nicht, aber sein Bauch sagte ihm, dass sie in der Hinsicht nicht log. Wie weit er Susana insgesamt vertrauen konnte, war ihm trotzdem nach wie vor nicht ganz klar.

Er atmete ihren vertrauten Geruch ein, während sie mit dem Kopf auf seine Brust gebettet schlief. Ihr gleichmäßiges Atmen beruhigte ihn. Zugleich war er äußerst besorgt darüber, welche Entwicklung ihr Verhältnis zueinander machte. Sein Verlangen nach Susana wuchs mit jeder Stunde, die er sie kannte. Sie war wie eine Obsession, er konnte einfach nicht genug von ihr bekommen. Er musste komplett durchgedreht sein, so etwas hatte er noch nie erlebt und es machte ihm Angst. Große Angst.

In wenigen Tagen würde der Prozess beginnen und dann würde er sie gehen lassen müssen. Er konnte sie nicht für immer hier festhalten, auch wenn die Idee verlockend war, sie an sein Bett zu ketten. Bis jetzt hatte er den Gedanken an die Zukunft weit von sich geschoben und sich dabei selbst etwas vorgemacht. Aber vor einigen Minuten, als er in ihrem Blick die gleiche Begierde erkannt hatte wie bei sich, war ihm klar geworden, dass er nicht wollte, dass sie aus seinem Leben verschwand.

Eine seltsame Furcht legte sich um sein Herz und es stimmte ihn zugleich nachdenklich. Dave betrachtete ihre entspannten ebenmäßigen Gesichtszüge, während sie schlief. Sanft glitt er mit seiner Hand über ihre Pfirsichhaut. Verzweiflung machte sich in ihm breit, denn er wusste, dass es schon bald vorbei sein würde. Dass sie mit ihm vögelte, bedeutete nicht, dass sie ihm vergeben würde, dass er sie entführt hatte, dass sie im normalen Leben eine reelle Chance hatten.

„Was ist?" Sie blinzelte verschlafen und hob ihren Kopf leicht an.

„Sch", beruhigte er sie und strich über ihr glänzendes Haar. „Träum weiter." Sanft hauchte er einen Kuss auf ihren Scheitel, während sie es sich wieder auf seiner Brust gemütlich machte. Aber seine Zweifel blieben, auch wenn er nicht glaubte, dass sie ihre Lust ihm gegenüber spielte.

Susana seufzte im Schlaf und kuschelte sich enger an ihn, sodass sich sein Herz schmerzhaft zusammenzog. Schon bald würde er wieder allein in diesem Bett liegen, dann würde sie wie eine Fata Morgana verschwunden sein. Mit diesem Gedanken schlief er ein.

„Ich muss los. Bis später." Dave gab Susana am darauffolgenden Morgen einen zärtlichen Kuss auf die Stirn. Ihre Augenlider flatterten. Ehe sie etwas erwidern konnte, war er schon weg. Verschlafen kuschelte sie sich wieder in die Kissen und dämmerte noch einmal weg.

Als sie ihre Augen das nächste Mal aufschlug, stand jemand an ihrem Bett, mit dem sie niemals gerechnet hatte.

„Du?", rief sie erschrocken und ihr Herz setzte einen Schlag aus.

14

Auf dem Nachhauseweg kam Dave an einem Blumenladen vorbei, der ihm vorher nie bewusst aufgefallen war. Er zögerte einen Augenblick, dann ging er hinein. Eine freundliche junge Dame kam ihm entgegen. Sie trug eine Jeans, einen ausgewaschenen Sweater und eine grüne Schürze.

„Guten Tag, Sir. Was kann ich für Sie tun?"

„Ich, äh, … würde gern einen Strauß Blumen kaufen."

Sie lächelte. „Schön, dann sind Sie hier richtig. An was hatten Sie gedacht?"

Er fing an zu schwitzen. Was machte er eigentlich hier?

„Ich bin mir nicht sicher … Haben Sie eine Idee? Was mögen Frauen denn so?"

Sie nickte aufmunternd. „Für welche Art von Frau soll das Geschenk denn sein? Mutter, Schwester, Freundin, Geliebte, Frau? Geben Sie mir einen kleinen Tipp, dann kann ich Ihnen gern etwas vorschlagen."

Er hob eine Augenbraue. Als was sollte er Susana bezeichnen? „Es ist für meine … Freundin."

„Ah, schön. Ganz frisch? Dann sind Rosen doch das beste Mitbringsel. Sehen Sie mal diese hier, die duften auch ganz wunderbar." Sie hielt ihm eine einzelne rote Rose mit großen dunkelroten Blättern hin.

Dave schnupperte. „Ja, Wahnsinn. Das ist perfekt. Davon ein Dutzend, bitte."

„Oh." Sie hob eine Augenbraue. „Es ist also was Ernstes?"

Dave verschluckte sich. „Ähm …"

„Entschuldigung, ich wollte nicht indiskret sein. Einen Augenblick, bitte."

Als Dave eine Viertelstunde später die Tür zu seiner Wohnung aufschloss, spürte er sofort, dass etwas nicht stimmte. Er verriegelte das Schloss immer doppelt, jetzt war die Tür nur zugezogen gewesen. Er war überzeugt, dass er sie abgesperrt hatte, als er am Morgen gegangen war.

„Susana?", rief er in die Stille und sein Herz pochte schnell.
Nichts.

Noch einmal brüllte er ihren Namen, aber außer den üblichen Umgebungsgeräuschen war nichts zu hören. Er rechnete nicht damit, Einbrecher oder, schlimmer, die Mafia in seinem Apartment zu finden, aber möglicherweise hatten sie Susana entführt – oder befreit. Nach wie vor wusste er nicht, welche Rolle genau sie in diesem Stück spielte.

Er stellte seine Sachen ab, legte den Blumenstrauß in der Küche auf die Arbeitsfläche und durchsuchte jedes Zimmer fieberhaft. Ihm war schon vorher klar gewesen, dass sie weg war. Ihre neuen Sachen lagen zwar nach wie vor an Ort und Stelle, aber er hatte auch nicht erwartet, dass sie gemütlich gepackt hatte und dann mitgenommen worden war.

„Verdammt, verdammt, verdammt", fluchte er und ging noch einmal zur Haustür, um zu prüfen, ob es Einbruchspuren gab.

Obwohl er ein Sicherheitsschloss hatte, hatten die Eindringlinge keine Mühe gehabt, reinzukommen. Lediglich leichte Kratzspuren am Schloss zeigten, dass möglicherweise kein Vollprofi am Werk gewesen war, was im Prinzip gegen die Mafia sprach. Aber das half ihm auch nicht weiter. Die Polizei oder das FBI konnte er nicht einschalten, ohne sich selbst in Schwierigkeiten zu bringen.

Er rieb sich über das Gesicht und kickte die Tür mit einem energischen Tritt zu. Sofort suchte er im Internet nach einem Blumenladen, den er mit Susana in Verbindung bringen konnte, blieb aber erfolglos. Er war noch nicht fertig mit ihr!

Rastlos stiefelte er durch die Wohnung, aber auch zwei Stunden später war er kein Stück weiter. Er wusste ja nicht mal, wie ihr echter Nachname lautete. Das Einzige, was er wusste, war, dass sie ein kleines Geschäft in Brooklyn betrieb. Falls das mit dem Blumenladen überhaupt stimmte.

In den folgenden Tagen schwankten Daves Empfindungen zwischen Wut, Enttäuschung und Sorge. Er hatte seit ihrem Verschwinden kein Wort von ihr gehört, keine Nachricht hatte ihn erreicht und es blieb gleichermaßen still, was den Prozess anging. Seine externen Informanten hatten keine News für ihn, es war wie verhext.

Am Abend vor Prozessbeginn stand er mit einem Scotch in seinem Wohnzimmer und starrte aus dem Fenster auf das nächtliche Manhattan. Es war seltsam ruhig und einsam um ihn, seit Susana nicht mehr da war. Früher hatte es ihn nicht gestört, aber jetzt fühlte er sich leer und im wahrsten Sinne des Wortes verlassen.

„Verdammter Mist", fluchte er und stürzte den Drink hinunter. Der Macallan brannte in seiner Kehle, aber auch das half ihm nicht, sie zu vergessen. Zudem war er äußerst nervös, was ihn morgen im Gerichtssaal erwarten würde. Er hatte so viele Monate an diesem Fall gearbeitet, dass einfach nichts schiefgehen durfte. Außer seinen engsten Vertrauten hatte er niemanden an den Fall gelassen und für diese Mitarbeiter würde er ausnahmslos seine Hand ins Feuer legen.

„Es wird alles gut gehen, das Arschloch kommt hinter Gitter", sprach er sich selbst Mut zu. „Das wäre dann ein Krimineller weniger."

In den letzten Nächten war an Schlaf nicht zu denken gewesen und er hatte viel Zeit gehabt, sich zu fragen, wieso er so versessen darauf war, für Gerechtigkeit zu sorgen. Und dann war der Groschen endlich gefallen. Er hatte sich selbst nie vergeben, dass er Lucian nicht hatte retten können. Sein bester

Freund war gestorben, weil er ihn nicht beschützt hatte. Weil er nicht hart genug gegen das Mobbing der Mitschüler vorgegangen war. Lucian war schon immer ein Sonderling gewesen, aber genau deswegen hatten sich die beiden wahrscheinlich so gut verstanden. Dass er höchstwahrscheinlich depressiv gewesen war, hatte er erst viel später realisiert. Zu spät, denn da hatte er sich bereits mit dem Handgewehr seines Vaters das Leben genommen. Dave hätte etwas tun müssen, seit Jahren beschäftigte ihn die Frage, wie er es hätte verhindern können.

Er setzte sich und vergrub das Gesicht zwischen seinen Händen. Das Gefühl der Machtlosigkeit überwältigte ihn, wie immer, wenn er an Lucian dachte. Er war hilflos, damals wie jetzt. Und schuldig. Er fühlte sich so verdammt schuldig.

Ziemlich sicher war das der Grund, weshalb er bei der Staatsanwaltschaft gelandet war. Auf ihm lastete der Druck, dass er für ein Gleichgewicht zwischen Gut und Böse sorgen musste, er wollte diese Stadt ein bisschen besser machen. Er wünschte sich, dass unschuldige Menschen nicht leiden mussten und dass die Verbrecher für ihre Vergehen zur Rechenschaft gezogen wurden. Vielleicht hatte Susana recht damit, dass immer sofort einer nachrückte, wenn einer weg war, aber irgendwo musste man anfangen. Und das würde er morgen tun. Mit geballten Fäusten stand er auf und atmete tief durch.

15

„Man kann nicht immer gewinnen, Junge."
Delavall klopfte Dave freundschaftlich auf die Schulter, nachdem der Freispruch für Bassanelli verkündet worden war und sich der Gerichtssaal leerte. Dave hob den Kopf und schaute finster zum Mafioso, der seinem Anwalt gerade lächelnd die Hand schüttelte. Die höhnische Freude über das Urteil zu seinen Gunsten war dem Endfünfziger deutlich anzusehen und gleichzeitig wie ein Schlag in Daves Magengrube. Noch immer konnte er es nicht fassen, dass alle Zeugen ausnahmslos eine komplett widersprüchliche Aussage zu der im Anklageschreiben gemacht hatten. Wie zur Hölle war es den Mafiosi gelungen, sie in letzter Minute zu manipulieren, für ihn auszusagen?

Dave hatte keine Antwort darauf und zum wiederholten Mal fragte er sich, wie die andere Seite an all die Details gekommen war, die diesen Twist im Prozess verursacht hatten. Die Jury hatte knapp entschieden, aber dennoch – Bassanelli war ein freier Mann.

Das „Wie" nagte an Dave wie Säure. Unweigerlich dachte er an Susana. Ihr Vorgehen bot keine hinreichende Erklärung, denn ihre Schnüffeleien hatte sie in den letzten Tagen nicht fortführen können. Selbst er hatte nur im Beisein des Polizeichefs oder seines Chefs Delavall die Möglichkeit gehabt, an gewisse Informationen zu kommen. Es war wie verhext.

„Nehmen Sie sich ein paar Tage frei, Adams. Dann sieht die Welt schon wieder anders aus."

Die freundlichen Worte Delavalls perlten an ihm ab, während eine rohe, unbändige Wut in ihm brodelte. Wenn er nicht bald hier rauskam, würde er explodieren.

„Tut mir leid, dass ich Sie enttäuscht habe, Sir!" Dave sprang auf, schob die Akten zusammen, klemmte sie sich unter den Arm und stürmte aus dem Gerichtssaal.

Er konnte es nicht fassen! Er hatte verloren.

Es würde Tage dauern, bis er über diese Niederlage hinwegkommen würde. Oder Wochen. Vielleicht würde er den Tiefschlag auch niemals verkraften. Er brauchte Abstand.

Als er das Gerichtsgebäude verließ, wurde er mit einem Blitzlichtgewitter begrüßt. Reporter, die wild Fragen durcheinanderriefen, Kameras, deren rote Lämpchen blinkten, und Fotoapparate verfolgten ihn und wollten alle dasselbe von ihm wissen: „Wie kann es sein, dass die Zeugen alle für Bassanelli ausgesagt haben?" Er hatte keine Antwort darauf. Nicht mal das übliche „Kein Kommentar" brachte er über die Lippen. Er hielt sich die Aktentasche schützend vor das Gesicht und bahnte sich den Weg durch die Menge, bis er am Straßenrand in das nächste freie Taxi sprang. Er atmete tief durch, aber auch das half nicht, das brennende Gefühl in seiner Magengrube zu besänftigen.

Vorbei. Es war vorbei. Bassanelli hatte gewonnen. Seine ganze Arbeit der letzten Monate war umsonst gewesen. Dave starrte, ohne richtig hinzusehen, aus dem Fenster und rieb sich die Nasenwurzel. Er hatte schreckliche Kopfschmerzen.

Je weiter er sich vom Gerichtssaal entfernte, desto mehr verdichtete sich eine andere ungeklärte Frage in seinem Kopf. Die Antwort würde nichts am Ergebnis ändern, aber es brannte ihm unter den Nägeln, zu wissen, welche Rolle Susana wirklich gespielt hatte.

Er fragte sich, ob es ihr gut ging, da die Umstände ihres Verschwindens für ihn nach wie vor ein Mysterium waren.

Dave checkte seinen E-Mail-Posteingang auf dem Telefon und hielt die Luft an. Neben anderen, momentan unwichtigen Nachrichten stach ihm eine ins Auge, die heiß ersehnte Informationen für ihn beinhalten könnte. Herauszufinden, wo Susana ihren Laden betrieb, war im Grunde nur Fleißarbeit gewesen, für die er vor dem Prozess keine Zeit gehabt hatte. Aber im Prinzip war es einfach, denn wie viele Blumenläden gab es in Brooklyn, die von einer italienisch-stämmigen Susana geführt wurden? Eine kleine, aber sehr zuverlässige Privatermittlungsfirma hatte diesen Job für ihn übernommen.

Sein Puls schnellte in die Höhe, als er dem Taxifahrer die Adresse, die ihm per E-Mail mitgeteilt worden war, durchgab.

Dave schaute sich in Ruhe um, nachdem er aus dem Taxi gestiegen war. Nicht die beste Gegend Brooklyns, aber das hatte er auch nicht erwartet. Er schloss den obersten Knopf seiner dunkelblauen Anzugjacke und überlegte, was er eigentlich hier wollte, was er zu sagen hatte.

Zunächst hatte er sich eingeredet, dass es nur darum ginge, sich zu vergewissern, dass sie unversehrt war. Natürlich war das nicht der einzige Grund. Dave musste sie noch einmal sehen, vielmehr, ihr in die Augen schauen, ob er Schuld darin lesen würde – oder Bedauern. In keinem der beiden Fälle würde er sich hinterher besser fühlen, aber er hoffte, dass er danach mit dem Prozess und ihr abschließen konnte. Diese Niederlage war die bitterste seines Berufslebens.

„Dann wollen wir mal", murmelte er, als er mit seiner Aktentasche auf den Laden *Blumenoase* zuging. Rechts und links neben der Tür standen Tontöpfe, die mit bunten Blumen bestückt waren und einladend wirkten. Da er von Flora und Fauna nicht viel Ahnung hatte, konnte er nur sagen, dass ihm die Auswahl gefiel.

Er betrat den Laden und das helle Bimmeln eines Türglöckchens kündigte sein Eintreten an. Es war ein kleiner Raum, der

Boden war abgenutzt und an einigen Stellen durchgetreten. Im ersten Moment fühlte er sich ein wenig vom Duft der vielen Blüten benebelt. Ein krasser Kontrast zur stickigen Büroluft, die ihn sonst umgab. Unzählige Vasen waren mit einer Vielfalt frischer Blumen gefüllt.

„Guten Tag", hörte er eine bekannte melodische Stimme. Und dann sah er sie, als sie aus einem Nebenzimmer in den Verkaufsraum trat. Sie trug Jeans und Shirt, in der Hand hielt sie eine Blumenschere. Ihre Haare hatte sie zu einem Pferdeschwanz zusammengebunden.

Er sagte nichts, starrte sie wortlos an. Als Susana ihn erkannte, wich alle Farbe aus ihrem ebenmäßigen Gesicht. Die Schere fiel mit einem lauten Knall auf den Linoleumboden.

„Dave …", stammelte sie.

„Guten Tag, Susana. Schön, dich zu sehen." Sein Tonfall war kühl und beherrscht. Innerlich war er zutiefst erleichtert darüber, sie putzmunter anzutreffen. Das änderte jedoch nichts an der Tatsache, dass er verbittert war und sich verraten fühlte. Er hatte sich wirklich Sorgen gemacht, dass die Mafia ihr etwas angetan haben könnte. Sie war wortlos abgehauen und nun stand sie unversehrt da, als wäre nichts gewesen.

„Was … machst du hier?", fragte sie, ihre Stimme klang schrill.

Er trat einen Schritt auf sie zu. „Ich wollte nur sichergehen, dass es dir gut geht. Du warst so … plötzlich verschwunden."

Sie schaute sich hektisch um und dann wieder zu ihm. „Was hattest du erwartet, Dave?"

Er zuckte mit den Schultern. Ja, womit hatte er eigentlich gerechnet? Sicher nicht, dass sie wie Rapunzel für immer und ewig in seinem Turm verweilen würde.

„Wenn du die Nachrichten gesehen hast, weißt du sicherlich, dass Bassanelli auf freiem Fuß ist. Ihr habt gewonnen."

Sie riss überrascht die Augen auf. „Das ... wusste ich nicht. Das tut mir leid."

„Ach komm. Wir wissen beide, dass es dir scheißegal ist und es dir nicht leidtut. Du hast oft genug betont, warum du für diese Scheißkerle arbeitest. Hat es Spaß gemacht, mich nach Strich und Faden zu verarschen?"

Sie senkte kurz den Blick, hob den Kopf gleich wieder und schaute ihn direkt an. „Was ist passiert?"

Er bewunderte sie für ihre Standhaftigkeit – oder ihre schauspielerischen Fähigkeiten Viele Menschen wären spätestens jetzt eingeknickt und hätten versucht, sich herauszureden. Sie nicht.

„Scheint so, als wärst du nicht der einzige Maulwurf gewesen, Susana. Ich war nur zu blöd, es früh genug zu bemerken."

Susana riss die Augen noch ein Stück weiter auf. Entweder war ihre Darbietung reif für Hollywood oder sie war ernsthaft betroffen.

„Welchen Deal hattest du mit ihm?", bohrte er weiter.

„Das habe ich dir doch bereits erklärt. Mehr gibt es darüber nicht zu sagen."

Ihre knappe Antwort versetzte ihm einen Stich. Er hatte gehofft, dass sie ihm nun, da alles vorbei war, vielleicht reinen Wein einschenken würde.

„Gut." Er räusperte sich. „Oder auch nicht. Ich sehe, dir ist nichts zugestoßen. Dann ... gehe ich wieder."

„Du hast dir Sorgen um mich gemacht?" Ihre Stimme zitterte leicht, während sie ihre Hände ineinander verschränkt vor sich hielt.

„Wie bist du aus der Wohnung gekommen? Haben Bassanellis Leute dich rausgeholt? War das Teil des Deals?"

„Was? Nein! Bassanelli hat damit nichts zu tun."

„Wer dann? Wie konntest du fliehen?"

„Meine Schwester", begann sie und schluckte schwer. „Sie ... stand plötzlich einfach da."

Dave runzelte die Stirn. „Deine Schwester?"

„Ja, ich weiß auch nicht ..."

„Sicher", sagte er.

Es war klar, dass sie log, also sparte er sich weitere Fragen, die sie auch nur mit einer Lüge beantworten würde. „Du bist wohlauf. Alles andere spielt ohnehin keine Rolle mehr"

Er sah, dass sie schluckte und ihn mit großen, traurigen Augen fixierte.

„Es tut mir leid." Ihre Stimme war leise, beinahe unhörbar.

„Ja. Mir auch", erwiderte er resigniert. „Ich wünsche dir alles Gute."

Die Endgültigkeit seiner Verabschiedung legte sich wie eine Schlinge um sein Herz. Er wandte sich zum Gehen.

„Dave ..." Er drehte sich noch einmal zu ihr um. „Danke. Danke, dass du keine ... Konsequenzen ziehst."

Er nickte ihr knapp zu und verschwand ohne ein weiteres Wort aus dem Laden. Draußen schüttelte er den Kopf und atmete hörbar aus. Natürlich, sie hatte Angst bekommen, dass er sie nun doch noch zur Rechenschaft ziehen würde. Sie hatte, als er eben aufgetaucht war, befürchtet, dass er sie in den Knast stecken wollte. Obwohl es schade war, dass sie einerseits jeden Zentimeter seines Körpers kannte, aber auf der anderen Seite keine Ahnung hatte, wie er wirklich war.

„Wer war das?", hörte Susana ihre Schwester aus dem Nebenzimmer fragen. „Ah, ich verstehe. Das war dieser Dave Adams, nicht? Er scheint ganz vernünftig zu sein. Wieso ist er gleich wieder abgehauen?"

Susana atmete geräuschvoll aus. „Wirklich? Das ist das Einzige, was dir dazu einfällt?"

„Du willst mir ja nichts sagen. Ich finde, ehrlich gesagt, jetzt ist es mal an der Zeit, dass du mir ein bisschen was erzählst."

Mein Gott, warum konnte sie nicht mal ihre Ruhe haben? Da sie wusste, dass ihre kleine Schwester ihr ohnehin keine Atempause gönnen würde, bis sie die Geschichte aus ihr herausgekitzelt hatte, begann sie zu reden.

„Ich habe dir doch schon erklärt, dass ich für ein paar zwielichtige Gestalten Informationen besorgt habe, und dabei bin ich Dave in die Quere gekommen. Aber jetzt ist Schluss damit. Ich ... Es ist mir peinlich, dass du das von mir weißt. Aber ich habe es für dich getan, egal wie abgedroschen das klingt. Ich wollte, dass du frei bist und studieren kannst, was du möchtest. Aber, und das interessiert mich viel mehr, meine Liebe: Wie zur Hölle hast du mich gefunden? Ich will Antworten! Es ist unmöglich, es sei denn ..."

Sofia grinste breit und schob sich eine dunkelbraune Locke aus dem Gesicht. „Ich sagte dir doch, ich habe nur eins und eins zusammengezählt."

„Erklär es mir genauer. Ich kann dir nicht folgen, Sofia. Eins und eins, ein bisschen schwieriger muss es schon gewesen sein. Du hattest doch keine Ahnung, wo ich war und all das."

„Susana, du glaubst wirklich, dass ich so dämlich bin? Meinst du nicht, dass ich Augen im Kopf habe, dass ich rechnen kann? Mir war immer klar, dass der Blumenladen nicht genug abwirft, um die Uni für mich zu bezahlen."

Susana schnappte nach Luft. Sofia wusste von ihren Tätigkeiten für die Mafia? „Das ist mir so unangenehm. Du musst mir glauben, dass ich nie mehr getan habe, als die Informantin zu spielen."

„Ich kann dich total verstehen, eigentlich fand ich es sogar ein bisschen cool."

„Nein, das ist nicht cool. Komm nicht auf die Idee, das nachzumachen."

Sofia rollte mit den Augen. „Ist klar. Jetzt führst du dich wieder auf, als wärst du meine Mom. Du darfst das, aber ich nicht?"

„Sofia! Ich hatte keine Wahl."

„Ist ja schon gut, ich sage ja gar nicht, dass ich vorhabe, in deine Fußstapfen zu treten."

„O Gott, versprich es mir. Bitte. Ich könnte keine Nacht mehr ruhig schlafen ..."

„Ja, ist ja gut. Ich habe nicht vor, die Drecksarbeit für die Mafia zu machen."

„Shit, wie abgeklärt du klingst." Susana rieb sich über das Gesicht.

„Ich bin Realist, Schwesterchen. Dein Nebenjob hat unsere Rechnungen bezahlt."

„Wieso hast du nie was gesagt?"

„Warum sollte ich? Ich wusste immer, dass du keinen Spaß daran hattest. Ich wollte dich nicht in Verlegenheit bringen."

„Wer ist denn hier die große Schwester?"

„Komm drüber weg, Susana. Ehrlich. Du hast ja keinen umgebracht."

„Sofia!" Sie schnappte nach Luft. „Das ist kein Spiel! Und jetzt sag mir: Wie hast du mich gefunden? Du ... machst doch nichts Illegales?"

Ihre kleine Schwester grinste breit, was bei Susana ein Magengrummeln auslöste. „Also es war so: Tracey hat mir erzählt, dass du so eine Art Fortbildung machst. Dann habe ich in deinen Mails gelesen ..."

„Wie bist du in meinen E-Mail-Account gekommen?"

„Bitte, du benutzt seit Jahren dasselbe Passwort. Wenn du nicht willst, dass man es knackt, mach es sicher. Ich habe es mir zur Angewohnheit gemacht, das regelmäßig zu checken, damit ich wusste, wo du bist, woran du arbeitest. Es hätte ja sein können, dass du mal Hilfe brauchst."

Sie hielt sich die Hand vor den Mund. Sie hatte ihre kleine Schwester gnadenlos unterschätzt. „Du wusstest immer, wo ich gerade dran war? O Gott, ich fasse es nicht. Aber das erklärt nach wie vor noch nicht, wie du auf Dave Adams gekommen bist."

„Ich bin dann zum Büro gegangen, ich wusste ja, welche Kanzlei und so. Aber hey, Staatsanwaltschaft? Wahnsinn."

Sofia schaute ihre große Schwester mit ehrfürchtigem Blick an.

„Tu das nicht, Sofia. Es ist nichts Tolles an dem, was ich gemacht habe. Du warst also dann bei der Staatsanwaltschaft und hast nach mir gefragt?"

„Ja, genau. Dort sagte man mir erst, dass sie keine Informationen weitergeben dürfen, das Übliche eben. Aber ich kann sehr hartnäckig sein. Die Frau am Empfang hat mir dann gesteckt, dass du fristlos gekündigt hast, die wollte mich loswerden."

Das wiederum konnte Susana sich lebhaft vorstellen. Ihre kleine Schwester konnte eine echte Nervensäge sein.

„Und wie bist du auf Dave Adams gekommen?"

„Erinnerst du dich an unser Telefonat?"

„Ja?"

„Du hast mir erzählt, du wärst mit einem Dave unterwegs und der wäre Anwalt."

„O mein Gott! Aber woher wusstest du, dass er mich ... also, dass ich in seiner Wohnung war?"

Sofia wedelte mit den Händen vor ihrem Gesicht. „Nenn es Eingebung, siebter Sinn. Ich wusste einfach, dass du nie und nimmer einfach so einen Urlaub machen würdest. Du machst *nie* Urlaub!"

„Da hast du auch wieder recht. Und wie bist du reingekommen?"

„Mann, das habe ich doch schon mehrmals erzählt."

„Ja, aber ich kann einfach nicht glauben, dass du in seine Wohnung eingebrochen bist!"

„Hey!", verteidigte sie sich. „Erstens habe ich dich gerettet und *by the way*, was hast du in seinem Bett gemacht?"

„Das ist doch Nebensache", redetet Susana sich raus. „Wie bist du reingekommen?"

Sofias Grinsen wurde breiter. „YouTube kann sehr hilfreich sein ... Wenn man Tutorials sucht, darf man sich wundern, was man da alles lernen kann."

Susana schüttelte den Kopf so heftig, dass ihre Haare flogen. „Ich bin fassungslos. Meine kleine Schwester bricht in eine fremde Wohnung ein."

„Bist du mir nicht dankbar? Ich würde das auch nicht einbrechen nennen, oder warst du freiwillig dort?"

„Nicht wirklich, aber ... es war nicht so, wie du denkst."

„Äh, wie denke ich denn?"

„Er hat mir nichts angetan oder so." Susana spürte, wie sie rot wurde. Na toll.

„Haha. Ja, ich kann mir schon denken, was er mit dir gemacht hat. Du sahst ja ganz schön entspannt aus, wie du so friedlich in seinem Bett ..."

Sie gab ihrer Schwester einen Klaps. „Halt jetzt bloß den Mund!"

„Okay, okay!" Sie hob abwehrend die Hände. „Und jetzt kommt er her, um zu sehen, ob es dir gut geht? Ist das nicht süß?"

„Was soll daran süß sein?"

„Er steht ja so was von auf dich, dem hast du ganz schön den Kopf verdreht."

„So ein Bullshit." Susana hob endlich ihre Blumenschere auf und wollte sich wieder an die Arbeit machen. Dabei nahm sie sich vor, das Flattern in ihrem Bauch zu ignorieren. Sofia sah Gespenster, Dave war nur gekommen, um herauszufinden, ob Bassanelli sie befreit hatte oder wie sie sonst abhauen konnte.

„Jaja. Love is in the air", trällerte Sofia.

Susana zog eine Grimasse, rempelte die kleine Nervensäge beim Vorbeigehen mit der Schulter an und zischte ihr zu: „Kümmer dich um deinen eigenen Scheiß. Hast du nichts zu tun?"

„Ich hab jetzt Semesterferien, schon vergessen?"

„Such dir eine Beschäftigung!" Gott, diese kleinen Geschwister konnten einem manchmal wirklich auf den Zeiger gehen.

„Schon gut, Sis. Dann gehe ich mal, ich habe Tracey versprochen, ihr heute beim Fensterputzen zu helfen."

„Na siehst du, das ist doch eine vernünftige Beschäftigung."

„Bis später dann." Sofia schnappte sich ihren Rucksack, gab Susana einen Kuss auf die Wange und verließ den Laden im Laufschritt.

Sie blickte ihr kopfschüttelnd nach. So viel Eifer wie dieses Energiebündel wünschte sie sich manchmal auch.

Susana machte sich daran, endlich den bestellten Blumenstrauß fertig zu binden, als das Türglöckchen erneut läutete.

„Was ist denn noch?", rief sie über die Schulter. Sofia hatte garantiert was vergessen.

„Schönen guten Tag", hörte sie eine raue Stimme, die ihr einen Schauer über den Rücken rieseln ließ. Bassanelli!

Sie legte die Schere ab und wischte sich die Hände an einem Tuch ab, bevor sie in den Verkaufsraum ging. Ihre Knie waren weich und ihr Herz klopfte bis zum Hals.

„Guten Tag." Ihr Magen zog sich nervös zusammen, als sie in die dunklen Augen des schlanken Mannes sah. Er war groß gewachsen, sein schwarzes Haar war von einigen Silberfäden durchzogen und er hatte es mit Gel in Form gebracht. Die Wangen des Mafioso waren glatt rasiert. An seiner linken Hand leuchtete ein schwerer Goldring. Sein Nadelstreifenanzug saß perfekt, sicherlich war er maßgeschneidert, was anderes würde man von einem Mann wie ihm auch nicht erwarten. Sie hatte Angst vor ihm, das durfte sie ihm allerdings nicht zeigen.

„Miss Gaspari, wir haben ja noch eine Rechnung offen."
Ihr Herz setzte einen Schlag aus.

Sie sah ihn an und versuchte, das Zittern ihrer Hände in den Griff zu bekommen. Bassanelli griff in die Innentasche seines Jacketts. Natürlich, jeder von diesen Leuten trug eine Waffe bei sich. Gott sei Dank war Sofia nicht mehr hier. Ihre Schwester würde auch ohne sie klarkommen, die Hauptsache war, dass sie in Sicherheit war.

Anstatt einer Pistole zog Bassanelli jedoch einen braunen Umschlag hervor und Susana stieß zischend die Luft aus. Sie hatte nicht bemerkt, dass sie sie angehalten hatte.

Er wollte ihr nur den vereinbarten Lohn übergeben. Sie konnte es kaum glauben, sie hatte damit gerechnet, dass er sie für ihr Verschwinden ... anders bezahlen lassen wollte. Sie atmete erleichtert aus.

„Bitte", hörte sie ihn sagen. Ein Lächeln lag auf seinem Gesicht, es erreichte seine Augen jedoch nicht.

„Wofür soll das sein? Ich habe meinen Auftrag nicht erfüllt." Woher sie den Mut für diese Antwort nahm, war ihr selbst nicht klar. Vielleicht war sie auch einfach nur unfassbar dämlich.

Er lachte laut. „O doch, das hast du. Du hast den Jungspund genau so abgelenkt, wie ich es mir erhofft hatte, nachdem ich mitbekommen habe, dass du so dämlich warst, dich erwischen zu lassen."

Ein eiskalter Schauer lief über ihren Rücken. Bisher hatte sie immer geglaubt, dass ihr das, was sie tat, Freiheit gab. Jetzt wurde ihr klar, dass genau das Gegenteil der Fall gewesen war. Dieser Mistkerl widerte sie an. Sie wollte ihm ins Gesicht spucken, ihm sagen, was für ein Schwein er war, stattdessen rang sie mit den Tränen und brachte kein Wort hervor.

Endlich verstand sie, warum Dave für Gerechtigkeit kämpfte, warum es einen Unterschied machte, wenn es auch nur einen Kriminellen weniger gab. Und sie hatte der falschen Seite geholfen – über Jahre!

„Es tut mir leid. Ich werde Ihr Geld nicht annehmen." Sie gab ihm den Umschlag zurück und straffte sich.

Bassanelli wirkte einen Moment verdutzt, dann schüttelte er höhnisch lächelnd den Kopf. „Dann bist du dümmer, als ich dachte. Weißt du, Kind, ich mochte dich, du hättest noch viel für uns tun können. Aber ich habe dich im Central Park mit dem Staatsanwalt gesehen. Niedlich, wie verliebt du ihn angeschmachtet hast. Aber glaub mir, er hat keine glorreiche Zukunft mehr vor sich."

Susanas Magen drehte sich um. Sie musste die bittere Galle schlucken, die in ihr aufgestiegen war.

Er tippte mit dem Zeigefinger auf den Umschlag, der Goldring an seiner Hand blitzte auf. „Nimm das Geld. Es ist deins."

„Nein", sagte sie mit fester Stimme.

„Sei un'idiota, una stupida!" Bassanelli stopfte den Umschlag zurück in die Innentasche seines Anzugs und verließ den Blumenladen mit langen, schweren Schritten. Das Bimmeln des Glöckchens hallte noch lange in ihrem Kopf nach.

„Ja, vielleicht bin ich eine Idiotin, aber wenigstens bin ich mir selbst endlich treu!", flüsterte sie und Tränen brannten in ihren Augen.

16

Zehn Tage war es her, seit er in Susanas Laden gewesen war. Und jeder einzelne Tag war eine Qual gewesen. Er bekam ihr Bild einfach nicht aus seinem Kopf. Er vermisste ihr Lachen, ihre braunen Augen, und ja, sogar ihre Bockigkeit, wenn etwas nicht nach ihrem Willen ging.

Das *Ping* einer eintreffenden E-Mail riss ihn aus seinen Erinnerungen. Der Absender war unbekannt, der Betreff lautete: Du willst mich ansehen.

Skurril.

Daves Herzschlag beschleunigte sich. Es konnte sich hierbei um einen fiesen Scherz, einen üblen Computervirus oder etwas wirklich Wichtiges handeln. Innerhalb weniger Sekunden entschied er, das Risiko einzugehen, sich einen Virus einzufangen. Wenn er ehrlich zu sich selbst war, hatte er seit der Niederlage im Gerichtssaal ohnehin nichts Sinnvolles mehr zustande gebracht. Sein Glaube an die Gerechtigkeit hatte tiefe Risse bekommen.

Er öffnete das Video und die Bilderabfolge erschütterte ihn bis ins Mark. Jetzt ergab alles einen Sinn. Wie dumm von ihm, dass er nicht selbst darauf gekommen war. Alle, die in seinem Team gearbeitet hatten, waren nach dem Richterspruch am Boden zerstört gewesen, denn monatelange akribische Arbeit war zunichtegemacht worden und das Böse hatte gewonnen. Die Presse, Fernsehsender und Social-Media-Kanäle zogen seit Tagen über die Unfähigkeit der New Yorker Staatsanwaltschaft her, die nicht mal ein paar Zeugen bei der Stange halten konnte. Daneben waren noch eine ganze Reihe anderer Dinge schiefgelaufen, die zum Glück nur am Rande erwähnt wurden.

Aber alles in allem hatte man sich als verlängerter Arm des Staates zum Gespött gemacht. Dave sah nach allem keinen Sinn mehr darin, weiterzumachen. Genau in dem Moment, in dem er sich fragte, wie es für ihn weitergehen sollte, kam das hier.

Er spielte das Video noch einmal ab und auch jetzt konnte er kaum glauben, was er da sah. Plötzlich ergab alles einen Sinn. Nur eine Person, der die negative Publicity eigentlich viel mehr hätte zusetzen müssen, hatte erstaunlich gelassen reagiert: sein Chef Nicholas Delavall.

Er steckte mit drin. Tja, anscheinend hatte er den Verlockungen des Geldes nicht widerstehen können und gemeinsame Sache mit der Mafia gemacht. Wie lange ging das schon? War das das erste Mal oder waren die Prozesse der letzten Jahre – die allesamt weniger spektakulär gewesen waren – ebenso manipuliert worden und es war nur nicht aufgefallen, weil die Öffentlichkeit nicht so stark involviert gewesen war?

Noch einmal startete er das Video und sah zu, wie Delavall sich mit Bassanelli in einer Tiefgarage traf und ihm etwas aushändigte. Er kniff die Augen zusammen. Ja, tatsächlich, es war die Garage der Staatsanwaltschaft. Unfassbar. Wer hatte die Überwachungskameras angezapft? Wer wusste, dass er der richtige Adressat war? Das war brandheißes Material.

Wieder und wieder schaute er sich dieselbe Sequenz an. Der Mafioso klopfte seinem Chef zufrieden auf die Schulter und zog seinerseits einen – sehr dicken – Umschlag aus der Innentasche seines Anzugs.

Daves Finger waren eiskalt. Dieses Material war hochbrisant, er musste vorsichtig sein, dass es nicht in die falschen Hände gelangte. Oder war es eine Falle? Was würde passieren, wenn die Öffentlichkeit Zugang bekommen würde?

Er musste nachdenken. Allein.

Dave rief seine Sekretärin und teilte ihr mit, dass er sich den Rest des Tages freinehmen würde. Es war zwar erst früher

Nachmittag, aber das war ihm egal. Er musste raus aus diesem korrupten Scheißloch, das sich Staatsanwaltschaft schimpfte.

Eines wurde ihm auf dem Weg zu seiner Wohnung klar. Die Gedanken, die er in den letzten Tagen gehabt hatte, waren richtig gewesen. Es war an der Zeit für eine drastische Veränderung in seinem Leben. Eine bittere Niederlage, aber er hatte keine Kraft mehr, als Einsiedlerkrebs gegen die ganze Welt zu kämpfen.

Die Sorge um Dave fraß Susana langsam, aber sicher auf. Immer wieder wiederholte sie den Satz Bassanellis im Geiste: „Dafür werden meine Leute sorgen." Was hatte das Schwein vor? Wollten sie seine Karriere zerstören oder, schlimmer, ihm etwas antun? Eine unsichtbare Schlinge legte sich um ihren Hals und nahm ihr die Luft zum Atmen. Das hatte er nicht verdient, sie musste etwas tun. Das war das Mindeste, nachdem sie einen nicht unwesentlichen Beitrag geleistet hatte, dass Bassanelli einfach davongekommen war.

Sie stützte sich auf der Kante des Tisches ab und starrte an die Wand vor ihr. Die abblätternde Farbe registrierte sie dabei nicht einmal.

„Hey, was ist los?" Sofia stand in der Tür. „Geht es dir gut?"

„Jaja, alles in Ordnung."

Sofia kam einen Schritt näher. „Du sagst mir jetzt sofort, was los ist! Seit Tagen rennst du hier herum wie Falschgeld!"

Sie schaute ihre kleine Schwester an, aber kein Wort kam über ihre Lippen.

„Ist es wegen des Staatsanwalts?"

Sie wich ihrem Blick aus. „Möglicherweise ..."

„Möglicherweise was? Susana, ich bin kein Baby mehr. Ich weiß, dass du mit der Mafia Geschäfte gemacht hast. Außerdem habe ich die Nachrichten der letzten Tage verfolgt. Die Staatsanwaltschaft wird durch den Dreck gezogen und Daves

Gesicht ist auf den Titelseiten aller Zeitungen. Er wird als der Stümper hingestellt, der versagt hat. Der Sündenbock wurde schnell gefunden."

Sie seufzte lautstark. Es war so ungerecht, Dave war einer von den Guten.

Sofia rüttelte an ihrer Schulter, also gab sie nach. „Ja, verdammt. Es ist wegen ihm. Du solltest da nicht mit reingezogen werden."

„Ich bitte dich. Glaubst du, ich weiß nicht, wie du mein Studium finanzierst? Ich bin nicht vollkommen blöd, Susana. Aber das ist nicht mehr nötig, ich habe für das kommende Semester ein Stipendium bekommen. All das dreckige Geld brauchen wir nicht mehr!"

Susana hielt sich die Hand vor den Mund. „Ein Stipendium?", flüsterte sie überrascht.

„Darüber sprechen wir später. Jetzt gibt es Dringenderes. Was ist mit dem Staatsanwalt? Dave?"

„Ich, ich glaube, er ist in Gefahr, Sofia." Susanas Stimme zitterte und ihre Augen füllten sich mit Tränen. „Ich habe so große Angst, dass ihm etwas passiert."

Sofia nickte und nahm sie in die Arme. Es fühlte sich gut an, getröstet zu werden. Trotz der sechs Jahre, die sie trennten, hatten sie sich immer gegenseitig Kraft gespendet.

„Was können wir tun?"

„Wir? Du tust gar nichts. Aber ich ... ich muss ihn warnen. Und doch weiß ich nicht, was ich ihm sagen soll. Vielleicht glaubt er mir nicht, verdenken könnte ich es ihm nicht, und ich habe ja auch gar keine Ahnung, was sie vorhaben. Es könnte alles bedeuten."

„Du kannst ihm einfach sagen, was der Mafioso gesagt hat. Das wäre schon mal ein Anfang. Und ... dass du Gefühle für ihn hast."

Susana löste sich aus Sofias Umarmung. „Bist du verrückt? Das werde ich ihm niemals sagen."

„Warum stehst du nicht zu dem, was du für ihn empfindest? Du bist verliebt."

„Ich?"

Ihre kleine Schwester lachte laut. „Du bist keine so gute Schauspielerin, wie du denkst, Susana."

Sie schluckte. Sie mochte ihn, sie sorgte sich um ihn. Aber Liebe? Das war so ein starkes Wort.

„Fangen wir damit an, dass er in Gefahr ist und du ihn warnen willst, ja?" Sofia hob eine Augenbraue und fuhr fort. „Es ist dein Leben, Sis. Vergeude es nicht. Jahrelang hast du alles getan, damit es mir gut geht. Du musst anfangen, auch mal an dich zu denken. Ich kann jetzt zumindest ein Stück weit für mich sorgen. Das Stipendium nimmt den ganzen Druck."

„Aber der Blumenladen ist alles, was ich will. Ich habe es nie als Einschränkung empfunden, für uns beide zu sorgen. Im Gegenteil, der Laden macht mich glücklich."

„Sieh dich doch mal um, Susana. Die Farbe blättert überall ab, der Boden ist total im Arsch. Hier kauft nur ein, wer sich überhaupt in diese Bruchbude hineintraut. Das kann nicht alles sein. Ich will mich nicht schuldig fühlen, weil du alles im Leben für mich aufgibst."

„Ich gebe gar nichts für dich auf! Ich will es so."

Sofia neigte ihren Kopf. „Darüber sprechen wir später. Ich übernehme jetzt erst mal den Laden, ist ja sowieso nicht viel los. Geh du zu Dave und rede mit ihm."

„O mein Gott, was soll ich tun?" Ihre Gedanken überschlugen sich und ihre Hände wurden feucht.

„Das kannst du dir unterwegs überlegen. Und jetzt geh."

„Manchmal frage ich mich, wer die Jüngere von uns ist, wenn du mich so herumkommandierst."

Sofia lachte und holte ihren Rechner aus dem Rucksack. „Rate mal, von wem ich das gelernt habe. Außerdem muss ich noch was für die Hausarbeit recherchieren, also ich habe zu tun. Nun hau schon ab."

Susanas Hände waren klamm, als sie die Türklinke nach unten drückte und auf die Straße trat, während sie überlegte, was sie zu Dave sagen sollte.

Ihr Herz hämmerte hart gegen ihre Brust, als sie ihren Besuch beim Concierge anmeldete. Sie fürchtete, dass Dave sie gar nicht sehen wollte, falls er überhaupt zu Hause war. Aber sie musste mit ihm sprechen. Ihr würde schon etwas einfallen, sie würde sich auf keinen Fall einfach abwimmeln lassen.

„Gehen Sie nach oben, Miss Gaspari. Er erwartet Sie."
Ihr Herz stolperte. Er war zu Hause und würde mit ihr reden.
„Vielen Dank", war alles, was sie erwidern konnte.
„Den Weg kennen Sie?" Der Concierge erinnerte sich also an sie.
„Ja, danke."
Susana hatte Mühe, einen Fuß vor den anderen zu setzen, als sie auf dem Weg zum Aufzug war. Alles, was sie sich im Geiste zurechtgelegt hatte, war wie weggewischt.
Die Türen öffneten sich und Dave trat heraus.
„Dave!", rief sie.
„Wen hast du erwartet?", versuchte er zu scherzen und lächelte schief. Er wirkte nicht so kühl und beherrscht wie sonst. War es möglich, dass ihr Besuch ihn mehr aus der Bahn warf, als sie zu hoffen gewagt hatte?
„Ich dachte, du wartest oben auf mich", stammelte sie.
„Ach so, lass uns ein paar Schritte gehen. Ich dachte, das wäre vielleicht nett. Dabei können wir reden. Ich wollte nicht, dass du dich ... eingesperrt fühlst."
„Ja, ja natürlich", erwiderte sie und spürte, dass sie errötete.
„Gut, dann lass uns gehen. Ich bin so weit." Während sie sich in Bewegung setzten, fuhr er fort: „Ich muss sagen, ich hatte nicht mit deinem Besuch gerechnet. Die letzten Tage waren ziemlich hart für mich."

Jetzt, wo er es sagte, fiel ihr auf, dass er abgenommen hatte und blass aussah.

„Das tut mir leid, das musst du mir glauben."

Er winkte ab. „Schon gut, Susana. Ich weiß, dass du nicht die Hauptschuldige bist." Sein sanfter Tonfall hüllte sie ein wie ein warmer Mantel. Wie gern hätte sie ihn umarmt, aber etwas in ihr hielt sie davon ab.

„Nicht?" Ihre Stimme war beinahe nur ein Hauch.

Er zögerte und sah sie eindringlich an. „Nein. Das bist du nicht. Es gab einige ... Erkenntnisse, die haben mein Weltbild verändert."

„Und die wären?", fragte sie neugierig.

Sie spazierten über die 7th Avenue in Richtung Bryant Park, aber sie nahm ihre Umgebung nur am Rande wahr. Der übliche Straßenlärm und die vielen Menschen gehörten in den New Yorker Alltag wie die Sonne zu Kalifornien. In diesem Moment gab es nur Dave für sie.

„Ich dachte, du wolltest mit mir reden? Was ist los, Susana?"

Es war an der Zeit. Sie musste all ihren Mut zusammennehmen, schließlich war sie zu lange für die falschen Leute am Start gewesen. Sie blieb stehen und stellte sich vor Dave. Sie wollte ihn ansehen, wenn sie ihm von Bassanelli erzählte. Susana öffnete gerade ihren Mund, als sie sah, wie sich seine Miene anspannte und er die Augen weit aufriss. Aus der Nähe hörte sie laute Stimmen, Schreie und aufgeregte Menschen. Ein stummer Schrei entwich seinem Mund, als er sie mit sich zur Seite riss und sie unter seinem harten Körper begrub. Es passierte alles so schnell, dass sie kaum wusste, wie ihr geschah. Ein schwarzes Auto raste um Haaresbreite an ihnen vorüber. Und dann hörte sie Daves schmerzerfülltes Stöhnen. Nach wenigen Sekunden war es vorbei und eine seltsame Stille umgab sie. Dave lag noch halb über ihr und atmete gepresst, als ob er große Schmerzen hätte. Der SUV musste ihn irgendwo erwischt haben. Einige Meter von ihnen entfernt bildete sich eine Menschentraube. Es wurde noch lauter um sie und dann wurde ihr schwarz vor Augen.

Susanas Augenlider flatterten. Sie lag flach auf dem Boden, jemand hatte eine Decke über ihr ausgebreitet. Ein Paar dunkelblauer Augen blickten auf sie herunter.
„Geht es Ihnen gut, Miss?"
Sie blinzelte. „Was? Wo bin ich? Wer sind Sie? Wo ist Dave?" Hektisch sah sie sich um und nahm das Blaulicht, die Absperrbänder und einige Krankenwagen wahr.
„Sch. Es ist alles gut. Sie hatten einen kleinen Kreislaufkollaps. Kein Wunder, nach dem Schock."

Sie setzte sich auf, ein wenig zu hastig, denn schon wieder sah sie Sternchen. Sie atmete tief ein und schloss die Augen für einen Moment.

„Ganz ruhig, Miss. Legen Sie sich noch einmal hin." Der Mann legte ihr eine Hand auf den Arm. „Warten Sie zumindest, bis die Infusion durchgelaufen ist."

„Nein", protestierte sie und schüttelte seine Hand ab. „Ich muss zu Dave."

„Sie meinen Ihren Begleiter?"

„Ja. Wo ist er?"

Der Sanitäter oder Arzt, das vermutete sie zumindest, nachdem sie seine Uniform gesehen hatte, sah sie besorgt an.

„Nehmen Sie das Ding aus meinem Arm. Wo ist Dave Adams?"

Er zeigte mit dem Kopf nach rechts. „Er ist im Krankenwagen, sie hatten beide riesiges Glück, er wird gerade stabilisiert."

„Stabilisiert? Was ist passiert?"

Mit einem Satz war sie auf den Beinen und Erinnerungsfetzen kehrten zurück. Der schwarze SUV, schreiende Menschen, der Lärm. Dave hatte sie zu Boden geworfen und war selbst verletzt. Sie sah, dass die Schaulustigen ihre Köpfe über die Absperrung reckten, als wären sie Tiere im Zoo, aber sie hatte nur ein Ziel. Dave! Ohne auf die Proteste des Helfers zu hören, riss sie sich den Zugang aus dem Arm und lief davon.

Sie hastete zum Krankenwagen und entdeckte ihn auf einer Bahre. Über ihm war eine silberne Wärmedecke ausgebreitet und er war mit Gurten gesichert. Ein Bein wurde gerade von zwei Männern versorgt. Auf einem Rücken las sie, dass es sich um einen Arzt handelte. Ohne zu zögern, stieg sie in den Rettungswagen, sie musste wissen, wie es ihm ging. *Lieber Gott, bitte mach, dass es ihm gut geht*, betete sie stumm.

„Hey, hey, was machen Sie hier?", hielt einer der beiden Sanitäter sie zurück.

Sie hatte jedoch nur Augen für Dave. Sein Gesicht war bleich und er schien starke Schmerzen zu haben, aber er lebte! Er lebte! Tränen der Erleichterung liefen über ihr Gesicht. Er öffnete seine Lider und ihre Blicke trafen sich. Ein müdes Lächeln schlich sich auf sein Gesicht.

„Nur halb so schlimm", murmelte er und schloss sie erneut.

„Lady, wir fahren jetzt ins Krankenhaus. Er hat mindestens ein gebrochenes Bein und vielleicht innere Blutungen. Wenn Sie keine Angehörige sind, müssen Sie den Krankenwagen jetzt verlassen."

„Ich bin seine Frau", teilte sie den beiden mit. Die Lüge war ihr leicht über die Lippen gekommen.

„Dann kommen Sie und setzen Sie sich." Er wies ihr einen Platz zu.

„Wie geht es ihm?"

„Er wird schon wieder", beruhigte der Arzt sie. „Aber er hat starke Schmerzen. Nicht ungewöhnlich für diese Art der Verletzung. Mehr kann ich im Moment nicht sagen."

„Was ist überhaupt passiert?" Sie stellte die Frage, obwohl sie sich denken konnte, was es gewesen war. Die Mafia hatte einen Anschlag auf sie verübt, den sie nur dank Daves blitzschneller Reaktion überlebt hatten. „Gab es andere Verletzte?", fragte sie und sah in das angespannte Gesicht des Arztes.

„Leider ja. Einige der Opfer hatten nicht so viel Glück wie Sie. Es gab vier Tote."

Sie musste schlucken. „Vier?" Ihr Magen drehte sich um.

„Man geht derzeit von einem Amokläufer aus, da das Fahrzeug sich vom Unfallort entfernt hat. Die Fahndung läuft."

Sie wusste es besser. Der Schock über das Erlebte saß viel zu tief.

„Miss, Sie sind ganz blass. Sind Sie sicher, dass Sie in Ordnung sind?"

„Ja. Es geht schon." Sie atmete tief durch und straffte sich dann. Sie würde verdammt noch mal nicht erneut ohnmächtig werden.

Daves Stöhnen lenkte sie ab.

„Dave", sagte sie sanft und legte ihre Hand auf seine. „Ich bin hier. Ich bin hier, hörst du? Du bist in Sicherheit."

„Er wird sich nachher nicht mehr an viel erinnern. Ich warne Sie nur schon mal vor, wenn Sie ihm jetzt Ihre Liebe gestehen wollen", meinte der Arzt zwinkernd, während er den Fluss seiner Infusion überprüfte. Okay, er wusste also, dass sie nicht verheiratet waren. Wie nett von ihm, dass sie trotzdem mitfahren durfte.

„Wir fahren ins Bellevue Hospital Center in der First Avenue, Miss. Die Fahrt wird nicht lange dauern. Mister Adams wird dann erst einmal vollständig untersucht, das kann eine Weile dauern. Möglicherweise muss der Bruch unter Vollnarkose gerichtet werden, es sieht ganz danach aus. Die Röntgenbilder werden das aber noch genauer zeigen. Müssen Sie jemanden verständigen?"

„Ach, danke, dass Sie das sagen. Ich bin noch nicht wieder ganz bei mir." Natürlich, sie musste Sofia Bescheid geben, dass sie in Ordnung war. Sie würde sicher bald von dem vermeintlichen Amoklauf hören.

„Sie stehen unter Schock, Miss. Da ist das ganz verständlich."

Tatsächlich zitterten ihre Beine plötzlich unkontrolliert.

„Setzen Sie sich!"

Widerstandslos ließ sie sich auf einem Sitz nieder und registrierte, dass der Arzt sie anschnallte. Sein Helfer schloss die Türen des Krankenwagens und gab dann das Zeichen, dass sie losfahren konnten.

17

Susana saß im Wartebereich des Bellevue Hospital Centers. Sofia war erleichtert gewesen, als sie ihr berichtet hatte, dass es ihr gut ging und sie nicht verletzt war. Dave war sofort in die Notaufnahme geschoben worden, als sie das Krankenhaus erreicht hatten. Seitdem hatte sie nichts mehr von ihm gehört. Es waren schon zwei Stunden vergangen und ihre Sorge um ihn wurde immer größer. Mittlerweile wusste sie sicher, dass der „Amokläufer" vier Menschen in den Tod gerissen hatte, vier weitere Passanten waren leicht verletzt worden. Außer ihr saßen noch zwei Frauen und ein Mann im Wartebereich. Die sorgenvollen Mienen waren verschlossen und jeder hing seinen eigenen Gedanken nach.

Susana sah, dass die Tür zur Notaufnahme aufging und ein Arzt in grüner OP-Kleidung auf sie zukam. Er war gerade dabei, sich den Mundschutz abzunehmen, als er vor ihr zu stehen kam.

„Sind Sie Mrs. Adams?", fragte der Operateur sie. „Dr. Grey, ich bin der behandelnde Arzt."

Sie nickte nur und konnte nicht sprechen. Ihr Mund war so trocken, als hätte sie seit Tagen nichts getrunken.

„Zunächst einmal, es geht ihm so weit gut."

Dicke Steine plumpsten von ihrem Herzen. Sie begann wieder zu atmen.

„Er hatte einen komplizierten Bruch des Wadenbeins, den mussten wir operativ richten, aber ich denke, er wird wieder. Außerdem hat er eine leichte Gehirnerschütterung, auch das ist nicht lebensbedrohlich."

Susanas Beine gaben unter ihr nach. Sie musste sich setzen.

„Ist alles in Ordnung bei Ihnen?"

„Ja, entschuldigen Sie bitte, ich bin so ein Nervenbündel."

Doktor Grey drückte aufmunternd ihre Hand. „Das ist doch nur verständlich. Wenn Sie wollen, können Sie jetzt zu ihm, aber er wird noch eine ganze Weile schlafen. Die Narkose ..."

„Ja, natürlich. Vielen, vielen Dank, Sir." Susana sah zu Dr. Grey auf und die blauen Augen des Arztes wirkten beruhigend auf sie.

„Gern. Wenn Sie noch Fragen haben, jederzeit. Ihr Mann wird für ein paar Tage hierbleiben müssen. Danach spricht nichts dagegen, dass Sie ihn mit nach Hause nehmen. Den Bruch kann er auch in seiner gewohnten Umgebung auskurieren. Sechs Wochen sollte er den Gips tragen, die Schrauben und Platten bleiben ungefähr ein Jahr, bevor wir sie wieder operativ entfernen ..."

Sie bekam gar nicht mehr alles mit, was er ihr noch sagte. Ein geflüstertes „Danke" kam aus ihrem Mund, als Dr. Grey sich von ihr verabschiedete und sie mit tränennassen Wangen zurückließ. Er würde wieder gesund werden. Er war in Sicherheit. Das war alles, was sie für den Moment wissen musste.

„Warum bist du nicht bei ihm geblieben?", fragte Sofia sie nun schon zum wiederholten Mal. Susana wollte es nur ungern zugeben, aber sie hatte Angst gehabt. Nachdem sie sich davon überzeugt hatte, dass es ihm auch wirklich gut ging, war sie gegangen. Dave hatte, obwohl er so viel durchgemacht hatte, friedlich und stark auf sie gewirkt, als sie kurz in sein Zimmer gegangen war. Natürlich hatte er sie nicht bemerkt, als sie seine Hand gestreichelt und ihm einen Kuss auf die Stirn gedrückt hatte, bevor sie das Krankenhaus verlassen hatte.

„Ich habe dort nichts zu suchen. Meine Warnung kam wohl zu spät ... Wenigstens ist nichts Schlimmeres passiert."

Sofia tippte mit ihrem Zeigefinger auf die Brust ihrer Schwester. „Sis, ich hätte nie gedacht, dass ich das mal sagen würde, aber es sieht ganz so aus, als hättest du Angst."

„Angst?"

„Angst davor, dich verletzlich zu machen. Angst vor seiner Reaktion, natürlich. Wir Frauen haben es so an uns, dass wir immer zuerst an uns selbst zweifeln. Bis jetzt habe ich immer gedacht, du wärst da eine Ausnahme. Aber anscheinend ist es das, was die Liebe aus uns hormongesteuerten Wesen macht."

Susana stieß pfeifend die Luft aus. „Wow, du klingst wie eine Psychologiestudentin."

„Ich habe Augen im Kopf. Dafür muss ich nicht Psychologie studiert haben."

Das Türglöckchen unterbrach die Unterhaltung der beiden.

„Tracey, hi. Schön, dich zu sehen."

„Mensch, Susana, du machst ja Sachen."

Sie winkte ab. „Halb so schlimm. Erzähl, wie war es bei deinem Sohn?"

Traceys Augen funkelten. „Ich habe tatsächlich Neuigkeiten", begann sie und die Aufregung in ihrer Stimme war nicht zu überhören. „Ich werde nach Chicago umziehen."

„Wie bitte?", riefen Sofia und Susana wie aus einem Mund.

„Ja, sie haben mich gefragt, ob ich nicht bei ihnen wohnen möchte. Das Haus wäre groß genug und ich könnte ab und zu auf die Kinder aufpassen."

„Aber Tracey, das ist ja wunderbar!" Susana umarmte die alte Dame und drückte sie fest an sich. Gleichzeitig wurde sie wehmütig. Sofia war nur in den Ferien in New York und nun würde Tracey auch noch wegziehen.

„Hey, lass mich auch mal", drängte sich Sofia dazwischen und Susana zwinkerte eine Träne weg, die sich in ihren Augenwinkel geschlichen hatte. Der Anflug von Sentimentalität irritierte sie.

„Schon gut", sagte sie und ließ Tracey los.

„Ach, ihr beiden, ich werde euch vermissen. In vier Wochen ist es so weit. Ich habe nicht viele Sachen, die ich mitnehmen werde. Die Wohnung habe ich schon gekündigt."

„O Gott! In einem Monat schon?", fragte Susana. „Ich freue mich natürlich für dich, aber ... ich werde dich schrecklich vermissen."

„Wir finden jemanden, der dir im Laden hilft, Liebes", sagte Tracey zu ihr und eine tiefe Furche bildete sich auf ihrer Stirn.

„Nein, nein. Doch nicht deswegen ... Du wirst mir ... fehlen."

„Ach Herzchen, du besuchst mich einfach ganz oft."

„Kommt, zur Feier des Tages mache ich den Laden früher zu und wir gehen essen!", sagte Susana und war schon auf dem Weg, ihre Tasche zu holen. In jedem Ende lag auch ein neuer Anfang.

Nach drei Tagen durfte Dave das Krankenhaus verlassen. Die einzigen Besucher waren seine Eltern gewesen. Er hatte gehofft, dass er Susana vielleicht noch einmal sehen würde. Nachdem ihm die Krankenschwestern erzählt hatten, dass seine Frau ihn direkt nach der Operation besucht hätte, hatte er sich jedes Mal, wenn die Tür aufging, gewünscht, dass es Susana wäre. Ihm war schnell klar geworden, dass der Amokläufer keiner gewesen war, sondern es ein Mordversuch der Mafia gewesen war. Er war nicht dumm, zugleich hatte er keinen Bedarf, sich weiter mit Bassanelli anzulegen. Er hatte bereits einmal den Kürzeren gezogen, er würde nicht sein Leben riskieren. Was aber nicht hieß, dass er sich geschlagen gab. Immer noch hatte er das Video, das er glücklicherweise zu Hause im Safe deponiert hatte, bevor er Susana getroffen hatte. Wer auch immer es ihm geschickt hatte, besaß möglicherweise noch mehr Informationen. Er wollte dem Absender nachgehen, dafür benötigte er aber fachmännische Hilfe. Das alles konnte er vom Krankenhaus aus nicht regeln.

Seine Mutter hatte ihm, praktisch veranlagt, wie sie war, längst Kleidung besorgt, die er mit seinem Gips tragen konnte. Die Jogginghose mit den Knöpfen an der Seite war nicht schick, aber erfüllte ihren Zweck. Er verzog das Gesicht, als der Schmerz von seinem gebrochenen Bein durch seinen ganzen Körper ging, während er sich anzog. An das Gehen mit Krücken hatte er sich schnell gewöhnt. Bevor er nach Hause fuhr, hatte er aber noch etwas Dringendes zu erledigen.

Zwanzig Minuten später stieg er in Brooklyn vor einem ganz bestimmten Blumenladen aus. Nicht so geschmeidig wie sonst öffnete er die Tür und humpelte hinein.

„Hallo? Jemand da?"

„Moment, komme gleich!"

Ein Lächeln schlich sich in sein Gesicht. Sie war da.

„Dave!", rief sie und trat einen Schritt auf ihn zu.

„Hallo, Susana", entgegnete Dave.

„Wie ... geht's?" Sie schaute auf sein Bein und dann wieder in seine Augen.

„Es ist okay, ich bekomme Schmerzmittel. Das hilft."

„Was, äh, kann ich für dich tun?"

„Wir waren noch nicht fertig, du wolltest mir etwas sagen, als wir ... unterbrochen wurden."

Susana schob sich eine dunkle Strähne aus dem Gesicht. „Ich denke, du weißt es mittlerweile. Ich wollte dich warnen. Bassanelli war hier, um mich zu bezahlen, und ich habe mir Sorgen gemacht."

„War der Lohn wenigstens angemessen?" Sein Ton war schärfer, als er beabsichtigt hatte.

„Falls es dich interessiert, ich habe sein Geld nicht genommen."

„Hast du nicht?"

„Nein. Aber deswegen bist du doch nicht hier." Sie fuhr sich durch die Haare. „Entschuldige, willst du dich setzen? Wegen deines Beines?"

Daves Mundwinkel bogen sich nach oben und die Wut in seinem Bauch wich einem warmen Gefühl, nachdem sie den Mafiaboss erwähnt hatte. Ihre Fürsorglichkeit hatte er von Anfang an geliebt. „Nein, es geht schon, Susana."

„Okay."

„Sie haben dich und mich benutzt. Es gibt einige Informationen, die mich das alles klarer haben sehen lassen."

Sie presste ihre Lippen aufeinander, bis beinahe alle Farbe aus ihnen gewichen war. „Das war mir schon eine Weile klar. Leider. Wirst du dagegen vorgehen? Ich meine, machst du weiter gegen Bassanelli?" In ihrer Stimme schwang Sorge mit.

„Würde es dich denn ... stören?", fühlte er vorsichtig vor und ihr Erröten ließ sein Herz schneller schlagen. Vielleicht gab es ja doch Hoffnung. „Ich werde New York verlassen", sagte er nun zu ihr und sie schnappte nach Luft.

„Was? Warum?" Sie trat noch einen Schritt auf ihn zu und der Blick in ihre schönen braunen Augen wärmte sein Herz.

„Ich kann dieses korrupte Volk hier nicht mehr ertragen. Sie nehmen mir die Luft zum Atmen."

Bedrückt sah sie auf ihre Füße. „Verstehe."

Schweigen breitete sich im Raum aus und Dave war sich sicher, dass sie seinen rasenden Herzschlag hören musste. Vorsichtig ließ er eine der Krücken sinken und nahm ihre Hand in seine. Ihr Gesicht erhellte sich, als sie wieder zu ihm aufsah.

„Kommst du mit mir?", hörte er sich fragen und das Rauschen seines Blutes übertönte die sich überschlagenden Gedanken in ihm.

„Ich soll ... mitkommen? Wohin überhaupt?" Sie lachte nervös. „Was ist mit dem Laden?"

„Ich habe schon einige Tage vor deinem Besuch darüber nachgedacht. Der Gedanke kommt nicht völlig aus dem Blauen. Ich habe bereits vor diesem angeblichen Unfall Kontakt zu einer großen Kanzlei in Boston aufgenommen und sie bieten mir eine Partnerschaft an."

„Aber mein Leben ist doch hier ... ich kenne nur New York."

Besorgt nahm er ihre Aussage zur Kenntnis. „Ich dachte mir, wo doch deine Schwester dort studiert ... könnten wir einen Neuanfang wagen. Gemeinsam."

„Ja ..., also ... Ich bin einfach ... überwältigt. Du willst mit mir ...? Einen Neuanfang?"

„Susana", er zog sie ein Stück zu sich heran, „ich mag ein Idiot sein. Ich mache zu viele Fehler, aber eins habe ich in den letzten Wochen gelernt. Ich mag dich. Ich bin gern mit dir zusammen. Der Sex ist ... Großer Gott!" Er sah an die Decke und stöhnte gequält. „Daran darf ich gar nicht denken." Er sah in ihr Gesicht und es freute ihn, dass er auf ihren Zügen ein Lächeln sah. „Aber das ist es nicht, was ich dir sagen will ..."

„Nicht?", hauchte sie.

„Nein. Ich will nicht mehr ohne dich sein, vielleicht habe ich mich sogar ein bisschen in dich verliebt."

„Ein bisschen?"

Er lachte rau. „Ein bisschen viel." Er zog sie noch näher an seinen Körper und nun fiel auch noch die zweite Krücke achtlos zur Seite. „Sehr viel sogar. Ich liebe dich, Susana. Ich will keinen Tag und schon gar keine Nacht mehr ohne dich sein. Ich vermisse dein Lachen, ich vermisse deine Stimme und ich vermisse sogar deine Bockigkeit. In den letzten Tagen hatte ich viel Zeit, darüber nachzudenken, und ... ich brauche dich."

Und dann küsste er sie sanft. Dass sie seinen Kuss erwiderte, sagte ihm mehr, als Worte es jemals könnten.

„Und ich habe bereits gekündigt", ergänzte er.

Verwirrt blickte sie zu ihm auf. „Du hast gekündigt?"

„Lass uns neu anfangen, wir suchen dir einen schönen hellen, gemütlichen Laden ... Du könntest in der Nähe deiner Schwester leben ... mit mir. Wir bauen uns ein neues Leben auf."

Susana atmete tief durch, sah sich in ihrem Laden um. „Ja. Ich glaube, ein Neuanfang wäre das Richtige. Anscheinend ist gerade ohnehin alles im Umbruch. Sofia in Boston, Tracey in Chicago. Ich habe hier ... niemanden mehr, wenn du auch weggehst."

Deswegen liebte er sie. Ihr Pragmatismus war unübertrefflich.

„Es ist also eine reine Kopfentscheidung für dich?", hakte er nach.

Susana boxte ihm in die Seite. „Natürlich nicht, du Idiot."

„Autsch, ich bin verletzt."

„Das weiß ich doch."

„Also, willst du mir nicht auch etwas ... Nettes sagen, nachdem ich dir mein Herz geöffnet habe?" Er sagte es in einem leichten Tonfall, aber es schwang auch ein Hauch Ernst mit. Noch nie hatte es ihn interessiert, wie eine Frau über ihn gedacht hatte. Gefühle waren bis dahin lästig gewesen – bis er sie getroffen hatte. Sie hatte seine Welt auf den Kopf gestellt und tausendmal schöner gemacht.

„Ich ... habe dich vermisst."

„Das ist ja schon ein Anfang. Wie hat es sich angefühlt, meine Frau zu sein?" Seine Mundwinkel zuckten. Als er ihren irritierten Gesichtsausdruck sah, half er ihr auf die Sprünge. „Na, du weißt schon. Im Krankenhaus." Seine Finger strichen über ihre Wirbelsäule. Es fühlte sich so gut an, sie so dicht bei sich zu spüren.

„Ach das." Sie machte eine abfällige Handbewegung. „Ich wollte nur sichergehen, dass es dir gut geht."

„Und warum ... hast du dir Sorgen um mich gemacht?"

„Weil ..." Sie sah zu ihm auf und ihre Blicke verhakten sich ineinander, als gäbe es ein unsichtbares Band zwischen ihnen. Das hatte er bereits am ersten Tag gespürt, aber jetzt wusste er endlich, was es bedeutete. „Ich habe mich in dich verliebt, Dave."

Er griff in ihr Haar und hielt ihren Kopf fest. „Ich dachte schon, du würdest es niemals sagen."

Susana lachte. „Warum denkt ihr eigentlich alle so über mich."

„Alle?"

„Sofia nervt mich schon seit Tagen damit, dass ich zu meinen Gefühlen stehen soll!"

Dave knabberte an Susanas Unterlippe. „Sie ist mir sehr sympathisch ... Sie scheint eine kluge Frau zu sein ..." Es erfüllte ihn mit Freude, zu sehen, wie sie auf seine Liebkosungen reagierte.

„Denkst du auch noch so über sie, wenn ich dir sage, dass sie es war, die mich befreit hat?"

Dave ließ abrupt von Susana ab. „Sie ist bei mir eingebrochen? Jesus, was seid ihr für eine kriminelle Familie! Ich habe mir schon den Kopf zerbrochen, wie du entkommen bist." Er schüttelte amüsiert den Kopf und lachte lauthals.

„Du hattest auch einen nicht ganz sauberen Part, mein Herr Ex-Stellvertretender-Bezirksstaatsanwalt!"

„Schon gut, Susana. Schon gut. Es war ein Scherz. Ich muss diese bemerkenswerte Person unbedingt kennenlernen ... Aber jetzt ... mach den Laden zu und komm mit zu mir. Ich brauche ...... Pflege."

Verlangen durchflutete seinen Körper. Er wollte sie ganz nah bei sich spüren.

In Susanas Gesicht spiegelte sich die gleiche Sehnsucht wider, die er für sie empfand. „Es ist doch gerade mal halb fünf", protestierte sie halbherzig.

Dave würde nicht so leicht aufgeben, daher küsste er ihren Hals und flüsterte ihr zu: „Wir könnten uns nach Wohnungen in Boston umsehen ... Vielleicht finden wir ja gleich einen Laden, den wir uns am Wochenende schon zeigen lassen könnten ... Und außerdem ..." Er leckte über die kleine Kuhle an ihrem Hals, die besonders empfindlich war. Susana seufzte leise und schmolz in seinen Armen. „Und außerdem ... will ich dich endlich spüren."

„Du ... du bist unfair", stieß sie heftig atmend hervor.

„Ich habe nie gesagt, dass ich mit fairen Mitteln spiele, meine Liebe. Überzeugt?"

Zwischen ihre Körper passte kein Blatt Papier mehr.

„Na gut ...", gab sie nach.

„Endlich!" Dave ließ sich auf einen Hocker neben einer Vase sinken. „Ich dachte schon, ich müsste noch stundenlang auf einem Bein stehen und ausharren.

„Du bist unmöglich, Dave."

„Unmöglich ... liebenswert?"

„Ja, das auch", kicherte sie und drehte das Schild an der Tür von „offen" auf „geschlossen". „Ich brauche nur noch meine Tasche, dann können wir gehen. Aber Dave ..." Sie sah ihn besorgt an. „Sind wir sicher?"

Seine Miene wurde hart. „Ja. Ich denke schon. Es war eine Warnung. Keine Angst, ich komme Bassanelli nicht in die Quere, bis wir in Sicherheit sind. In Boston herrschen andere Clans, die mit seinem nicht wirklich verbrüdert sind. Das ist unsere Chance auf ein friedliches Leben, ohne uns Sorgen wegen Bassanelli machen zu müssen."

Susanas Beunruhigung war ihr deutlich anzusehen, aber sie nickte wortlos und schien damit für den Moment zufrieden zu sein.

Susana war aufgeregt wie ein Kind an Weihnachten, als sie Daves Wohnung betrat.

„Willkommen zurück", hörte sie seine dunkle Stimme hinter sich, dann fiel die Tür ins Schloss. Der vertraute Geruch seiner vier Wände umfing sie und ein wohliges Kribbeln breitete sich auf ihrer Haut aus. Es fühlte sich merkwürdig an, nun auf einmal freiwillig hier zu sein. Ihre Kopfhaut prickelte, als sie spürte, dass Dave dicht hinter ihr stand. Seine Arme legten sich um ihre Hüfte und er drückte seine Nase in ihr Haar.

„Hm. Dieser Duft. Ich liebe den Duft deines Shampoos. Damit hast du mich von Anfang an betört."

„Das ist die Eins-neunundneunzig-Variante, bist du sicher?"

„Es ist mir egal, an dir riecht es sündhaft gut. Unbezahlbar." Er atmete tief ein, drehte sie dann zu sich um und nahm ihr Gesicht zwischen seine Hände. „Ich liebe dich, Susana."

„Und ich … liebe dich", erwiderte sie und war die glücklichste Frau auf diesem Planeten.

Als sie viel später nackt in Daves Bett lagen, Susana hatte ihren Kopf auf seine Brust gebettet, Dave streichelte ihr über die Haare, erinnerte sie sich an etwas.

„Dave?"

„Hm?"

„Wie ist der Code zu deinem Safe?"

Er versteifte sich. „Warum willst du das wissen?"

Sie hob ihren Kopf und suchte seinen Blick. „Ich habe alles versucht, jede Geburtstagskombination. Nur für den Fall, dass du mich mal wieder hier einsperren willst." Sie kicherte und Dave entspannte sich sichtlich.

„Tja, du bist anscheinend keine so gute Detektivin, wie du dachtest."

Sie kniff ihn in den nicht vorhandenen Bauchspeck. „Du bist gemein. Aber falls es dich beruhigt, der letzte Auftrag wird auch mein letzter Auftrag bleiben."

„Wirklich?"

Sie nickte bestimmt. „Ja, auf jeden Fall. Und jetzt raus mit der Sprache."

„Es ist der Geburtstag meines besten Freundes."

„Der vom Angelfoto?"

„Ja, genau der. Wenn du das Foto gefunden hast, hättest du auch die Kombi quasi ablesen können."

„Wie bitte?"

Er lachte. „Ja, man muss es nur wissen. Das Datum auf der Rückseite des Fotos ist auch die Kombination. Es ist der zwölfte August."

„Jetzt brauche ich sie nicht mehr, oder hast du vor, mich gefangen zu halten?" Sie blinzelte ihn unter halb gesenkten Lidern an.

„O Susana. Ich werde dich auf jeden Fall in den nächsten Tagen in meinem Bett festhalten. Ich bin mit dem Gips komplett hilflos", witzelte er. Dann wurde er ernst. „Hör zu, Susana, ich habe etwas erhalten, das sehr wichtig ist. Es ist in diesem Safe. Wir müssen vorsichtig sein. Aber wie ich schon sagte, solange wir hier in New York sind, möchte ich kein Risiko mehr eingehen. Diese Informationen werden uns aber noch nützen."

„Wieso ... sagst du mir das?"

„Weil ich dir vertraue, Susana. Ist das so eigenartig?"

Ihr Herz machte einen Satz. „Na ja. Nach allem, was wir erlebt haben?"

„Ich würde mein Leben in deine Hände legen."

Sie musste schlucken. „Du hast meins gerettet, Dave."

„Wir haben uns gerettet, Susana. Ohne dich wäre mein Leben weiterhin grau und eintönig."

„Aber was ist mit Gerechtigkeit? Du hast immer gesagt, du willst für den Staat arbeiten, damit du die Kriminalität bekämpfen kannst. Das gibst du jetzt für ein neues Leben auf?"

„Ich gebe nichts auf. Ich habe endlich erkannt, es ist nicht alles schwarz und weiß. Es gibt noch eine ganze Menge dazwischen, meine Liebe. Dank dir weiß ich das nun."

Wärme und Liebe durchfluteten ihren Körper. Daves Finger strichen zärtlich über den Ansatz ihrer Brüste und sie sog scharf die Luft ein. „So unersättlich?", fragte sie und kicherte. „Dave Adams, Sie sind tatsächlich ein Wunder."

„Du auch, Susana. Du bist mein Wunder."

Und dann zog er sie auf sich.

18

„Wer ist das da mit Bassanelli? Man sieht es so undeutlich. Ist das …", fragte Susana, nachdem sie das Video aus der Tiefgarage gemeinsam angesehen hatten.

„Mein Chef. Ja."

Susana schnappte nach Luft. „Ach du Schande."

„Das kannst du laut sagen."

„Was willst du tun?"

„Die Frage ist doch zunächst, wer schickt es mir."

Susana runzelte die Stirn. „Woher hast du es?"

„E-Mail", erwiderte Dave knapp und stellte den Laptop beiseite.

„Kennst du den Absender?"

Er lachte humorlos. „Susana, nein. Es ist ein Hotmail-Account. Den hätte sich jeder zulegen können."

„Geht es genauer?"

„Das führt doch zu nichts. Irgendwas mit Vision."

Susanas Magen zog sich zusammen. „Nicht Visionaria?"

Dave hob eine Augenbraue und richtete sich auf. „Doch … könnte sein. Soll ich nachsehen?"

O mein Gott! Ihr wurde übel. Wenn ihre Vermutung sich bewahrheitete, würde sie mit einer ganz bestimmten Person ein riesengroßes Hühnchen rupfen müssen.

„Ja, bitte."

Dave entsperrte den Bildschirm seines Smartphones und öffnete die Mail-App.

„Es kam auf deine Adresse der Staatsanwaltschaft?"

„Nein, Gmail."

Susana schüttelte den Kopf. Wie hatte dieser kleine Satansbraten das alles herausgefunden? Unfassbar.

„Visionaria12345678. Sehr originell, oder?", meinte er und schaute Susana an. „Und jetzt?"

Susanas Hände zitterten. „Ich muss telefonieren."

Sie wollte aus dem Bett aufstehen, aber er hielt sie am Handgelenk zurück.

„Du bleibst hier und sagst mir, was los ist."

Ihr war heiß und kalt zugleich. „Visionaria ist meine Schwester."

Dave musste husten. „Was?"

„Ich kann es auch nicht glauben, dass ich das bis eben nicht gerafft habe. Sie wusste immer schon viel zu viel, ich habe keine Ahnung, wie sie das macht. Aber das hier übersteigt alles. Sie bringt sich in Gefahr, wenn sie nicht damit aufhört."

„Wo ist sie jetzt?"

„Sie wollte Tracey beim Packen helfen, unserer Nachbarin. Sie zieht um, zu ihren Kindern nach Chicago."

„Ruf sie an, sie soll herkommen."

Zwei Stunden später saßen sie zu dritt in Daves Wohnzimmer. Nachdem sie das übliche Kennenlerngeplänkel hinter sich gebracht hatten, konnte Susana nicht mehr an sich halten.

„Wie bist du an das Video der Tiefgarage gekommen?"

Sofia runzelte die Stirn.

„Spiel jetzt nicht die Unschuldige, Sofia." Susanas Tonfall duldete keinen Widerspruch.

Dave saß mit hochgelegtem Bein neben ihr und hielt sich glücklicherweise zurück.

„Du bist Visionaria, das wissen wir beide. Wer von uns ist jetzt so blöd und benutzt seit Jahren dieselbe E-Mail-Adresse?"

Sofia wurde blass. „O verdammt."

„Das kannst du laut sagen." Susana atmete geräuschvoll aus. „Sag mal, bist du irre?"

Sofia hob eine Augenbraue und schaute trotzig drein. „Du solltest mir dankbar sein."

„Was? Das ist gefährlich. Wie kommst du überhaupt dazu?"

„Das würde mich allerdings auch interessieren", warf Dave ein.

„Als du verschwunden warst, habe ich mir Sorgen gemacht. Ich war bei der Dame am Empfang, aber leider hat sie mir nicht weitergeholfen, und dann habe ich … ein bisschen geforscht."

„Geforscht? Wie, zur Hölle?"

„Ich bin gut mit Computern."

„Ja, das weiß ich, aber …" Der Groschen fiel. „Nein. Du … hast das System gehackt?"

„Na ja, nicht ich direkt. Ich habe Kontakte, mein Kumpel hat mir geholfen."

Susana setzte sich und raufte sich die Haare.

„Ja, nicht nur du hast ein Netzwerk", fügte sie hinzu und verschränkte die Arme vor ihrer Brust.

„Du bist mit Hackern befreundet? Weißt du nicht, dass das illegal ist?"

Sofia lachte. „Das sagt wohl die Richtige."

„Hey, Mädels", unterbrach Dave. „Streit führt uns nicht weiter. Wer ist der Hacker?"

„Ich verrate doch nicht meine Quellen."

Susana schnaubte. „Darüber sprechen wir noch. Was machen wir jetzt mit den Informationen?"

„Wir sind wirklich nur durch Zufall darauf gestoßen, als wir uns die Überwachungsvideos der Staatsanwaltschaft angesehen haben. Ich musste doch wissen, wo du abgeblieben bist. Es war im Übrigen sehr amüsant, euch streiten zu sehen. Schade, dass es ohne Ton war. Dann war es leicht, herauszufinden, wo Dave wohnt, seine private E-Mail-Adresse und das."

Ihr wurde heiß. Gott sei Dank gab es in Daves Büro keine Kameras. Das hoffte sie jedenfalls.

„Okay, das habe ich verstanden."

„Ja, und Bassanellis Gesicht kennt ja wohl jeder. Da muss man nur mal die Nachrichten anschalten. Ich habe Dave das Video nur geschickt, damit er weiß, dass nicht du derjenige warst, der noch mehr Schaden angerichtet hat."

„Mehr Schaden", wiederholte Susana lakonisch.

„Ja, genau. Nachdem du wieder zu Hause warst, meine ich. Du hast den Prozess nicht weiter manipuliert. Ich habe doch gesehen, dass du in ihn verguckt warst, und habe gedacht, er sollte wissen, dass du … na ja …"

„Du hast eine romantische Ader." Dave grinste spöttisch.

„So habe ich Susana noch nie gesehen. Als du dann bei uns im Laden warst, war mir klar, dass sie bis über beide Ohren in dich verknallt ist."

„Sofia." Susana schüttelte den Kopf. „Ich fasse es nicht."

„Jetzt haben wir wenigstens Klarheit", meinte Dave. „Was fangen wir damit an?"

„Wir könnten es an die Polizei weiterleiten?"

Dave lachte humorlos. „Glaubst du nicht, Bassanellis Finger reichen bis dorthin, wenn er schon den Staatsanwalt geschmiert hat?"

„Das stimmt natürlich." Susana seufzte.

„Wir sollten in Ruhe die Segel streichen und dann weitersehen", schlug Dave vor und nahm Susanas Hand in seine.

„Segel streichen?", wiederholte Sofia.

„Du hast es ihr nicht gesagt?", fragte Dave Susana.

„Ähm, noch nicht." Sie spürte, dass sie rot wurde. „Also, wir ziehen nach Boston."

Sofia sprang auf. „Wie bitte? Was? Wann? Wieso sagst du mir das nicht?"

„Ich, äh, wir wollten uns erst nach einer Wohnung umsehen, ich hatte so viel zu regeln die letzten Tage …"

„Gott, ich freue mich so." Sofia drückte Susana an sich.

Nachdem sich die Freude gelegt hatte, konnten sie weiter diskutieren.

„Wir verschwinden aus New York, ein Mordanschlag hat mir gereicht", meinte Dave. „Dann überlegen wir, was wir mit dem Video anfangen."

Epilog

Susana verfolgte die Nachrichten mit Genugtuung. Ihre kleine Social-Media-Kampagne war sehr erfolgreich gewesen. Um sie nicht weiter in Gefahr zu bringen, hatte Sofias Freund – dessen Identität sie bis heute nicht preisgegeben hatte – das Video über die Accounts der internationalen Hackercommunity auf Twitter, Facebook und anderen Social-Media-Kanälen für alle zugänglich gemacht. Auf YouTube hatte es schon über eine Million Klicks erreicht, ganz ordentlich, fand sie.

Ihnen war es nicht darum gegangen, jeden, der bestechlich war, auffliegen zu lassen, aber darum, dass es doch einen Unterschied machte, wenn man auch nur einen von ihnen los war. Es gab leider viel zu viele Schweine wie Bassanelli oder Delavall. Apropos. Bassanelli war zwar nicht hinter Gittern, aber das Video hatte ein mittelschweres Erdbeben in der Unterwelt New Yorks ausgelöst. Seine uneingeschränkte Führungsstellung war durch seine Unachtsamkeit bedenklich am Wackeln und es tobten derzeit harte Kämpfe zwischen den Italienern und den Russen. Letzte Nacht hatte Bassanelli den Kürzeren gezogen und war von einer Kugel getroffen worden. Er hatte überlebt, aber sein Nervensystem hatte schwere Schäden erlitten – sein Gehirn war nur noch eine fleischige Masse. Nicht mal mehr essen würde er allein können. Eigentlich hätte ihr diese Information Genugtuung bereiten sollen, aber sie fühlte nichts als Gleichgültigkeit.

Was Delavall anging, der schmorte in Untersuchungshaft. Aber für einen Mann wie ihn hieß es, dass er sich ab sofort gegen die echten harten Kerle behaupten musste. Mörder, eiskalte Killer ... für die war er ein gefundenes Fressen. Er hatte es verdient. Selbst wenn sie ihn nicht verurteilten – wovon sie ausging, denn ein korruptes Schwein fand immer ein anderes korruptes Arschloch –, würde er die Erlebnisse aus dem Gefängnis für den Rest seines Lebens mit sich herumtragen.

„Susana", rief Sofia aus der Küche. „Essen!"

Sie waren vor beinahe fünf Monaten aus New York nach Boston umgezogen und heute kochte Sofia für sie und Dave in ihrem neuen Zuhause.

„Komme gleich", antwortete sie.

Als sie in die Küche kam, saß Dave auf einem Stuhl und tippte etwas in seinen Laptop. In seiner neuen Tätigkeit bei einer renommierten Kanzlei hatte er sehr schnell Fuß gefasst und er war endlich glücklich. Dave hatte Gesellschaftsrecht schon immer gelegen und nun konnte er sich dort voll und ganz entfalten.

Susana trat hinter Dave und gab ihm einen Kuss auf den Nacken. Er lehnte sich an sie und genoss ihre Zärtlichkeiten sichtlich. Sie konnte ihr Glück noch immer kaum fassen. Sie hatte einen Mann kennengelernt, der sie aufrichtig liebte. Seit sie New York hinter sich gelassen hatten, war sie aufgeblüht und der neue Laden war so wundervoll. Susana ließ keine Gelegenheit aus, darüber zu schwärmen. Es war der schönste Blumenladen der Stadt – jedenfalls für sie. Hell, offen, weitläufig und in bester Lage. Sie hatte bereits die ersten Großaufträge erhalten und sich einen Namen gemacht. Ihre Hochzeitsarrangements waren mittlerweile so beliebt, dass sie eine Warteliste hatte.

„Da bist du ja, Susana, setz dich. Das Essen ist fertig." Sofias Wangen waren gerötet, ihre Ärmel waren hochgekrempelt und sie rührte in einem dampfenden Topf.

„Dabei seht ihr beide gerade so aus, als wäre euch das Essen egal." Sofia lachte.

Susana kicherte.

„Der Tisch ist noch nicht gedeckt", merkte Dave grinsend an und klappte sein Notebook zu.

„Schaff dir bloß keinen Mann an, Sofia. Du siehst ja, was passiert. Sofort kommt Frau unter den Pantoffel!", lachte Susana und gab Dave einen Kuss, bevor sie begann, den Tisch zu decken.

„Ich hole eine Flasche Wein, auf den Pantoffel müssen wir anstoßen." Sofia sprang auf, schlängelte sich an Dave und Susana vorbei und suchte im Kühlschrank nach einer Flasche Prosecco.

„Auf die Liebe, Pantoffeln und Gerechtigkeit!", rief sie, während Sofia den Korken mit einem *Plopp* aus der Flasche zog.

„Meine Gerechtigkeit ist Liebe mit sehenden Augen, das sagte schon Nietzsche." Obwohl Susana normalerweise nicht viel mit Poesie anfangen konnte, hatte ihr das Zitat doch gut gefallen, als sie es gestern auf einer Grußkarte im Blumenladen gelesen hatte. Ihre Vergangenheit war etwas, worauf sie zwar nicht stolz war, aber die zu ihr gehörte. Sie war glücklich, dass nichts mehr zwischen ihnen stand, nachdem sie mit Dave reinen Tisch gemacht hatte. Von nun an zählte nur noch die Zukunft.

ENDE

Danksagung

Liebe Leserin! Lieber Leser!

Vielen Dank, dass Du Dich für mein Buch entschieden hast. Ich freue mich, wenn ich Dir ein paar unterhaltsame Stunden bescheren konnte.

Falls Dir mein Buch gefallen hat, freue ich mich, wenn Du eine Rezension dazu verfasst und meiner Facebook-Seite ein Like gibst.

Wenn Du ganz sicher sein willst, dass Du keine Neuerscheinung verpasst, trag Dich einfach in meinen Newsletter ein, über den ich auch regelmäßig kostenlose Bonuskapitel exklusiv an Abonnenten verschicke.

Danke auch, liebes Bookrix-Team. Ihr seid immer für mich da und habt vieles für mich möglich gemacht, wovon ich nie zu träumen gewagt habe.

Vielen Dank Dorothea Kenneweg für das Lektorat und die hilfreichen Tipps. Danke an Martina König für das Korrektorat und den letzten Feinschliff von Sandra beim Buchsatz.

Ich freue mich über Feedback, Du kannst mir gern auch persönlich an karinlindbergschreibt@gmail.com eine E-Mail schicken.

Alles Liebe,
Karin Lindberg

Ein Abenteuer in den Highlands

Sie ist die Praktikantin. Er ist ihr Boss.
Wenn sie es nur wüsste!
Eva Nowak kommt ihrem Traum, eine eigene Pension in Schottland zu führen, einen Schritt näher, als sie das langersehnte Praktikum in einem Schloss in den Highlands antritt. Wegen eines dummen Fehlers ist sie eine Woche zu früh dran - fast alle Angestellten befinden sich bei ihrer Ankunft im Betriebsurlaub. Nur der breitschultrige Ian kümmert sich um das Anwesen und gestattet ihr zu bleiben, obwohl er eigentlich seine Ruhe will.
Schnell prickelt es zwischen dem schwarzhaarigen Schotten und der blonden Deutschen, eine heiße Affäre beginnt. Doch mit der Rückkehr der Angestellten steht Ian plötzlich als Schlossherr vor Eva und katapultiert sie von Wolke 7 zurück in die Realität ... und das Praktikum wird zur emotionalen Achterbahnfahrt. Ian verhält sich merkwürdig und als auch noch seine Ex aufkreuzt, flüchtet Eva aus dem Schloss und verschwindet. Eine fieberhafte Suche beginnt. Wird Ian sie rechtzeitig finden, oder ist es zu spät für ihre Liebe?

Das Buch ist in sich abgeschlossen und gehört nicht zu einer Serie.

Herzklopfen inklusive

Wie lange braucht ein Herz, um zu heilen?
Jake Carter will sein Image als Lebemann loswerden und beweisen, dass mehr in ihm steckt. Deshalb kommt ihm das Angebot, die Leitung der Werbeagentur Langham zu übernehmen, sehr gelegen. Seine neue Kollegin Viktoria ist nicht nur hübsch und klug, sondern zu seinem Leidwesen auch äußerst sexy.
In kürzester Zeit fliegen nicht nur die Fetzen, sondern auch die Funken zwischen den beiden.
In Viktorias Vergangenheit gibt es jedoch ein Geheimnis, das sie nicht einmal ihrer Familie anvertrauen kann. Mühsam hat sie sich nach einem schweren Schicksalsschlag ins Leben zurückgekämpft und steht kurz davor, sich einen lang gehegten Traum zu erfüllen. Doch der attraktive Jake macht ihr einen Strich durch die Rechnung. Obwohl sie zunächst alles andere als erfreut darüber ist, fühlt sie doch mehr als nur Ärger, wenn sie an ihn denkt – und das, obwohl sie Empfindungen wie diese nie wieder zulassen wollte …

Eine wunderschöne romantische Liebesgeschichte über die Höhen und Tiefen des Lebens.

Kokosmakronenküsse

Wenn man den Traummann trifft und gerade kein Mistelzweig in der Nähe ist ...

Kurz vor Weihnachten und alles geht schief, dabei müsste sich die Musiklehrerin Luisa Zimmermann eigentlich auf das große Konzert an ihrer Musikschule vorbereiten. Als in ihrer ohnehin schon prekären finanziellen Lage dann auch noch ihr geliebter Käfer den Geist aufgibt, verlässt sie vollends der Mut. Hilfe erhält sie von gänzlich unerwarteter Seite. Die Reparatur ihres Wagens ist jedoch an eine Bedingung geknüpft: Luisa soll Till heiraten - zum Schein. Dummerweise entpuppt sich der attraktive Mechaniker als gar nicht so gefühlskalt, wie zunächst angenommen. In einem Moment der Schwäche kommen sich die beiden näher und plötzlich wird es schrecklich kompliziert. Ihre Gefühle waren doch nur gespielt, oder etwa nicht?

Der Roman ist in sich abgeschlossen und gehört nicht zu einer Serie.